粉々になった鏡のカケラ

SHARDS OF A SHATTERED MIRROR

Darryl Anka
ダリル・アンカ 著
西元 啓子 訳

第１篇
クリプティック
謎

VOICE

Contents

登場人物

ハイブリッド

★ウィラ・ヒリクリッシング

我らがヒーロー。意志の強い13歳のハイブリッドの少女。珍しい遺伝子である「マーク」を持って生まれてきたことで、これまで訓練してきたこと以上の特別な能力が開花する。

★リリー・ヒリクリッシング

ウィラの母親で思いやりのある賢い女性。大切な娘を守り育てるだけでなく、彼女の豊かな母性は草花をはじめ何かを育てる才能に長けている。

★リバー・ヒリクリッシング

ウィラの父親。その紳士的かつ落ち着いた性格は、どんな状況においても冷静さを失わないことで皆に信頼されている。

★ホリー・コットン

ウィラを「クリプティック」にするメンターで、北クォーラムのメンバーの一員。弟子であるウィラを自分の娘のように愛し、彼女のガンコさには手を焼きながらも、ウィラを一人前にするために指導する。

★ケール・アッシュグローブ

探検家。恒星・惑星間連合の探索チームの一員でもあり、宇宙へ出る機会があれば行方不明になった妻を探している。

★ソーン・アッシュグローブ

ケールの下の息子でウィラのボーイフレンド。年頃の少年がそうであるように、ウィラの愛情を自分に向けるためには、嫉妬深くなったり衝動的になることも。それはまた、母親が行方不明になり、さらに父親もオリオンで捕らえられて一時行方不明になった不安が原因にもなっている。

★ローウェン・アッシュグローブ

ケールの長男でソーンの兄。ファーストコンタクトスペシャリストになるために訓練中の彼は、弟よりは冷静ではあるものの、こと家族を守るためには危険を冒すこともいとわない無謀なところもある。

★セレンダイン・アッシュグローブ

ケールの妻でソーンやローウェンの母親で行方不明になっている。恒星・惑星間連合に新しく加わった星シャンへの外交団への一員として宇宙へ出張した際に行方がわからなくなってしまった。

★アルダー・レッドウッド

派手好きなセイジでクォーラムメンバーの1人。力のあるセイジでありながら、エキセントリックな振る舞いで誤解を受けやすいがウィラの潜在能力に気づく知恵も持ち合わせており、彼女のメンターになる決心をする。

★セリーン・ニンフェア

秘密主義のノクターナルでクォーラムメンバーの1人。曾祖母であるベラドンナ・ブラッドルーツのようなパワフルなレイスになりたいがために、失われたハーブの調合をウィラに見つけさせるという密かな計画がある。

★エリダーニ・ギンコ

クォーラムメンバーの女性のノクターナルで、常に静かに起きる出来事を見守っているが、いざというときにのみ鋭い発言をする。

★ローズ・ラークスパー

クォーラムメンバーのクリプティックの1人で、優れた共感能力を持つ。手で触れるだけで緊張感をほどき癒しを起こせる。

★ライラック・ラークスパー

ローズと双子の関係にあるクリプティックでクォーラムのメンバー。ローズ同様、10年前に母親を亡くす不幸があって以来、悲しみを背負っている。

★ローレル・ラークスパー

ローズとライラックの母親。ポート・ダブリンの住人で最近亡くなった人物。彼女の突然の死は暗い森からバンシーのすすり泣きを誘った。

★ブラーマ・カマル

僧のようないでたちのファーストコンタクト評議会のトップで、その深い叡智とすべての生命体を尊重する長老的存在。アイスブルーの瞳、山の湖のようなおだやかな態度にも彼の人格は現れている。

★バリアビリス

妻と娘を悲惨な事故で失って以降、人里離れた石の塔で隠遁生活を送るシェイプシフター。世捨て人のように暮らしていたが、友人たちを守るために再び社会の中へと戻っていく。

★クインラット

シマロン星に住む年配の女性のシェイプシフターでバリアビリスのかつての師。コロキウムという名の秘密結社のリーダーでもある。

★エンカンタード

クォーラムメンバーの中でもぶっきらぼうで機嫌が悪いことで知られるシェイプシフター。その性格はせっかちで、考えていることが言葉より行動や態度に出やすい。

★モシ

北クォーラムにおけるもう1人のシェイプシフターで、エンカンタードより思慮深い。悲観的でネガティブになりがちだが、きちんと気持ちの切り替えもできる性格。

★シブライン・ダークウッド

評議会の集会にもしばしば参加するノクターナル。特に、4つのレベルの探求に関する発言には評価が高い。巷の噂やゴシップなどには影響されず、政治的側面からの意見を述べる。

★スターゲイザー

セイジへの移行期間にあるシェイプシフター。ポート・ダブリンで経営している「スターゲイザーイン」をきりもりするために、何体もの自分自身のコピーに分かれて働いている。アルダー・レッドウッドに恋をしている。

★ジャカランダ・フローラス

星間連合の地球における天文学者のトップ。スキンヘッドに施した八芒星の入れ墨が目印。この印は彼女の故郷であるポルトガルの海辺の近くにある古い町、シントラを思い出させる。

★エロウィン・コア

ケールの船の船長だったがアルコンの手先に囚われて拷問に耐えきれず、地球の最新のAIコンピュータの技術を漏らしてしまう。その後、ゼンティースに洗脳され、操られてスパイになる。

★キャプテン・ブリオニー・ブラッケン

地球のレスキュー隊のトップ。太陽系における平和と安全の維持のためにパトロールをしている。

★キャプテン・ヤーロウ

ホールデンのステルス兵器によって土星で破壊されたレスキュー隊の船に乗船していた。

人間（ヒューマン）

◈ポピー・ルソー

ウィラの親友で、どこか向こう見ずで単刀直入にモノを言うはっきりとした性格をしている。進化した能力を持つハイブリッドとの競技においてサイキック能力を活用して活躍する。

◈シルバニア・ルソー

ポピーの母で、人間でありながらもノクターナルでもあるという珍しい存在。ゼンティースからのテレパシーによる侵害を受けて苦悩する。ゼンティースから娘の命を脅され、自身の精神状態もおかしくなってしまう。

◈アンダー・ガルザ

アンドロメダの宇宙基地に勤務する天文学者。最初にホールデンとガントの宇宙船がこっそりと地球にやってきたことを暴くきっかけになったリバイアサン彗星に関する異常なデータを発見する。

◈キャプテン・ソレル

ホールデンのステルス兵器によって土星で破壊されたレスキュー隊の船に乗船していた。

ブラックリーグ

●デニック

ブラックリーグの軍の隊長。アルコンの暴君的な統治により奴隷化された帝国から自由を取り戻すために抵抗軍で闘う。

●アラーラ

デニックの妻で抵抗軍のメンバー。巨大なガス惑星の軌道を回るダークムーンの地下トンネルで活動している。敵を倒すための強さと温かいハートを持つ。

●ブリム

デニックとアラーラの16歳の息子で1日も早く抵抗軍に加わり、アルコンを倒すために闘いたいと思っている。わがままでせっかちな性格がときどき問題を起こすこともある。

●ガー

熟練した初老の兵士でけんかっ早いところがある。過去の闘いで片目を失いながらもデニックの右腕として働く。デニックとアラーラが極秘任務により不在になることが多いので、ブリムの指導者としての役割も果たす。

●コロ

抵抗軍においてパイロットを演じながらも、実はアルコンのスパイとして抵抗軍に潜入しているガントの兄弟。地球とエクソスで不思議なことに共通言語が使われている理由に気づいたことで最終的に気がふれてしまう。

●ダルバ・バラトン

ブラックリーグの設立者。エクソスが占領した領土や奴隷化された星の支配に闘うために立ち上がり抵抗軍を結成。50年前にアルコンの要塞での闘いに敗れて死す。

●カラ・バラトン

ダルバの娘でダルバの亡き後、抵抗軍のリーダーとして母親のマントを受け継いでいる。冷静な態度とリーダーシップでブラックリーグを率いているが、心のどこかでは帝国を倒すための力は自分たちにはないと思っている。

●ジョナ

カラの右腕で抵抗軍の月の秘密基地の運営を任されている。帝国へ送る貨物からこっそりと抵抗軍のための物資を確保している。

●ヴォドニク

背が高く大柄で、常に顔全体をヘルメットのようなマスクで隠したミステリアスな看守。彼のセキュリティチームや警備員たちの存在が、抵抗軍の中にスパイが侵入して帝国へ秘密のメッセージを伝達することを不可能にしている。

帝国の領主たち＆オリオン人

◆エクソス・アシュラ

奴隷化した20の惑星を支配下に置き、一大帝国の主として君臨するアルコン《支配者》。痩せこけた灰色の肌が特徴。地球を征服するために、捕らえたケールの船のクルーからの情報を用いて、宇宙において〝大渦巻〟として知られる磁気が狂うエリアを通過する方法を探る。また自分たちより進化したテクノロジーを取り込んで、星間連合を潰したいと思っている。

◆ゼンティース

エクソスの東部ブロックにおける16歳の領主であり、アルコンの娘。ウィラと同じアヌーの遺伝子を受け継いでいることからウィラと似たような能力を持つ。その能力を自分では魔法のパワーと呼んでいる。

◆ウザ

ゼンティースの老齢の師匠であり、ゼンティースを完全無欠にするために指導している。地球のセイジのレベルに匹敵するゾーシから成る「センセイツ」と呼ばれるパワフルな集団に彼女を加えたいと思っている。

◆カルビア

ゼンティースの母。秘密裡に抵抗軍を助けていたことがバレて、裏切者として娘のゼンティースに殺されてしまう。

◆ガント

アルコンの元警備隊の一員。アルコンの監獄においてケールが逃亡した責任を負って処刑されようとしていたが、抵抗軍に兄弟がいると自ら自供することで処刑から逃れ、地球へスパイとして送られることになった。

✦ホールデン
アルコンに忠実な手下の1人であり、ベテランのパイロット。ガントと共にステルス攻撃機で地球へ向かい、逃亡した囚人であるケールとデニックを殺す計画をする。

ビッグフット

アーガス
クォーラムにおけるハーブの薬を調合するマスターであり、2・5メートルもの身長がある。見た目は怖いが大きなハートの持ち主で大食漢。

自然界の精霊たち

ルサルカ
姿形を変えるシェイプシフターにもなれるプーカ（ケルト神話に出てくる妖精）。いつもは、目の赤い大きな野ウサギの姿をしている。ベラドンナを騙してバンシーの姿に変える役割を背負っていた。

アシュリーン
プーカの女王。通常はピンクの目の白い野ウサギの姿をしている。オリオンの侵略から地球を守るためにウィラのパワーを増幅させようとケニングの儀式を行う。

グレナン
アシュリーンやルサルカより年上のプーカ。過去や未来の並行現実が見えたり、タイムラインに危険な変化が起きることを予見する能力があることで〝予言者〟と言われている。

○ケルンノス

太古の昔から存在する森のスピリットでアーガスよりも大きな身体をしている。シカのような角に髭のある不思議な顔に蹄《ひづめ》のある足を持つ。善きことは讃えて悪きを罰するという彼の本質が、その後、サンタクロースのコンセプトに進化したと言われている。

○シルバー

空を飛ぶ小さなシルフ（風の妖精）。四大精霊たちが集まる集会において、深い洞察力を披露する。

○ブルカヌス

古代からいる火の精霊で、トカゲに似たサラマンダー（山椒魚）。青い炎に包まれて登場する。

バンシー

□ベラドンナ・ブラッドルーツ

かつてセイジだったベラドンナはルサルカの仕掛けにより、生と死の間を悲しみに暮れながら漂うスピリットになってしまった。生と死の間に閉じ込められたのは、彼女がスピリットの領域を超えて力を得ようとしたことで、意図せずとも生と死の間に亀裂が生じるのを防ぐためでもあった。

エイリアン

◇ブレーラン

赤いウロコの肌に長い尻尾のある若いエイリアンでポピーの友人。「ヘクセス」という予想力を競う試合ではときどきポピーにも勝つ。

◈ドゥーナ・セット

テット星から来た小さなエイリアンでアルコンのアシスタントとして働いていたが、もう必要ないと思われた瞬間に殺害される。

◈ヤドゥラ・ジート

テット星から来たエイリアン。アルコンの技術チームのリーダーとして働いていたが、地球の進んだコンピュータ技術を取り込むことに失敗したことで、ドゥーナ同様の運命をたどってしまった。

◈エシャベク・レン

男性から女性へと性が変化するテット星出身のエイリアン。エシャベクはドゥーナ亡き後、アルコンの新しいアシスタントになる。

◈スーナッシュ

タカニ星出身でグリーンピース色の肌に黄色の一つ目を持つ。ヤドゥラ亡き後、アルコンの新しい技術チームのリーダーに就任する。

◈ウェルク

小さな細い身体に黒い虫のような目をした、21世紀にはグレイ星人として知られていたエイリアン。ハイブリッドの遺伝子操作をするためにランディングの時代に地球にやってきた。

◈ノモス

水陸両生で生きる存在。ホールデンの殺害に関する裁判でガントが送り込まれる星間連合の法廷があるシリウス出身。

意識を持つコンピュータ

■オキュラリス

地球の軌道を回りながら、アンドロメダのスペースポートを管理するＡＩコンピュータ。宇宙の港で働く何千人もの人々や訪問者たちのニーズに応える。

■コルバス

ローウェン・アッシュグローブの船に搭載されていたコンピュータ。ケールがアルコンの監獄から逃げ出して、息子たちと再会した際にオリオン人と初めて遭遇する。

■リゲル

ローウェンとソーンが父親を救出するために宇宙へ出た際に、この２人を探そうと後を追ったリバー・ヒリクリッシングの船に搭載されていたコンピュータ。

■サジタリウス

ケールの船に搭載されていたコンピュータで大渦巻を通過した際に破損する。その後、アルコンの所に運ばれて、コンピュータがアルコンを捕らえて地球へと運ぼうとしたためにアルコンに完全に破壊される。

■スターリン

ヤーロウ船長のレスキュー隊の船に搭載されていたが、土星の月のあたりでホールデンからステルス攻撃を受けて破壊される。

■スラル

サジタリウスからのデータをもとに改造されたアルコンの新しいコンピュータであり船の名前。アルコンに忠誠を誓うように組み立てられている。

第１章

スリーロック・マウンテン

人類と地球外生命体とのオープンコンタクト以降、並行現実の世界が存在することを証明できる技術が地球にもたらされた。人間と宇宙からの存在たちの交配も進むと、生まれてくる子どもも交差する現実を自然に知覚できる能力を持って生まれてくるようになった。さらにその能力の開発が進むと、人間とハイブリッドの先祖はその技術をひとつのサイエンスにまで発展させた。それは、宇宙の存在たちが地上に降りた「ランディング（上陸）」から７００年たった現在、「クリプティック（謎）」、「ノクターナル（夜）」、「シェイプシフター（変容）」、「セイジ＆レイス（賢者と生霊）」と呼ばれる４つの種類の能力として知られている。

『ハイブリッドの歴史』より
ホリー・コットン

「もし、時間が幻なら、タイムトラベルだって幻ってことよね？」

耳ざわりのいいアイルランドなまりの英語を話すウィラが質問する。

草地の上に足を組んで座っているのは、育ちざかりのスレンダーな13歳、人間と異星人とのハイブリッドのウィラ・ヒリクリッシング。人間より一回り大きな彼女のバタースコッチ色の瞳がメンターであるホリー・コットンを見つめている。ホリーもまた、はるか昔の21世紀に地球にやってきたハイブリッドの子孫の1人だ。実際にウィラが見つめていたのは、昼下がりの太陽に照らされて白銀色に輝くホリーの後頭部のあたりだった。

目の前で浮遊しているナノガラスのコンピュータのスクリーンを見ていたホリーが振り向く。そこにあったのは、シナモン色のたわわな髪の毛の間からのぞくウィラの好奇心旺盛な顔。ホリーは、ウィラの髪の毛を見るたびに、いつもキツネの毛皮を連想してしまう。

「さてと！」

ホリーは昔ながらのアクセントで答えた。

「これまで、ずっと聞いてきたわよね？」

「うん」

「じゃあ、何が聞こえた？　私の声以外にも森の中にはたくさんの声があるのよ」

ウィラは草地の隅に生えている柳の鬱蒼《うっそう》とした木立の方に向かって首をかしげた。

「たとえば、鳥に昆虫や葉をそよぐ風に岩の上を流れる水とか」

ウィラの声をホリーがさえぎる。

「本当はまだ、ほとんど聞こえないんでしょ、ウィラ」

「じゃあ、他に何があるって言うの？」

「耳を澄ませてみて！」

少しイラついたウィラは、曲がりくねる土手の上に垂れている大きな柳の枝を見つめた。粘土の強い土は川に浸食されて、絡まった木の根っこがむき出しになって流れる水に向かって伸びているものの、水辺には届かない。


ウィラは、曾祖母から「柳（ウィロウ）」にちなんで自分の名前がつけられたのを知っていた。今では柳の木もウィラと呼ばれているが、「ウィロウ」から「ウィラ」に名前が進化するのに４世代しかかかっていないことになる。


地球外からやってきたハイブリッドたちの多くは、７００年前のランディング（異星人が宇宙から地球に〝上陸〟したイベント）の後、自然界のモノにちなんだ名前がつけられるようになり、今ではそれがひとつの習慣のようになっていた。

「ウィラ！」

慌ててウィラはホリーのアイスブルー色の目を見つめる。

「空想にふけることがレッスンに入っていたかしら？」

ウィラは背筋を伸ばすと、「破壊と復興の時代の前、つまりランディングの前の地球は、今とどれだけ違っていたのかなって思っていたの。ソーンが言うには、世界中のほとんどの地面には、石が敷かれていたってことなんだけれど」

「ああ、それはコンクリートとセメントのことね。正確には、地上のすべてが舗装されていたわけではないけれどね。でも、もしかしてそんな世界もありえたかも。コンクリートと鋼でできた街は、自然を破壊しながら大地をどんどん広げていたわ。世界中の都市は、あらゆる方向に何千マイルも網の目のように広がる黒い道路でつながっていた。でも、地球外の技術がもたらされてからは、地球の人口も宇宙へと散らばっていったし、海面上昇の影響ですべてが変わってしまった。今では、かつての大都市もパリ港、ニューヨーク港、北京港と呼ばれて、それぞれの都市の人口も今では100万人いるかいないかになってしまった。かつての規模に比べたら、今ではもう村みたいなサイズになってしまったわね。でも、今は歴史の授業をしているんじゃないわ。話をすり替えないで。今は森の木々たちの声を聞くレッスンをしているの」

「っていうか、その前は、時間についての話をしてたよね？」

ウィラの小さな反抗にホリーが笑う。

「そうよ。じゃあ、どんな質問をしようかな。では、マスターすべき5つの能力のレベルとは？」

その質問にため息をつくウィラ。

「そんなの誰でも知っているじゃない。クリプティックにノクターナルに、シェイプシフター、セイジとレイス」

「あら、誰もが知っているのかしら?」

「そうでしょ?」

ときどきホリーは、ウィラにこんなふうに〝謎かけ〟みたいなことをする。

「それぞれの名前はそうだけれど、でも、各々がどんなスキルを持つかまでは、まだ理解していないでしょ?」

「はいはい、わかってますよ。まず、クリプティックは自然界の四大元素や木々、石、岩など自然の存在たちと語ることができる能力を持つこと。次にノクターナルは、並行現実、いわゆるパラレルリアリティの次元から習得する能力のこと。シェイプシフターは、自分の身体の形を変えられる能力。そして、セイジは、魔法使いや魔女たちの古代の人間の知恵を持つ人たちのこと。物質を変化させたりとかね。そして、レイスは生霊みたいになってしまうこと」

ホリーは草原の向こうの大きなイチイの木を見つめながら、ゆっくりと首を振る。

「違うって言うの?」

ホリーの様子に、ウィラは面食らっている。

「あのね。あなたは、そういった能力を魔法だと思っているでしょ。でも、まずは自然界のことやパラレルリアリティ、時間と空間の構造、そして存在自体に対する深い理解をしなくちゃ」

夕暮れ前の空の低い位置にある太陽を見つめるホリー。

「さて、そろそろ時間よね。今日はもうお開きにしましょうか！」

ホリーがナノガラスのスクリーンを3回軽く叩くと、それはビー玉くらいのサイズに縮小してホリーの手の平に収まる。彼女はそれをロングジャケットのポケットの1つにしまい込んだ。

ウィラも、立ち上がって金色の夕日の中で背伸びをする。そして、草原を横切りながら歩みはじめたホリーに駆け寄る。

「ねえ、木の声が聞こえるのって、どんな感じなの？」

「そうね、物語を話すような感じに聞こえるわね。たとえば、過去と現在、未来の物語という形で聞こえてくることもあるわ」

「木たちは、お互いに会話をしていると思う？」

「もちろんよ。実際には、それ以上のこともね」

ホリーは少ししゃがんで、イチイの木の下に群生しているマッシュルームの傘の部分をやさしくなでる。

「森のすべての木々の根っこは菌糸でつながっているの。だから、彼らはお互いに情報を伝達するだけではなくて、必要な場所に食事や水を共有し合ったりするのよ。それを菌糸体ネットワークと呼ぶの」

ホリーは立ち上がると、森を見つめて畏敬の念を抱くように語る。

「言ってみれば、森全体が1本の大きな木のようなものよね」

ウィラは木立の方向に立つと、耳に手を当てて彼らの声を聞き取ろうとする。

「う〜ん。でも今、私に話しかけている人を除いて、何も聞こえないけど」

「じゃあ、違う耳で聞いているんじゃない？」

「私の耳はこの２つしかないけど！」

「それは、外側から聞こうとするからよ。もっと、内側から聞くようにしないと」

意味深な笑顔になるホリーにウィラがグチを言う。

「ねえ、どうしていつもクリプティックの人は、そんなに謎《クリプティック》めいた言い方をするの？」

「メンターとしての私の役割は、あなたの質問に答えることじゃないの。でも、あなたが自分で答えられるようには教えているつもりよ。あなたもきっと、いつか自分の弟子に同じことをするはずよ」


「もしかしてホリーは、本当はもう私になんて教えたくないんじゃない？」

「どうしてそんないい方をするの？」

「だって、私に教えることさえなければ、ホリーはノクターナルのレベルに進めるじゃない」

「私はそのつもりはないのよ」

ホリーは自分にいい聞かせるように語る。

「すべての人が、５つのレベルの全部をマスターしたいわけでもないし、マスターしなければならないわけでもない。私はこの人生をかけて自然界のことを学んできたし、自分自身がいまだにクリプティックのすべてを学び尽くしたとも思ってないのよ」

石ころの上を流れる水がさらさらと音を立てる中、2人は小川の土手を並んで歩く。ウィラは、早歩きで歩いて行くホリーになんとか追いつこうと歩調を合わせながら語りかける。

「この小川にもきっといろいろな物語があるんだろうね」

「もちろん、すべてのモノに物語はあるわ。たとえば、あなた自身の物語だと、あなたはソーンのことがすごく好きじゃない？」

思わずウィラは、慌《あわ》ててフリーズすると立ち止まる。そして、何もなかったかのように歩き続けるホリーを焦って追いかける。

「も、もちろん。ソーンのことは好きだけど……」

「昨日、日が暮れた後にここで彼に会っていたでしょ。一昨日《おととい》もその前の日もね」

その言葉にウィラの顔が自分の髪の色のように赤く染まっていく。

「誰にも気づかれてないと思ってた……」

「あら、木の皆さんたちはご存じよ！」

「ちょっと！　もしかして、私たちのことを木から聞いたわけ？」

「木はね、たくさんのことを教えてくれるの。もちろん、きちんとした〝聞き方〟がわかればだけどね」

ウィラは歩きながらイチイの木を睨《にら》みつけて、「この木が告げ口したの？」とムッとしている。

2人は黙ったまま、小さな丘の頂まで登ってきた。

そこは、大きな岩がゴロゴロと転がっている場所で、そのうち、特に3つの岩が目立ってそびえたっていることから、ランディングよりもはるかに昔の時代から「スリーロック・マウンテン」と呼ばれていた。

ホリーとウィラは、遺跡のストーンヘンジにも似たあるスポットにゆっくりと降りて来る。そこに建っているのは、石の板ではなくナノガラスで光るスパイラルの構造の「シャドック」と呼ばれるポータルだった。

上部がつながる直立するパネルには計10個の空間があり、そのうちの9つは水面に浮かぶオイルのように透明なレインボーカラーがゆらゆらと揺らめいている。残りの1つの空っぽの空間が渦巻き状の中に入って行く入り口になっている。

「じゃあ、また明日ね！」

ホリーの声にウィラはうなずきながらも、ソーンの話題にはもう触れないでほしいと思っていた。でも、そんな心配もよそに、ホリーはただニコッと笑うと、きらめくポータルの1つに足を踏み入れて消えていく。

ほっとしてため息をつくウィラ。そのとき、反対側のポータルに入る前に、近くの丘に1匹のキツネが座っているのに気づく。白い胸、黒い足元を除くとウィラのような赤い毛並みのそのキツネは、興味深そうにこちらをじっと見つめている。キツネに微笑み返すと、しばしの間見つめ合い、キツネの方からトリネコの茂みの中に消えていった。ウィラも自宅へ戻る道へとつながるポータルの中に吸い込まれていく。

アッシュグローブ家のコテージは、1本の大きなトリネコの木で作ったあずまやのような造りになっている。コテージに巻き付いた太い蔓《つる》には紫色の大聖堂の鐘が取り付けられていて、夕暮れのそよ風に鐘が静かに揺れている。家の中では、柔らかい輝きを放つルミナリアの光の玉がいくつか浮いている。

ローウェン・アッシュグローブは、弟のソーンを大きな黒い瞳で見つめていた。その瞳はハイブリッドのアッシュグローブ家の特徴でもある。ローウェン自身はまだ17歳で、弟のソーンより2歳だけしか年上にもかかわらず、すでに落ち着いた大人の雰囲気を漂わせている。

実は、それには理由があった。1年前に父親であるケール・アッシュグローブがオリオン星雲への3回目の探索ミッションに出かけて以来、忽然《こつぜん》と跡形もなく消えてしまったのだ。以降、親代わりを務める責任感のようなものを兄として背負っていた。

ちなみに、このことがあって以来、ローウェンのクラスメートたちは父親が消えた危険なエリアを「オリオン・トライアングル」と呼ぶようになってしまった。

もし、地球がまだ昔のように次元が低いままだったなら、周囲の者たちは、アッシュグローブ家のことを〝呪われた一家〟などと噂をし合ったかもしれない。というのも、ケールが失踪する3年前にも、ローウェンとソーンの母親であるクリンダイン・アッシュグローブもある日突然、姿を消してしまっていたからだ。

「さてと、お前は、毎晩あそこへ行っていたというわけだ」

ソーンがウィラとこっそり逢引《あいびき》をしていたことを知ったローウェンは、まるで父親のような言い方をする。

「で、ウィラの両親はこのことを知っているの？」

「たぶん知らないし、兄さんにも言うつもりはなかったよ……」

ローウェンは、ソーンのぶっきらぼうな言い方の中にも少し反省の色があることに気づいていた。とはいえ、いくら信頼し合う兄弟の仲であったとしても、少し色気づいてきた弟をいじめてみたくもなったりする。

「じゃあさ、ウィラの母親だけにでも伝えておくべきじゃない？」

「いやだよ！」

「父さんだったら、どう思うだろうね。息子の1人がクリプティックや、ノクターナルになりたいだなんて。我が一族は、ずっと宇宙探索の仕事が生業《なりわい》だったんだけれどね」

「僕だって、今はいろいろと〝探索中〟だよ。でも、星だけの探索じゃないんだ。父さんも僕が夢を追いかけているのを知ったら、きっと誇らしく思ってくれると思うよ」

「でもまだ、彼女と付き合っていることは、誰にも知られたくないんだろう？　で、それはお前の夢なのかい？　それともウィラの夢なの？」

兄のすべてを見通すような視線から目を逸らすソーン。

「どうして、ダメなの？」

「別に。その選択が間違いとまでは言わないけれど、でも、動機が不純なんじゃない？　まず、誰もがそういった道を目指すわけじゃないし、それに、それはお前の夢ではなくて、ウィラの夢なんでしょ？」

「僕たちはずっと一緒にいたいんだよ、ローウェン」

「ふーん、それって可能だと思う？　クリプティックやノクターナル、シェイプシフター、そしてセイジになることが、一体どういうことかわかっているのかい？　ウィラが、もしもっと先のレベルに進むことになったら？　もし、彼女が生霊のレイスになっても、一緒にいられると思うのかい？」

「だって、あれはただの神話でしょ！」

「お前な、神話には真実が隠されているものだよ。生霊になったセイジがかつての自分のことを忘れてしまい、生死の境に迷い込んで、バンシー（アイルランド・スコットランドの妖精で、バンシーがすすり泣く声がすると、その家から死者が出るとされている）になってしまった話も知ってるよね？」

「あれは、作り話だよ……」

強気だったソーンの声がだんだんと小さくなる。

「あのな、僕はお前たち2人が付き合ってはダメと言っているわけじゃないんだよ」

ローウェンは声を和らげる。

「ただ、ああいった生き方がどういうものであるかを、まずはよく理解すべきなんだよ。父さんは、たとえどこにいたとしても、夢を追いかけるお前のことを誇りに思うはずさ。でも今、父さんが不在の間は、その夢が悪夢にならないかどうかを、僕がきちんと見届けておく必要があるんだよ」


そう言うとローウェンは、棚の台の上にあるダウンロード用のシステムから青く光る小さな玉を選ぶとそれを軽くタップする。すると、その玉はみるみるうちにタブレットの形に変化する。ローウェンは目の前に出現したタブレットでデータをチェックすると、軽くタッチして再び元の玉の形に戻すと、家を出て行こうとする。


「兄さん、どこへ行くの？」

「ちょっとアンドロメダ空港まで。ついに今晩、ファーストコンタクトのシミュレーションをするんだよ。3年目になったから、初めてファーストコンタクトスペシャリストのバッジをもらえるんだ」

「ローウェン……」

ソーンの震える声は、15歳の少年とは思えないほど幼く感じられる。兄は立ち止まると、近寄ってくる弟をやさしく待つ。

「ねえ、父さんみたいにオリオンへ行ったりはしないよね？」

「心配するなよ。あの三角地帯へは、今はもう入れないことになっているから」

兄の言葉を聞いてソーンはほっとする。ローウェンは、ひんやりとする夜気の中に飛び出していった。自分自身にとってもつらい過去の思い出を、まるで振り切るかのように。


ウィラの一家は、古い大きな樫の木の上に作られた球体状のナノガラスのツリーハウスに住んでいる。朝日を浴びるツリーハウスは、キラめく巨大な繭《まゆ》のようにも見える。ウィラの母が名付けた「ネスト（巣）」と呼ばれるツリーハウスには幾つかの部屋があり、ウィラは緑豊かな周辺一帯の景色が一望できる一番見晴らしのいい高い場所を自分の部屋にしていた。

まだウトウトと眠っていたウィラは、部屋の外から聞こえてくるキツツキが木を突く籠《こ》もった音で目覚めた。

その音は、黒と白の模様が身体にあるキツツキの一種、アカゲラが朝食を探している音だった。かつてのアイルランドではこのアカゲラは珍鳥とされていたが、現在、ポート・ダブリンの郊外の森林地帯では数多く見られるようになってきた。

目を覚ましたウィラは、自分のハンモックの隣にあるツヤ消し処理されたナノガラスの壁を軽くタップする。すると、壁から大きな透明の円が現れて、そこにまるでスポットライトが当たるように1羽のキツツキが映し出された。ウィラは、そのキツツキの首のうなじ部分に雄である証拠の赤い帽子の印を確認すると、アカゲラが朝の餌を探し続けるスタッカートの音を聞き続けた。

「ウィラ、朝ごはんよ！」

母親の声が、クリスタルボウルがこだまするように響き渡る。ハンモックからむっくりと起き上がると、薄手のブランケットはボディスーツに変わり、ウィラの頭部と手と足の部分を除くボディラインをすっぽりと包み込んだ。着替えを一瞬で済ませたウィラは、ひんやりとした床の上に足を降ろす。そして、螺旋《らせん》状になったナノガラスの透明な階段に足を置く。すると、まるでエスカレーターのようにその階段は彼女を下の階に運んでいった。

リリー・ヒリクリッシング、ウィラの母親はベージュ色のスリットが入った民族風ドレスの下にパジャマのパンツ、足元にはベージュ色のスウェードのスリッパを履いている。深い瑠璃《るり》色のクールで大きな目をしたリリーは決して30歳以上には見えないけれど、実は、その2倍くらいはすでに生きていたりする。ケルト編みで編んだ豊かな黒髪をくびれたウエストまで垂らしたリリーは、小さなキッチンの半分のスペースで水栽培をしているハーブの世話をしている。

まだ寝ぼけまなこのウィラが、頭をぐしゃぐしゃにして忍び足で部屋に入って来た。リリーは、娘をちらりと見ると、朝食が準備されているキッチンの方に顎で促す。

「おはよう、プーカ！」

リリーは、ウィラがホリーのようなクリプティックになりたいと宣言して以来、プーカというあだ名でウィラのことを呼びはじめた。プーカとは、ケルト地方の伝説に出てくる自然界に存在する妖精であり、その昔、姿形を変えるシェイプシフトを行う秘儀をハイブリッドに伝授した存在たちのことだ。

ちなみにウィラの方は、プーカとはいたずら好きな存在という説があることから、母親は自分のことをそう呼んでいるのだと思っている。

ウィラは、熟したメロンのスライスが乗っている小皿が置かれたテーブルの席に座ると、メロンを口に放り込む。冷たくて甘い果汁のおかげで、しゃきっと目が覚めてくる。

「そういえば、父さんはどこ？」

「外でハーブやセージ、西洋ネギなんかを摘んでいるわ」

ウィラが立ち上がって訊《たず》ねる。

「ねえ、お祖母ちゃんのスープでも作っているの？」

「ええ。そういえば、ホリーがポート・ダブリンのシャドックで待っているって言っていたわよ」

「ポート・ダブリン？　スリーロックの方じゃなくって？」

「間違ってないわよ！」と笑いながら言う母親の声を背にウィラは螺旋階段に足を置くと、今度は階段がスーッとなめらかな動きで上の階まで運んでいく。

ホリーが待ち合わせの場所を変更するときはいつでも、ウィラにとって何か新しい挑戦を計画しているときと決まっている。

修行中の今、これから自分は一人前のクリプティックになるには欠かせないステップ、「パサージュ（道）」という段階を学ぶことになる。だから今朝の母親は、特別な日にしか作らない祖母のミンジー直伝のスープを作っていたのだ。


さて、ウィラは自室から1分もしないうちに、髪の毛と金色の瞳に似合うシナモン色のナノスーツとブーツのいでたちでキッチンに戻ってきた。そして、母親の頬にキスをして、食卓の皿からメロンのスライスを2切れつかむと、出口のナノガラスの回転ドアに向かう。ドアに近づくと扉は瞳の虹彩のように開いてウィラを迎え入れる。

有り余るエネルギーでいっぱいのウィラは、いつものように扉の外から地上まで続く巨大な樫の木の枝の上に降り、あっという間に森から飛び出して行った。

母親のリリーは、自宅のネストから娘が森の向こうに消えていくまでを見守っている。そして、合図をするようにうなずく。すると、扉がまるで返事をするようにパタパタと折りたたまれて跡形もなく姿を消した。

それから、近くに浮いているキラキラ光るルミナリアの球体に近づくと軽くタップする。すると、球体上にホリーの顔が水晶玉に浮かび上がる幽霊のようにぬっと現れた。

「あの子、出て行ったわよ。でも、本当にあの子はパサージュの準備ができているのかしら？」

「パサージュの目的は、準備ができているかどうかを知るためでもあるんですよ」

「それはわかっているけれど、あの子は、まだほんの13歳なのよ……」

「ウィラは、あっという間に成長しますよ」とホリーは不安げな母親を安心させるように告げた。

競技場では、何十人もの観衆たちが声援を上げていた。

グラウンドでは、数人の10代の若者たちが地面の上に60センチくらいの幅で描かれたさまざまな色のヘキサゴン（六角形）の図形の上に立っている。場内の大きなナノガラスのスクリーン上にはグラウンドの縮小図が映り、各々の選手がいる位置を示している。

13歳の人間の女の子の名前はポピー・ルソー。なめらかなモカ色の肌に黒い髪、深い茶色の目をした気の強そうなポピーは、深緑色のノースリーブの上着に、ピチピチの黒のレギンスを穿《は》いて、ふくらはぎと足元を露出させている。そんな彼女が白色のヘキサゴン上に立ち、スクリーンを集中して見つめながら、どう動くかを考えている。

シュンザイ星から来た同年代の少年、ブレーランは、その隣の白いヘキサゴンの上に立っている。彼は故郷の星に伝わる銀の首輪をしている。その首輪には、彼の家紋である5つの月の紋章などの模様がちりばめられていた。

彼の身体としっぽは、繊細な赤い鱗《うろこ》でおおわれていた。そんな彼は、大きな紫色の目でポピーの動きを瞬きしながら見ている。

「ねえ、金色が向こう側に来るんじゃないかな？」

ポピーは首を振る。

「そうじゃないような気がするけど」

ゲームのスタートを知らせるゴングがスクリーンのスピーカーから響き渡った。その音を合図に、プレイヤーたちは一斉に勢いよく宙にジャンプしていく。数人がまっすぐ上空に、また、数人は片方の側に、そして2、3人は斜め上へと飛び上がって行く。すると、各々がいた場所の下のヘキサゴンの色がガラリと変わり、プレイヤーたちは元いた場所と違う地面に降りてくる。数人は白い形の上に、また、数人は色がついた上に、そして、2、3人が黒色の上に降りてきた。

黒色のヘキサゴンの上に降りてきたプレイヤーたちは落胆の声を上げるとグラウンドから去っていく。ポピーにブレーラン、そして何人かの若者たちが残った。

ブレーランは、少し先の位置にある図形の場所を指す。

「あの並びが、フラクタル（自己相似）になっているよね」

ポピーはその声を無視して、黒い六角形の近くを凝視する。実は、ポピーのビジョンには金色の六芒星が現れていた。再びゴングが鳴り響く。ブレーランはある方向に進み、ポピーは黒い六角形の上へ向かって飛び上がる。すると、再び地面の図形の色はクルクルと変化した。

ポピーが降りて来たさっきまで黒いヘキサゴンだった場所は、ビジョンで見たとおりに金色に変化していた。

その後、ゴングは6回鳴り響き、ポピーが最後の勝者になるとゲームは終了した。

観衆たちは手を上げて喜ぶポピーに歓声を送っている。ブレーランは、黒いヘキサゴンの真ん中に立ったままでポピーを睨《にら》み、鼻息も荒くムッとしている。


「どうして、いつもわかるんだい？」

「女の勘ってやつかしらね？」

ウインクをして余裕で答えるポピー。

「お前、まだ13歳だろ？」

「何言っているの。女子は男子よりも成長がはやいんだからね！」

集まっていた人々は次第にその場から散っていったが、同世代の仲間たちだけは残ってポピーの勝利を祝福していた。

ポピーは、近くにいたウィラに気づくと駆け寄ってきた。

「ちょっと、ウィラ。待ってよ！」

2人は揃ってグラウンドを歩きながらゲームの競技場を後にする。

「すごいよね、ポピー。10回連続勝ち越しらしいじゃん？」

「まあね、12回目だけどね」

自信たっぷりのポピー。

「来月は〝ラッキーサーティーン〟ってことで、13回目の勝利を目指すわよ」

「他の選手たちは、ポピーがズルをしているってこと知っているのかな～？」

「やめてよ、ママが言うには、もともと生まれ持った能力を使うのは、ズルじゃないって言っていたわよ！」

「それって、ノクターナルが言いそうなことだよね」

「あの緑の目の人のことね～」

ポピーがいたずらっぽく笑うと、ウィラも笑い返す。

「言っておくけど、私は嫉妬してなんかいないからね。そのうち追い越してみせるから！」

「あら？　その頃にはホリーくらいの年齢になっていたりしてね」

「もしそうなら、すごく賢くなってるってことじゃん？」

ウィラは負けずにジョークを返した。

「それにしても私は、ウィラがこのゲームをするようなタイプの子だとは思わなかったよ」

ウィラは、その言葉に立ち止まる。

「それは、どうも」

「いや、悪い意味で言っているんじゃないって。だってさ、私の知っているほとんどのクリプティックとかノクターナルはなんかこう、ド真面目でカタブツな人が多いから」

「あら、自分の母親はどうなのよ？」

「ママだってそうだよ」

「〝カタブツ〟か。人間って面白い言い方をするんだね」

「さては、人間様のファンになったとか！」

「ほんとだよね、私、どうしたんだろうね！」

2人の少女がどっと笑う。

「ホリーは、何かとイライラしがちな人なんだよね。でも、カタブツって言うよりも、なんかウザいっていう感じかな」

「彼女は、クリプティックだからね。でも、それは彼女のクリプティックとしての仕事だから仕方ないよ」

「じゃあ、ポピーがお手本になるようなクリプティックになればいいんじゃない？」

ポピーはその言葉を賛辞と受け取ってお辞儀をする。

「ありがとう。でも、私はすぐにはポート・ダブリンのロッジに続くいばらの道を歩むつもりはないかな。ウィラも同じかもしれないけれどね。だって、シェイプシフターってなんか気味が悪くない？」

「ねえ、シャドックのところまで一緒に帰ろうよ」

ウィラの誘いにポピーも同じように誘ってくる。

「じゃあ、私の次のゲームにも絶対来るでしょ？」

「約束ね！」

２人は腕組みをしてグラウンドを越えると、イチイの森の側をしばらく黙って歩き続けた。


「ねえ、あなたのお母さんって……」

ウィラはためらいがちに口を開く。

「やっぱり大変だった？」

「トレーニングのこと？　どういう意味？　私たちレベルの低い人間は、ハイブリッドのような高度な遺伝子を持っていないから大変だって言いたいってわけ？」

「いや、そういう意味じゃないよ……」

「確かに、人間にはキツいよ。だからへキサゴンのゲームだって、少々ズルをしたっていいじゃないかって思うわけ。ウィラだってやればいいじゃない？　私といい勝負になると思うよ」

「ありがとう。でも私はこのゲームの素質はないみたい」

「あらら、カタブツな人がここにもいたんだね」

2人はシャドックまで来ると抱き合って、ポピーが別れ際にウィラに言う。

「一言アドバイスしてもいい？　人間であれハイブリッドであれ、トレーニングで全然変われるんだよ。ママだって、もう昔のママじゃないんだよ。まあ、本当はウィラには変わってほしくないんだけどね……」

「心配しないで。私は変わらないから！」

ポピーの言葉にドキッとして慌てふためいて答えると、ウィラはシャドックのポータルに吸い込まれるように姿を消していった。

第2章

ブラックリーグ

帝国が我々の上に大きな影を投げかけたことで、皮肉なことに、我々はその影の中から暗闇を払う光を見つけることになったのだ。

ダルバ・バラトン
ブラックリーグ創設者

その巨大な浮遊惑星は、ただひたすら黒く広がる宇宙空間に浮かんでいる。その惑星は、どの天体とも重力のつながりを持っていない。渦を巻く青い嵐のガスが、太陽の熱ではなく、その星の中心部にあるチタンから放出される放射線によって流されていた。

この名前のない巨大な星の軌道を回っているのが火星サイズの黒い月、ダークムーン。月の表面からは、ギザギザに敷き詰められた黒いクリスタルが母なる星から放たれる暗いインディゴ色の光を反射している。


ダークムーンの地下奥深くには、ブラックリーグの秘密基地があった。月の地下は、黒曜石で作られた部屋とトンネルが張り巡らされている。それは、彼らの故郷であるエクソスを制した敵を倒すために組織された、文字通り、アンダーグラウンドの抵抗勢力の基地だった。


ブリムは、明日でちょうど生まれてから〝16年目の記念日〟を迎えることになる。

物心ついて以来、ブラックリーグは帝国の暴君であるアルコン《支配者》との闘争をずっと続けてきた。そんな環境にいながらもブリムは、すくすくと育ってきた。彼は、自分たちの星の誰もがそうであるように緑色の瞳に金色がかったブラウンの肌を持った大柄な青年だ。

石造りの彼の部屋には、勉強机に小さなゲームテーブル、折り畳みの2つの椅子が置けるスペースが精いっぱいで、すでに自分の部屋で快適に過ごすには背が伸びすぎていた。

ブリムの父親であるデニックと彼の母親、アラーラはすでに30年以上もこのリーグのメンバーとして闘いを続けてきた。ブリムは、ダークムーンの最も奥深い地下の部屋で生まれ、まだ故郷のエクソスにも降り立ったことがない。それどころか、中央指令室の作戦用のスクリーンに映る星でしか実際の星というものを見たことがなかった。

ブリムはタブレット上に故郷のエクソスの情報を出しては、自分の星のことを学習するのだった。すでに何世代も前のエクソスの青々と茂った緑の森、クリスタルのように透き通った海の光景は、現在の荒涼と広がる土地のエクソスとはすでにかけ離れていた。今では何本もの黒い鉄塔が、虐げられた人々が住む灰色の石のアパートメント群を監視するように見下ろしている。

そそり立つ何本もの塔同様に、エクソスの首都、アルカナに鎮座する巨大な鋼の要塞が不気味な風景をさらに殺風景なものにしていた。要塞の天辺《てっぺん》には巣箱と呼ばれる場所が設置されており、そこでは、監視モニターや量子コンピュータが奴隷の民から反逆者が出ていないか、何か不都合が起きていないかを監視するために1秒間に何兆ものデータを処理していた。

ブリムは、おぞましいほどの化け物が巣箱の黒い心臓部にうごめいていることを知っている。きっと、その化け物の冷酷な目は、たくさんのモニターを凝視しているのだろう。その化け物の名前こそ、アルコンことエクソスアシュラ。彼こそ、一大帝国を治める何人もいる領主の中の最高権威者であるドンだ。

自分のいる場所からたとえ30光年離れていても、ブリムはタブレットの画面に出る要塞の画像を見るたびに寒気を感じる。でも、16回目の〝名づけ記念日〟が過ぎれば、成人として正式に抵抗軍に加わり、両親や他の仲間たちと一緒に密かに行われる作戦に参加することができる。ただし、それは同時に非常に危険を伴うことでもあった。

抵抗軍のブリムの友人たちの多くは、これまでの闘争で片親を失っている者も多く、両親とも失くしている者もいる現状を考えると、両親が揃っている自分の状況はとても幸運なことでもある。

そんなことをつらつらと考えていたブリムのエアロック式の扉にノックの音がした。思わず我に返るとさっと立ち上がる。

「どうぞ！」

刈り上げた白い髪にシワのある赤褐色の肌、いかにも兵士ふうの年配のガーが入ってくると、ブリムのテーブルの上にあったスチール製の戦術ゲームボードの前にどしっと腰を下ろした。ブリム自身が、まだ普通の恰好をしているのに対して、濃いグレーの上着に黒のパンツ、膝上まであるブーツは典型的な抵抗軍のいでたちだ。

戦術ボードの上には、数個の赤、白、黒の六角形の石が置かれている。ガーはその配置を視力のある方の片目でじっと確認している。眉から頬にかけて斜めに走る深紅の傷の真ん中には、視力を失くしたもう片方のミルク色の目がある。ブリムは、この恐ろしい顔で見つめられるたびに、申し訳ないがゾッとするのだった。

「戦術の立て方がよくなってきたよ。あと数回のレッスンで勝てるプランになるかもしれない」

「はい。ところで、父について何か情報はありましたか？」

「心配するな。帰ってくるときには、きちんと帰ってくるから」

先輩の兵士であるガーがボードから目をそらさずに答える。そして、節だらけの大きな手を伸ばすと、ボードの上の赤い石を白い石を遮《さえぎ》るように動かした。

「こうだよ。さて、ここからどうやって逃げるかだね」


その瞬間、部屋の外でクラクションの音がトンネル中に響き渡る。それは、船が宙《そら》から戻ってきたことを知らせる音でもあった。バタンとドアが開くとブリムの母、アラーラが扉の外にいる。彼女の明るい緑色の瞳はなめらかなココア色の肌とストレートの黒髪を際立たせるユニフォームとよく似合っている。ガーが立ち上がり、回転ドアの内側にいる彼女の方に会釈をする。

「どうも、アラーラ！」

「座ったままでいいわよ、ガー。ブリム、お父さんの船が戻ってきたわ！」

彼女の声が興奮で少し震えている。ブリムは、父が無事に帰還できるまで、母親が感情を抑えているのがわかった。

早速タブレットをオフにすると、ブリムは皆と一緒に宇宙船が出入りする港へ続く廊下へと駆け出していく。

広大な円型のスペースの周囲に幾つかの小型の円型の港《ポート》がついた彼らのドッキングベイは、それぞれの港からは直径30メートルのスターシップが出入りできる造りになっている。

「盾《たて》」というニックネームがついた父親のデニックのガンメタ色の船が、そのうちの1つに降りてきた。盾号は、ゆっくりと港の壁に取り付けられている鋼鉄のパーツとドッキングしながら、重力場で断続的に電気を噴出させている。


船がなんとか定位置に定まると、頭上にある厚いエアロックのドームが閉じられる。すると、大きな中央のスペースに通じる小さなエアロックが開く。そのスペースでは、ブリムが母や他の者たちと共にミッションから帰ってきたデニックの帰還を待ち構えていた。

満面の笑顔でエアロックを潜り抜けて大股で歩いてきたのは、ブリムの父親だった。背が高く、赤褐色の肌、刈り上げた頭、引き締まった筋肉質に深紅の宇宙服を着た父が他のクルーたちと一緒に無事に戻ってきた。


父親の青緑色の目が妻と息子を発見した。彼はスタスタと家族の所までやってくると、2人を包み込むように抱きしめて妻に口づけを、息子の頭にも同じようにキスをする。

「ブリム、お前にお土産があるよ！」

父はポケットに手を突っ込むと、小さな平べったい黒と白にくっきりと分かれた石を取り出す。それを手渡されてちょっと戸惑っているブリムを見てアラーラは驚いている。

「あなた、敵に見つからずに〝炎の場所〟へ行けたの？」

「これは、故郷のエクソスの石なんだよ」

デニックが、その珍しい鉱石を慈しむように説明する。

「これが、我々が闘っているもののシンボルなんだよ。お前の名づけ日の記念にと思ってね」

「でもこれって、ただの石だよね」

ブリムは、感謝の気持ちを表そうとしながらも、ついつい本音が出てしまう。

「これは、ただの石じゃないんだ。これは〝炎の場所〟から持ってきた石で、そこは、アルコンたちと抵抗軍との闘いがはじまった場所なんだ。それにほら、これは黒と白が完璧に両極に分かれている珍しい石なんだよ。これは、我々のいた場所を奪った闇の勢力に立ち向かうことを象徴しているんだ」

デニックは、周囲にいたリーグのメンバーたちを見渡して声を掛ける。

「ガー、評議会のメンバーをすぐに招集してくれ。伝えたいことがあるんだ」

ガーはきびきびとした軍隊式の返事でうなずくと、年齢を感じさせない素早さでその場を去る。デニックとアラーラがドッキングベイを渡り会議室に続くエアロックへと向かう中、残されたブリムは、手にした石を見つめながら、父親の言葉の意味をかみしめていた。


デニックが後ろに息子がまだいるのに気づく。

「来ないのかい？　ブリム」

「僕が？　会議に出てもいいの？」

「あなたも明日で16歳になるわよね。間違ってなければ」

アラーラがからかうように言うと、ブリムは手に石を握りしめて両親に駆け寄る。一同は、エアロックを潜り抜けると、各部屋へと続く長いトンネルの通路を他のメンバーたちを連れて歩いて行く。この地下トンネルは、火山活動のある月からプラズマ光線を発する黒い玄武岩を掘って造ったものだ。

横に伸びるトンネルの1つは、DNAスキャナーが付いた厚い鉄の扉で行き止まりになっている。その部屋は、デニックと幹部であるカラ・バラトンだけが入れる部屋だった。入り口では、警備員のヴォドニクが厳重にセキュリティを守っている。約2メートルの身長のヴォドニクは黒い鎧《よろい》を着て、手に麻酔銃を握っている。

ドアの向こうはブラックリーグの戦略室になっている。この部屋からは、どんなに些細《ささい》なメッセージさえ、デニックかカラ・バラトンの承認なしには漏れていくことはない。ここまでの慎重さがあってこそ、ブラックリーグのいる場所を秘密にできているのだ。

他に唯一連絡を取り合えるのは、宇宙船に乗っているメンバーたちであり、船同士や船から基地への通信も難しい。もし、誰かが回線を改ざんしたとしたら、通信システムは数秒のうちに切れることになっている。

ブリムは、評議会の会議室へと移動しながら警備のヴォドニクをチラリと見た。

これまで戦略室の中に入ったことはないし、これからも父親の位であるキャプテンになったり、自分が司令官の座に就かない限り、その部屋に入ることはないだろう。ブリムは、頭に浮かんだそんな考えを振り払おうとした。なぜならば、そんなことなどは起きてほしくないからだ。そうなるということは、つまり、父と母を失うかもしれないことになり、場合によっては彼らの死を意味するからだ。

アラーラがふと息子の方を振り返る。

「評議会の皆を待たせないようにしましょう！」

ブリムは皆に追いつこうと歩調を速めた。

帝国の最高統治者であるエクソスアシュラは、要塞の頂点に作られた巣箱が張り出した場所に立っている。

エイリアンの不気味な目が、アルカナの町をスキャニングするように監視している。見張り台にはセキュリティ用のドローンが配置されて、見渡す限り一面の石と鉄でできたみすぼらしい街並みを見渡している。

エクソスアシュラの青白い灰色の肌の身体は、ガリガリに痩せていながらも、骨と皮だけでなく鉄のような強靭さを醸《かも》し出している。また、約２メートルの身長の彼は、手下の兵士たちが着るような黒い上着、タイツ、膝上のブーツという恰好ではなくチタン製の戦闘服を着ていた。彼は、民衆たちに一分の隙も与えないように、権力者として力を持つ者のイメージをしっかりと植え付けておくことが統治者としての役割だと思っていた。

このような周到な監視体制があることで、抵抗軍の脅威があったとしても、支配者としての立場を維持できるのだ。これまで過去1000年にも及ぶ支配を続けているアルコンにとって、抵抗軍の反乱などは赤子の手をひねるようなものだった。

そんなエクソスアシュラは、特に理想主義者というわけでもない。

彼は自分より前の統治者、そして自分の後の代に統治する者に対しても、少数であれ反抗する者たちが存在するということをきちんと理解している。けれども、どちらにしても、統治の長い歴史において、隠れて密かに活動しているブラックリーグなどは、自分たちには取るに足りない勢力にすぎなかった。

現在のエクソスは、100光年宇宙《ギャラクシー》に存在する20個の星の富と資源を手中に収めながら、これまでにないほど勢力を拡大している一大帝国の中心にあたる星でもある。

これまで帝国は、ゆっくりと長い時間をかけてそれぞれの星を1つずつ帝国に加えてきた。その長期間にわたる闘いの中で、宇宙船や資源などをずいぶん犠牲にしてきた。遺伝子上新しく生物学的に創り上げた数多《あまた》の兵士たちもまた犠牲になってきた。

現在はエルダーゴッドが治める領地が献上されたところであり、これまで帝国が支配してきた境界線をはるかに超える範囲を支配下に置く機会を得たところだった。
また、1000光年以上離れたところに存在するある進化したテクノロジーを持つ異星人の船を彼らのパトロール船が捕らえたところだった。その船は、荒れ狂う電磁波の大渦巻の中で激しく破損していた。帝国から離れた境界線上で発生する変則的な重力波の嵐は、ほんの数秒間で船を真っ二つにしてしまうほど強烈なものだが、エイリアンたちは相当進んだテクノロジーを持っているようで、彼らの船は完全には破壊されていなかった。

その船の乗組員と破損した船は、要塞に運ばれてくるまで帝国が支配する星々の間を1年あまりも彷《さま》徨《よ》い続けていたようだった。
船内にかろうじて生き残っていた者たちは、自分たちのテクノロジーを漏らしたくはないだろう。けれども、帝国側の取り調べ官だって一枚上手だ。支配下の選り抜きの科学者集団がいれば、この見知らぬ星の者たちの技術を自分たちの宇宙船に採用するのは簡単なことだった。彼らの技術さえあれば、大渦巻の中だって無傷で通り抜けることも可能だし、この異星人たちが「地球」と呼んでいる1300光年先にある彼らの星までたどりつくのも時間の問題だ。

こんなふうに、エクソスアシュラは、これまでのどんな支配者よりも自らの名声を轟《とどろ》かせながら領土を広げて権力を誇示してきた。このパワフルさがあることで、支配下の野心に燃えた領主たちであっても権力の座を奪おうとする謀反を起こすことなどもなかったのだ。

しかし、広大な帝国を支配し続けるのは容易ではない。トップに君臨する支配者としては、何人かの信頼できる領主たちの力を借りなければならない。特に、そのうちの1人には、エクソスと地球の間の何光年もの距離に及ぶ支配を維持するためにも協力を得なければならなかった。

そのためにエクソスアシュラは、ある領主を何年も手塩にかけて育ててきた。彼は手をかけたその者がまったく裏切らないと信じるほどバカではないが、賄賂《わいろ》などを与え続けて、常に揺るぎない忠誠心を引き付けておかねばならなかった。

デニックは、円形の会議室で自分を取り囲むように座るアラーラ、ブリム、ガーたち評議会のメンバーの前に立っていた。ドーム型になった部屋とひな壇の席は、月からの黒玄武岩をくり抜いて造られたもので、部屋の壁には青白く光るクリスタルが埋め込まれている。

席の上段で議長を務めるのは、カラ・バラトンという名の褐色の肌と真っ白な長い髪のコントラストが見事な年配の女性。その長い髪には、たくさんの三つ編みが編み込まれている。彼女はブラックリーグの設立者ですでに昔に亡くなったダルバ・バラトンの娘だ。彼女の瞳はイキイキと輝いているが、実は、150歳以上も生きている長老でもある。

「あなたのプランは危険だと思うわ、デニック」

カラがデニックに忠告する。

「でも、救済策を講じなければ、さらにリスクは大きくなってしまう。我々のスパイからの情報ですが、捕らえられた囚人は、帝国の外からの者たちみたいなんです。彼らは我々よりもはるかに進んだテクノロジーを持っているらしい。アルコンは彼らの技術を盗もうとするでしょう。だから我々も対策を考えないと。まずは、そのためにもその囚人たちを救おうというわけです」

カラは、デニックの説明にうなずく。

「わかったわ。では、それを認めましょう。まずは、必要なクルーたちを集めなさい。私たちの世代から次の世代にはなんとか自由になれるといいわね」


会議が終了してデニックとアラーラが扉に向かう途中、ブリムが両親に頼み込む。

「ねえ、僕も今回のチームに加わらせて！」

デニックとアラーラは立ち止まるとブリムを通路に引き込んだ。

「その気持ちはうれしいけれど、会議に参加できるようになる年齢になったといっても、ミッションに参加できるというわけではないんだ。特に、危険が伴うものはまだ無理だね」

デニックは息子を諭す。

「じゃあ、あとどれだけ学べばいいって言うの？」

「経験を積むことが一番よ。でも、きちんと訓練をしておかない限り、最初のミッションが最後になってしまうわよ」

ブリムが壁に寄りかかってすねているのを見て、デニックとアラーラは顔を見合わせた。

「じゃあ、こうしよう。私がいない間に、ガーに頼んでお前の訓練をさらに頑張ってもらうよ。それで、次のミッションに参加するのはどうだろう。でも、帝国の手が伸びている場所へのミッションはダメだな」

「そうすると、供給チームとしての参加とかになるの？」

まだ不服そうなブリム。

「それでも、ミッションはミッションよ」

母親から息子に有無を言わさぬ言い方をされたことで、やっとブリムもうなずく。デニックが息子の肩に手を置いた。

「いいかい？　どんな小さなミッションだって我々がサバイバルするためには重要なんだよ、ブリム」

「生死に関わることだから。メンバーの一人ひとりが生き残るために自分のできることをやるのよ」

現実の厳しさに気づくと、ブリムは少ししゅんとしながらも笑顔になる。

「僕、絶対に皆をがっかりさせないから！」

デニックは息子の髪の毛をくしゃくしゃにして笑う。

「今だって十分、お前は自慢の息子だよ！」

アラーラも思いきり我が子を抱きしめた。

第3章

ポート・ダブリン

不思議なことに、人間たちは彼らの社会において、かつて「ウェルク」と呼ばれるグレイ星人や他の異星人を受け入れたときよりも、「ランディング（上陸）」の後の方がハイブリッドを受け入れるのに時間がかかったようだ。人類特有の外来種への恐怖感があるからか、エイリアンだとはっきりと見分けがつかない人間社会になじむ人間とハーフのハイブリッドの方に、より深い疑念を抱いているのだ。

『ハイブリッドの歴史』より引用
ホリー・コットン著

現在のポート・ダブリンの街は、かつては大運河であった大河をまたぐようにして広がっている。ここは、数百年前には内陸の村から海へ水脈で船が往来していた場所。地球の再編成と大復興の前に起きた地球温暖化によって海面がゆっくりと上昇すると、このあたりの海岸の街は水没してしまった。

すでに、人口のほとんどは内陸に移動していたが、それでも、沈んでいない島に高層住居を建て、海面から高い位置に造った橋で内陸とつながり、海の近くに残っている者たちも多かった。


ウィラとホリーは、海岸の街に住むハイブリッドや人間、そして異星人たちが大勢行き交う大きなマロウボーン橋を渡っていた。

普段の生活では、田舎で家族や友達とだけしか会わないウィラは、異星人たちがメルティングポット状態でごちゃごちゃいるこのポート・ダブリンの状況にちょっと面食らっている。

かつてグレイ星人と呼ばれていた1人のウェルクが、その大きな黒い目でウィラをじろじろ見ながら通り過ぎていく。その奇妙なあだ名は、この小柄な異星人の灰色の肌が地元の海にいる大きなウミヘビに似ていることから地元の人によってつけられたものだった。

また、ぬるっとした肌の山椒魚《さんしょううお》に似た水陸両生のノンモ（上半身が人間で下半身が蛇の生き物）3人が、ホテルの「スターゲイザーイン」のベランダの日陰でテーブルを囲み、羽毛のようなエラを曲げて水を飲みつつ、あたりが涼しくなるのを待っている。

ウィラやホリーのように一見普通に見えるハイブリッドであったとしても、エイリアンの遺伝子が混ざっていることがわかる出身の星の特徴がルックスのどこかに必ず現れていた。ここでは逆に、たまに見かける人間の方が他の星からやってきた住人たちの中で目立っているかもしれない。

でも実は、そんな人間たちでさえもエイリアンの遺伝子を受け継いでいる。人間が現在ヒト科として受け継いでいる遺伝子は、何十万年も前に地球に降り立ったアヌーと呼ばれる、今では絶滅した異星人からの遺伝子を受け継いでいることをウィラも知っていた。


「ねえ、ロッジは違う方向じゃない？　どこへ行くの？」

「行くべきところに行くのよ」

ウィラの問いに、ホリーはいかにもクリプティックらしい謎な言い回しで答える。ウィラは少しむっとしながらも、ポート・ダブリンの不思議な住人たちを飽きずに眺め続ける。


ふと気づくと、橋を渡り切ったたもとの方に、何かヘンな生き物がいるのが目に入ってきた。

その奇妙な存在は、あらゆる異星人が混ざってひとつの新しい生き物が出来上がったかのようだ。2・5メートルはありそうな巨漢に筋肉質の身体つき。そして、顔と巨大な手の平、足の裏を除くと茶色とグレーの毛皮に全身が包まれている。さらにその顔は、突き出た眉弓に茶色の目、猛々しい鼻の穴が目立っている。

その大きな生き物は、他の通行人たちからじろじろと見られているのも気にせず、ただ一点、ウィラの方をじっと見据えていた。

ウィラはホリーの袖を思わずつかむ。

「何⁉　あれは！」

「あら、いるわね。彼はアーガス。あなたの新しいメンターよ」

「え？　どういうこと？」

ウィラはあっけにとられてしまう。

「もちろん、私もまだあなたを教えるわ。でも、これからは役割の違うメンターたちがそれぞれあなたの修行を手伝うことになるの。アーガスは、ビジョンの世界を司るマスターよ。彼なら、あなたに目に見えるものだけではなく、もっと大きな世界を見るための感覚を開く訓練をしてくれるはずよ」

「あんなの、みたことない……」

「アーガスの一族は古代から続いている存在で、いろいろな名前で呼ばれてきたのよ。たとえば、アルマス、ナルコーナ、オールドワン、イエティ、サスケハノックなど。でも、ランディングの前に、最もメジャーだった呼び名は〝ビッグフット〟ね。彼らは、他の星からの遺伝子を持たない、元来のヒト科が進化した地球上の生物よ」

ホリーとウィラは、視線を下げて自分たちに睨みをきかせているアーガスの前に着いた。ホリーが会釈をすると、アーガスも同じように返し、ウィラが同じことをするのを待っている。そこで、ウィラも会釈をすると、アーガスも丁寧に挨拶してきた。

そこから、アーガスはくるりと後ろを向くと大股で歩いて橋から舗道に出る。その道は、「ノーザンロッジ」という3階建ての木骨造りの建物へと続いていた。その建物は、屋根から突き出た石の煙突が目印だ。

この場所は、地元のクリプティック、ノクターナル、シェイプシフター、セイジたちの中から選ばれたメンバーたちに開放された場だった。全員が一堂に集まることはほとんどないが、重要な会議があるときには集合したり、また、彼らの社交場にもなっている。

このロッジのメンバーでもあるビッグフットのアーガスが、入り口の高い横げたを屈《かが》みながら潜って行くと、ホリーとウィラも彼の後に続く。

通された広間にある大きな暖炉にはごうごうと火が焚かれ、そこには銅の大釜が置かれて茶色の泡がブクブクと泡立っている。鼻をツンとさせる刺激臭が大釜から部屋いっぱいに充満している。

広間の中央の木造りのフロアには複雑なケルト式のデザイン模様が円の形に描かれている。それらは、三角形、波線、弓形、丸、水玉模様の5つのシンボルだった。アーガスは、その模様の上をドタドタと踏みしめながら、奥の間へと消えていった。

ウィラが床にある模様を指差した。

「これは、何なの？」

「5つの道のレベルを表すシンボルよ。クリプティック、ノクターナル、シェイプシフター、セイジにレイスを表現する大地、海、空、空間、そしてスピリットの模様よ」

ホリーはパチパチと音を立てている炎の側で鍋から泡立つ蒸気を吸い込むと、確かめるようにうなずく。

「いい感じにできているわ」

ウィラは真似をして匂いを嗅いだ途端に、思わず後ずさりをする。

「何これ、ヘンな匂い。まさか、これがランチとか言わないよね」

「違うわ。これは神聖な儀式に使われるハーブのお茶よ。アーガスは、この薬を調合するマスターなの。あなたはラッキーよ。私の師匠はこの調合が上手くなくて、一度トライすると3日間は調子が悪くて食事もできなかったくらいよ」

「これを私が飲むの？」

「クリプティックになるためには、必要な儀式なの」

「飲むとどうなるの？」

「マインドの奥深い場所にある扉を開くのよ。他の次元につながるその扉は、他の方法では開けることはできないの」

ウィラはクリプティックになるためのトレーニングを開始して以来、自分の選んだ道が果たして正しかったのかと改めて不安になってくる。これまで、ノクターナルやシェイプシフターの神秘的な儀式についてはなんとなく断片的には聞いてきたものの、クリプティックになるには基本的に勉強や瞑想などのエクササイズだけで習得できるものだと思いこんでいたのだ。

スリーロックにある小川の畔にある森で、ホリーとおしゃべりしながら時間と空間と並行次元についてのことを学ぶことは楽しい。ホリーの言う「おしゃべりをする木の話」の方が、この毛むくじゃらの不思議な生き物が作るマインドがぶっとぶという臭い飲み物を飲むより全然ましだと思った。


「まずは、うちの親に相談してもらった方がいいと思うんだけれど」

「あら、もう伝えたわよ。あなたを弟子にするときにこのことは説明してあるから」

「じゃあ、どうして私には知らされなかったの？」

できるだけ落ち着こうとするウィラ。

「クリプティックになるということは、常に予想もしていないことに直面するということでもあるの。そして、教える立場の私としても、あなたがそんな状況にどう反応するのか、ということを見ておく必要もあるのよ」


アーガスが奥の間の出入り口から広間に戻ってきた。大きな手に小さな金色のカップを乗せた彼は、ウィラに向かってフロアの模様の円を指さした。

「アーガス、教える。君、あっち」

しわがれた唸《うな》るような声でアーガスに言われると、ホリーも大丈夫、というようにうなずく。もう一度アーガスに促されると、ついにウィラも円の真ん中まで歩み出た。

アーガスは、湯気が出ている液体にカップをちょっと浸すとそれをウィラに手渡した。

「1口だけ！」

ウィラは大釜と自分の手にしているカップをじろじろと何度か見ながら質問する。

「たったこれだけのために、こんなに煮ているの？」

「この儀式をするのは、あなただけじゃないのよ。あなたが今日は最初なのよ」

「もし、テストに合格しなかったらどうなるの？」

「全員がクリプティックになれるわけじゃないわ。たとえ、他の道を選ぶことになったとしても恥ずかしいことではないのよ」

ホリーはそう答えると暖炉の端の床の上に座る。アーガスも反対側の暖炉の傍に腰を下ろした。2人は目を閉じると、瞑想に入っていく。ウィラはそんな彼らを見てその身長差の違いにニヤッとしながらも、大きく深呼吸をすると、金色の小さなカップを口元へと運ぶ。そして、ためらいながらも液体をグイっと飲み込むとカップを床に置いた。目を閉じると、そこには予想もしないような世界が待っていた。


ソーンがウィラの家のツリーハウスの下の樫の木の周囲を徘徊している。あまりにも同じ所をぐるぐると回っているので、ついに、草の上には円形の跡がついてしまった。ここ数時間、リリーはその様子を上から見ながら、ソーンに何と声を掛ければいいのかを思案していた。ついに、リリーは水を入れた2つのカップを手にすると虹彩式の扉を通り、樫の木の枝の上から地面に降りてくる。そして、また一周歩き終えたばかりのソーンに声を掛けた。

「中に入って待たなくてもいいの?」

水の入ったカップが差し出されると、ソーンはそれを受け取って一口飲む。

「ありがとうございます。ウィラのお母さん。でも、大丈夫です!」

「リリーと呼んで、って言ったわよね」

「でも、その呼び方は失礼だと父が言っていました」

リリーは、うねる大木の根っこの1つに腰をかける。ひんやりした草をつま先で感じながら、午後のやさしいそよ風が心配事を洗い流していく。彼女は自分の向かいにある別の木の根っこを指して、「あなたも、どう?」と誘うと、少しためらいながら、ソーンも同じように根っこの上に座った。

自分も頭を整理したかったリリーが、ふと、ソーンの膝が神経質そうに揺れているのに気づく。ソーンは落ち着きのない自分の様子がバレてしまったことを知ると、足を閉じて気持ちを落ち着かせようともう一口水を飲む。

「ねえ、あなたのお父さんのことを聞いてもいい?」

その話題だけは触れてほしくなかったソーンは、いやいやながらもうなずく。

「お父さんは、出発前に最後に何て言っていたの？」

その質問には、不意をつかれてしまった。1年前の宇宙ステーションでのあの日のことを記憶から消したかったのに、再び頭によみがえってくる。ソーンは、ゴクリと唾を飲み込むと深く息を吸い込んだ。

「父はオリオンの周辺への探索を楽しみにしていたんです。あのあたりはまだ、あまり調査も進んでいないから。でも、あの場所だけで起きる現象もあるとの調査結果もあって、自分でも実際に調べたかったみたいです。時間と空間の理論を証明できるヒントが何か、見つかりそうだと言っていました……」

ソーンは、このあたりでリリーがもう満足してくれたらいいと思っていたのだが、そういうわけにはいかなかった。

「続けて！」

「あの、それで……、僕たちは父がこれまであんなに遠くに行ったことがなかったから心配していたんです。未知の世界にこそ神秘があると言って探求を怖れない人だったから。でも本当のところは、父は母のことを探しに行ったんじゃないのかと思っているんです」

3年前、彼の母親であるセレンダイン・アッシュグローブは、外交上のミッションとして星間連合に新しく加わったシャン星へ旅立って行った。けれどもその後、彼女が乗っていたフェニックス号は、目的地に着く前に不思議なことに忽然と消えてしまったのだ。

この事件の後、セレンダインについては、あらぬ噂が飛び交ったものだった。

ある者は、彼女はコンタクト評議会から派遣されて秘密のスパイ活動をしているという説もあったが、その噂は評議会にはっきり否定された。また、シャン星に移り住んだ異星人がフェニックス号をハイジャックしたという説もあったが、それは政府がやはり否定している。さらには、フェニックス号が最近できたばかりのブラックホールの近くを知らずに通過してしまい、ブラックホールに落ちてしまったという説もある。


ソーンとしては、どんな噂も信じられなかった。けれども、母親がいなくなったことには変わりはなく、ただ途方にくれるしかなかった。そして今、父親さえもいなくなった彼と兄は孤児となってしまい、呪われた一家と呼ばれても仕方がない状況になってしまっている。

自らも母親であるリリーは、この兄弟のことを思うと胸が張り裂けそうになる。今、ここで再びソーンにつらい思いをさせたことを後悔して、ソーンの隣に座ると肩の上にいたわるように手を置く。すると、ソーンは視線を地面に向けた。


「あの、これからウィラも探検に出ていくんですよね。僕は……」

喉が詰まってしまって、言葉が続かない。

リリーはやさしく彼の顔を上げると、少年の潤んだ目を見つめる。

「心配しないで。ウィラは強い子だから大丈夫よ」

「本当ですか？　でももし、この先、レイスとか最悪の場合にはバンシーになってしまったら」

「ローウエンからそんな噂を聞いたんでしょう。でも、もしそうなったとしても、私はウィラを止めないわ。自分の娘について確実に言えることは、あの子はいつも自分のハートに従っているということ。だから、私もあの子のようにあなたのことを好きになったのよ」

リリーが笑いながらからかうと、ソーンは少し恥ずかしそうにやっと笑顔になる。

「ウィラから今日の報告をいつ聞けるのかなあと思って」

「儀式は皆、それぞれ違うものね。数分で終わる人もいれば、数時間の人もいるし、何日もかかる人もいるのよ。各々に必要な時間があるのね。そういえば、あなたもそろそろトレーニングをはじめる頃じゃないの？」

ソーンがもじもじして地面を見つめる。

「どうしたの？」

「ローウエンが、僕には向いていないんじゃないかって」

「そう。でも、あなたはウィラと一緒にいたいんでしょ？」

ソーンはうなずいて、やはり下を向いている。

「ええ。でも……」

「でも、あなたもウィラだけが理由じゃないでしょ。ご両親が２人とも宇宙で行方不明になってしまった。お兄さんはご両親の後を継いでいるわよね。だからできれば、あなたは宇宙に出ずに地上にいたいのではないかしら？」

「でも、一緒にいられなくなると、ウィラが他の誰かを好きになるかもしれない……」

「たとえば、セイジは時間や空間を操ることができるかもしれないわ。でも、誰も未来がどうなるかなんて確実なことは言えないもの。だから、ウィラには自分でやりたいことを決める時間をあげてほしいの」

まるで自分に言い聞かせるようにリリーも手元の水を一口飲むと、ソーンのカップを彼の手から取ると自分の側に置いた。

「ねえ、ちょっと両手を差し出して拳《こぶし》を作ってみて」

戸惑いながらソーンが従うと、リリーは自分のカップにあった水を彼の拳の上に落とすと、地面の上に水はこぼれていく。

「じゃあ次に、拳を開いて両手を器の形にしてみて」

そのとおりにしたソーンの両手の中にリリーは水を注ぐ。

「そして、水を飲んでみて」

そのとおりに従ったソーンにリリーは質問する。

「何かわかったことはある？」

「そりゃあ、カップから水を飲む方が簡単ですよね」

リリーは、その答えに笑いながら「そうね。愛って水のようなものよ。ぎゅっと締め付けないことで逆に長続きしたりするものよ」

「でも、くっつけている両手を離すとなると」

そう言ってソーンは両手を離すと水は下へこぼれていった。

「そう。要するに、バランスが大事ってことね」

ため息をつくソーン。

「ありがとうございます。お母さん。っていうか、リリーでいいんですよね。はい、なんとなくわかりました」

リリーはソーンの手を軽く握ると、「実は、あなたにこんなことを言いながら、私だって今、落ち着かないのよ」

そう言って笑うとリリーは立ち上がった。

「あんなに歩きまわっていたから、お腹が空いたでしょう？」

そう言われて初めてソーンはお腹が空いていることに気づくとうなずく。

「上に摘みたてのベリーがあるわよ。いかが？」

やっと気持ちがラクになったソーンは、リリーの後を追って曲がりくねった枝を上りながらウィラの自宅の巣へと向かう。それでも、リリーがベリーに夢中になってくれて、もう両親のことなんて質問しないでほしい、と心の底では思っていた。

第4章

カケラ

情報とは水や電気みたいなもの。より抵抗のないところを
自らがたぐりながら道をつくって流れていく。

『パラドックスの書』
サッサフラス・ザ・セイジ

ウィラは、暗いボイドの中を浮いていた。

それも、なぜだかエンドレスに続く青い光の平面の上に立っているようで、ゆっくりとカーブを描いて回ってみても、目に入る景色は、水平線上で小さく光る白い光がだんだんと大きくなって近づいてくる以外に変わりはない。なんとか目を細めてそのキラキラするものを捉えようとしても、その光はあっという間に自分の方に向かって、透明なクリスタルの球体になって流れ去っていく。

自分のいる場所の空間の大きさや距離感がつかめなくて、その球のサイズがどれくらいの大きさなのかがわからない。けれども、それが近づいてくると、突然、それは巨大な山ほどの大きさであることがわかる。

その球体が自分の上に迫ってきたことで、くるりと向きを変えて必死に逃げる。すると、球体は小さな月くらいの大きさになると、水平線上いっぱいにまで広がってきた。

走り疲れた足はこわばって、心臓もバクバクしてきた。巨大なクリスタルの球体が自分の上にのしかかりそうになったので、叫び声を上げそうになった瞬間に、その球体にあっという間に飲み込まれてしまった。

球体の中に入り込むと、ハチミツのようにトロッとした液体の中を浮遊していく。そして、巨大な球体の中心に向かってどんどんと流されていく。叫び声を上げたくても声にならない叫びになるだけ。心臓の鼓動があたりに響き渡ると、その音は胸の中心から周囲のトロリとした液体にまで波紋を描いていくのがわかった。

内側から上がってくる声にならない叫び声を振り払いながら、湧き上がる恐怖と闘う。けれども、その恐怖は音になって、クリスタルの液体を一気に凍らせてしまう。そして、球体の中心から巨大な裂け目が外側に向かって光の速さで亀裂のように走っていく。その内側では、割れた数多《あまた》のカケラたちがレインボーの光を放ち、キラキラとダイヤモンドのように輝いている。

たくさんのカケラたちが周囲をまるで亡霊のようにくるくると回っている。何千ものクリスタル状の破片は、永遠に続く鏡のトンネルのような中で、自分の姿を映し出していた。目が慣れてくると、幾つかのカケラに映りこんでいるものが見えてくる。それは、子どもの頃の姿だったり、また、別のカケラには数年後の未来の自分がそこにある。

いつしか、裂け目の間を流されながら、カケラが映し出す不思議な光景に引き込まれていく。恐怖も少しずつワクワクした気持ちに変わっていく。走馬灯のように流れる目の前のカケラのシーンには、知っている人もいるけれど、知らない人たちもいた。

ソーンの姿は、やっぱりたくさんのカケラに映りこんでいる。ソーンの過去や未来のワンシーンが、ここだけの秘密のように映り込んでいる。彼の兄や父親とのシーン、そして自分と一緒のシーンもある。

特に、スリーロックの木立の間で密会したあの日のことも映っていた。今、目の前に映っているのは、あのときの情熱的なファーストキスの光景。でも、なぜか不思議と恥ずかしい感覚はない。それでもあの日、誓い合った愛の約束はとても甘美な思い出だったりする。

これまでの人生も、カケラのスクリーンに次々に展開されていた。

赤ちゃんのときに母親に抱かれているシーン、3歳のときに初めて素足で小川に流れる水に足をつけてその冷たさが気持ちよかったこと。自宅の巣を支える樫の木の周りで父親と追いかけっこをしたり、身体をくすぐられたことなど。思い出をたどっていると、今、まるでそのシーンを初めて味わったときのような感情が駆け抜けていく。それぞれの温かい想い出に浸っていると、他のシーンが目に入ってきた途端に、不思議なことにその感情はあっという間に消えていく。

ふと、1枚の鋼のような鋭いカケラに目が引き付けられた。そこには、数年後の自分の姿があった。地面に倒れた血だらけの自分の姿の前に立ちはだかるのは、背の高いやせこけた灰色の身体に冷酷な目、チタンの甲冑《かっちゅう》をつけた見たこともないエイリアンの姿だった。そして、ポート・ダブリンの街が、このエイリアンたちの手中に堕ちて、焼け野原になっていることもわかった。

そんな信じられない光景に戦慄《せんりつ》を覚えながらも、次のシーンが目の前に流れてくるので自分の中で見たものについて深く考える間もない。次に見えてきたのは、ソーンの父親、ケール・アッシュグローブ。それまでゆらゆらと漂っていたのに、ケールがさっきのエイリアンに拷問を受けている姿を確認すると氷のように固まってしまう。ケールが拷問の痛みで悶絶《もんぜつ》の声を上げるたびに、カケラはさらに小さな破片へと音を立てて砕かれながら、まるで榴散弾《りゅうさんだん》のように自分の身体に突き刺さってくる。そのあまりの痛みに苦しみ悶《もだ》えながら、いつしか、目がくらむほどの閃光の中に溶けていく。

ふと、まばたきをするとウィラは広間に戻ってきていた。

まだ混乱していて、何がなんだかわからない。見上げると、ホリーとアーガスが自分を見下ろしている。立ち上がろうとしても足は動かないので、アーガスが腕をつかんでひっぱり上げてくれる。

「ウィラ、立てない。アーガス、助ける」

アーガスがウィラを抱えて暖炉のある壁まで連れて行き、壁に身体をもたれかけさせて腿《もも》のあたりからのこわばりにマッサージを施す。ウィラは、アーガスに「ありがとう」と目で合図をして入り口のドアから外を眺めると、外はすっかり夜になっていた。マロウボーン橋は、水面に浮かぶたくさんの提灯のやさしい光に照らされている。

「ねえ、どれくらい時間が経ったの？」

「数時間ね。自分の名前は言える？」

「何それ？　もちろんだよ」

「じゃあ、言ってみて」

そう言われて、すぐに答えたいのに記憶が一瞬真っ白になってしまう。

「えー、えっと……、ウィラ」

すべての記憶が戻って来て、やっと名前を口にすることができたことでホリーもほっとしている。

「よかったわ。たまにだけれど、ハーブのお茶で幻覚の世界を長い時間旅をすると、その人のアイデンティティが閉じられてしまうことがあるの。それで、何を見てきたか憶えている?」

ウィラは、目を閉じて集中する。消えてしまいそうな夢を思い出そうとするような感じで記憶をたどると、一気に記憶がなだれこんで来て、パチリと目を開ける。

「ケール!」

「ケール?」

「ケール・アッシュグローブ。ソーンのお父さんよ。彼が暗い場所にいて……」

ウィラに恐怖の感覚が戻ってくると、声が詰まってしまう。

ウィラは、その場にいられずに思わずドアから飛び出て橋の上まで駆け出した。ホリーも後を追って来ると、通行人たちに好奇心の目にさらされているのを無視しながら、ウィラが落ち着くまで背中をさすって、なんとか建物の中に連れ戻した。

アーガスが奥の間から小さな椅子を持ってくると、にやにやしながら暖炉の前に置いた。ウィラはアーガスにちょっとムッとする。

「何かおかしい？」

大きなもじゃもじゃの頭のビッグフットがうなずくと、冷たい水を差し出す。

「ウィラ、おかしい。ゴーストみたい」

水を一気に飲み干したウィラが落ち着きを取り戻したのを見計らって、隣にいるホリーが訊ねてきた。

「ケールを見たのね。ということは、ソーンのお父さんは生きているってこと？」

「私が見てきたビジョンは、合っていると思う？」

「ありえるわね。あのハーブのお茶を飲むと時間と空間を超えて、普段なら見えないことも見えたりするから。それで、実際に何を見てきたの？」


「あのね、ソーンのお父さんが捕らえられて拷問にあっていた。何か、情報を渡さないといけないとかで。なんとなく、彼が考えていることがわかったし、痛みや絶望感なんかも伝わってきたの。まるで、自分のことのようにね」

「彼は、どこにいたの？」

「暗い場所。どこかわからないけれど、尋問していたエイリアンは、見たことがない種類だったな。背が高くて痩せていて、灰色の肌でぞっとするような冷たい目をしていて……。でも、ソーンのお父さんは、それでもソーンやローウェン、そして皆のことを思って頑張って耐えていたんだよ」

記憶の糸をたぐるように話していたウィラは、再び恐怖を感じながらホリーを見上げると、ホリーは、その表情を見逃さなかった。

「まだ、他にもあるんでしょ？」
「エイリアンの考えていることもちょっと読み取れた感じがする。なんだか、地球は危ないってことがわかった……」

ケールは大柄の筋肉質の番人に抱えられて、いかにも牢屋風の石造りの小部屋にポンと放り込まれた。番人は黒いボディスーツを着ていて、そこには刑務所の印である２つのダイヤモンドを組み合わせた赤い印がついている。番人は鋼鉄製の扉をガチャリと閉めると、鍵をかけて去っていった。

全身が傷だらけのケールは、冷たい石の床の上で番人のブーツの足音が小さくなっていくのを聞いている。通路の奥にある別の扉の鍵が閉められる音が聞こえてきた。１人になったケールは、顔をゆがませながら片腕で損傷した肋骨を押さえて、なんとか床の上を這《は》いながら壁際まで行く。そこで、壁にすがってなんとか上半身を支えることにした。ハンサムと言われていた顔についた傷を恐る恐る手で触ってみる。

エイリアンに捕らえられて独房に入って数週間、仲間たちと会うことなどは許されなかったし、実際に彼らが今、生きているのかどうかさえもわからない。残忍な尋問にはできる限り抵抗しているけれど、オリオンの連中たちは、自分の脳にある情報をまるで採血するように吸い上げてしまう。でも、すべての情報を吸い上げられてしまったら、あとは、もう殺されるだけだ。地球からはこんなところまで、誰も助けにやって来ないはずだし、破損した船は完全にルートから外れてしまい、ナビゲーションの機器も壊れていた。

こうなってしまったら、もう運命を受け入れるしかない。あと、唯一心残りなのは、ローウェンとソーンのことだ。もう息子たちに会えなくなると思うと心が痛む。息子たちは、父親に何が起こったかも知らず、両親とも失ってしまうのだ。そんなことを思うと、心が張り裂けそうになってしまう。

とは言っても、まだ希望だって捨ててはいない。地球にいるセイジの誰かが自分の様子をビジョンに見てくれて、それを息子たちに伝えてくれたら、もしかして助かるかもしれない。拷問を受けたことや死のニュースは息子たちにはつらいだろう。でも、それが彼らに伝えられれば、自分の人生の幕引きだけはできる。

そんなことを考えていたケールに、再び足音が近づいてきた。

錆びたドアの蝶つがいのきしむ音がするので、独房の外に注意を向けると、番人の足音が近づいてくる。

床の上の小さな小窓が開くと、薄いスープが入った器が突き出された。これが最後の食事というわけか。こんなまずい食事のために、床を這ってまでスープの器を受け取りに行くべきだろうか、と思うと情けなかった。

次の瞬間に、それは起きた。

小窓がパン！と閉じられたかと思うと、独房の扉の外でビシッ！という音が響く。何か重たいものがドシンと鈍い音を立てて倒れたようだ。瞬く間に、小窓の下から独房の内側に真っ赤な鮮血が細く流れてきてスープの器の底に溜まっていく。これまでの厳しい尋問のストレスと空腹から、ついに幻覚まで見はじめたのだろうかと不安になる。

そのとき、扉のスライド式の鍵を開ける鋭い音がした。思わず緊張するとガタンと扉が開き、背の高い黒いボディスーツを着たシルエットが目の前にある。その向こうでは、番人が扉の外の床に倒れて、頭部に大きな傷を負っていた。

デニックがニコッと笑うと素早くケールに駆け寄って来た。

「今日は君のラッキーデーだね！」

「あ、あなたは？」

「君の助っ人だよ」

「でも、地球からではないでしょう？」

「え？　どこからだって？」

デニックは丁重に、それでも迅速に痛みでうなり声を上げるケールを引き寄せて体重を自分にかける。

「ここからは、足の悪いふりをして歩いて！」

「何のふりをするって？」

「すまないね。とにかく、すぐにここから出なくちゃいけないんだ」

「私の仲間たちは、どうなるんですか？」

「あのね、君を探すのに1時間もかかったんだよ。申し訳ないが、他の仲間たちはどこにいるかもわからない！」

揃って扉に近づくと、2人は通路をゆっくりと歩いていく。

「あの、あなたは誰ですか？」

「もし、ここから無事に出られたら、ゆっくり答えるから」

「もし、じゃなくてここを出た後でですよね」

「ここまでひどくやられているのに、君はまだ楽天的なんだね」

「もし私が悲観的だったら、もうとっくに死んでいますよ」

通路の角を曲がると、さらに2人の番人が血の海の中で倒れていた。そのうちデニックと同じ身体つきの番人からは、ボディスーツが脱がされていた。

「あなたが殺したんですか？」

「ここまでしなければ、君を助けることなんかできないよ。ちょっとの傷くらいじゃあ、彼らが目を覚まして警報を鳴らしてしまう。それに、変装もしなくちゃいけないしね」

次の角を曲がると、頑丈そうな番人が2人いて立ち止まる。

「おい、お前！　どこに囚人を連れていくんだ？」

醜い番人がイライラしながら聞いてきた。

「尋問室だよ！」

デニックは平静を装って答える。

「尋問室は違う方向だぜ」

別のさらに醜い番人がしつこく迫ってきた。

「ここでは俺は新人なんだ。いまだに迷ってしまうよ！」

そう言うとデニックは、その瞬間にケールを番人の腕に押し付ける。

「場所を知っているなら、お前がコイツを連れて行ってくれよ！」

番人がケールを受け止めようとバランスを崩した隙に、デニックは一瞬で細い短剣を引き抜くと、番人たちを光の速さで切りつけた。ナイフを鞘《さや》に納めると2人がフロアに倒れる前にケールの身体を受け止めた。

出口へ向かいながら、ケールが不審そうにデニックに訊ねる。

「あの、あなたは誰なんですか？」

「静かに。もうそろそろだから！」

「何が？」

ケールが息を殺した声で訊ねながら最後の角を曲がると、そこで2人は一旦止まった。

「あそこね」

もし、何か胃の中に食べ物が入っていたら、ケールは全部吐いていたかもしれない。なんと、目の前に広がる鉄の倉庫には、何百体もの腐った死体が台に積まれていた。死体を積んだ台はコンベア式のトラックに乗せられて、死体を投げ入れる大きな穴があるスポットまで運ばれていく。その穴には化学薬品が入った巨大な器があり、そこから鼻をつくような異臭が漂っている。

デニックはケールを支えながら、自分の腿のポケットに入れていたマスクを2つ取り出すと、ケールの鼻の上に置き、もう1つは自分の顔にもつけた。


正気に戻ったケールが質問する。

「これは何？」

「第5地区で暴動があって、こんなことになってしまった。彼らは、追跡をするトラッキングの機能を身体から抜き取ると、後は栄養物に加工しているんだよ」

「食料に？」

ケールは思わず青ざめる。

「これが、人造奴隷たちの食事になるんだよ」

「え？　何だって？」

「いわゆる遺伝子を改変されて単純な感覚だけを持ち、奴隷や兵士として使われている存在たちのための食事になるんだ」

デニックもあきれている。

「このありさまが、我々が彼らと闘う理由の1つなんだよ」

そう言うと、化学薬品が入った巨大な器の上に橋の架けられた渡り板のようなものを指した。

「あの板をつかんでその上に乗る力は残っているかい？」

「たぶん。でもあそこへ行くには……」

ケールが無理かもと言い終える前に、デニックは突き出た棚から下を通り過ぎていく死体のコンベアの上にケールを突き落とし、続いてデニック自身も飛び降りた。

「幸運なことに、ここのオペレーションは自動的に行われているんだ。でも、逆に助けが必要になっても、誰も来ないからね」

マスクの下で吐き気を覚えながら説明を聞くのが精いっぱいのケール。マスクを取って、なんとか息を吸おうとするも、漏れ出す強烈な異臭に倒れそうになる。デニックは、渡り板が近づくとケールを自分の元に引き寄せた。

「準備はいいかい？」

ケールは、目を細めて鋼鉄の板を凝視すると、握りこぶしに力を入れた。

「僕が先に上って君を引っ張るから。ここが踏ん張りどころだよ」

息子たちのことが頭に浮かんでくるとアドレナリンが身体中を巡る。コンベアが板の下を通り過ぎる瞬間、2人は板から飛び出た部分をつかみ、デニックは手すりの上に這い上がる。そして、支柱で上半身を支えてケールの手をグイと引っ張った。ケールがなんとか手すりに届きそうになるまでデニックは体重をかけて踏ん張っていたが、その手がデニックからスルリと滑り落ちてしまう。

あろうことか、ケールは異臭を放つ腐乱死体の塊の上にドスンと落ちてしまった。すかさずデニックが、コンベアが完全に通り過ぎていく前に急いで反対側に駆け寄る。ケールも最後の力を振り絞ると足元の骨や内臓の中をかきわけて、デニックの伸ばした手を思い切りつかむ。デニックは、肩が外れるほどの力で、ケールを板の上にひっぱり上げた。

こうしてケールも、コンベアから薬品の液体が煮えたぎるスープの中に落とされる前になんとか一命をとりとめることができたのだった。

しばしの間、横になって息を整えていた2人の耳に、追い打ちをかけるようにアラーム音が鳴り響いてくる。

「どうやら、見つかってしまったようだね」

デニックはケールを引き寄せると、足場の板から降りて出口へ急ぐ。そして、鍵を開けてドアのハッチを開くと、2人は腰を低くして地上何階もの高さでそびえ立つ鋼の要塞を囲むように造られた外側の足場を渡っていく。ケールは、夜の冷たい空気をまるで香しい薬の匂いを嗅ぐように吸い込んだ。デニックはハッチを閉めると、2人は細い足場を急ぐ。

「さて、ここからは？」

「ここからは、飛び降りるんだ」

ケールは、要塞から飛び出た岩の上に張られた網の柵をつかみ、約30メートル下を見下ろす。

「冗談だよね？」

「冗談を言っている場合だと思う？」

デニックはそう言うと、小さな曲がった金属の棒を2本取り出して振る。すると、その棒は、それぞれ直径1メートルくらいの銀色の輪っかに形を変えた。デニックは続いて、それぞれのリングを調節して空中に水平の位置に置くと、それぞれの輪は、薄いブルーのオーラを放ちブンブンと音を立てはじめる。

「これをつかんで！」

デニックはケールにその1つを手渡すと、自分のものを頭上に掲げて見せた。ケールも、この輪っかが何をしてくれるのか今ひとつわかっていないものの、デニックのとおりに従う。そして、デニックは手すりに座ると、足元から下にジャンプした。

ケールは、デニックが階数で言うと10階くらい下までふわりと浮きながら石の建物のうちの1つの屋根に飛び降りるのを確認した。下に降りたデニックは、ケールに後に続くように促す。すでに、要塞の内側からは、こちらにドヤドヤと向かってくる重たいブーツの足音が響いてくる。ついに、ケールは輪を両手で握りしめると、勇気を振り絞って一気に飛び降りた。

ケールが下にたどり着くと、デニックは屋根から下へ続く騙《だま》し扉になっている大きな羽根蓋を叩く。するると、扉はスライド式に開き、ケールが内側に滑り込む。武装した追っ手の一軍が通路からこちらにたどり着く寸前にデニックも中に飛び込むと、ドアは再び閉じられた。

獲物を狙っていた兵士たちは、危険な場所での捜索がもう無駄だとわかると、意外にもそそくさと中に戻っていった。

第5章

選ばれし9人のメンバー

最初にハイブリッドが誕生したとき、ハイブリッドたちは個性や人格というものがどんなものかを理解していなかった。というのも、当時のハイブリッドたちはグレイ星人の名で知られていたウェルクによって宇宙船内で育てられていたからだ。彼らは、女王アリからの指令で働くアリたちのように自我もなく、一定のルールのもとに生きるだけの、ただ感情を持たない集合意識だけで生きていた存在だったのだ。

そんなハイブリッドたちも地球では人間と社会で共生していく上で、一人の個人として、思考し、感じるという訓練を積むこととなった。けれども、それまで個性という概念を持ち合わせていなかったハイブリッドにとって、それは簡単なことではなかった。

しかし、時を経て、ついにハイブリッドたちも「覚醒」を体験すると、人間社会の中で感情を豊かに表現できるようになった。ところが、皮肉なことに、ほとんどのハイブリッドは、テレパシーのやりとりなどを通じてかろうじて集合意識の感覚は保っていたが、個性がどんどん発達してくると、際限がなくなるほどその個性が発揮されるようになってしまった。

そこで、世界中のハイブリッドたちの動向を監視するためにある組織を結成することとなった。各々の地区で選ばれたメンバーから結成される「クォーラム」という委員会は、「ファーストコンタクト委員会」への報告が義務付けられ、そこから恒星・惑星間連合の地球代表にも報告がなされることになった。

『ハイブリッドの歴史』より

ホリー・コットン

ハーブの幻覚剤がゆっくりと消えていく中、ウィラの意識はまだぼんやりとしている。ビジョンを見る前は床の上にあったケルトの円模様たちが、広間の中心のテーブルや椅子にもなぜか広がって見えている。

ウィラは、ロッジの入り口から向かい側のテーブルに座り、こんな遅い時間のミーティングに招集されたクォーラムの委員会のメンバーたちにホリーが挨拶をしているのを見ていた。クォーラムには、次のメンバーたちがいる。

まず、ホリーと同じクリプティックが2人ほど。双子のうちの1人、ガリガリに痩せたローズとライラック・ラークスパーは2人とも印象的な大きなピンク色の瞳で、各々の名前にふさわしい色の服を着ている。全身からオーラのような輝きを放っている彼らの表情を見ていると、彼らには自分たちだけの世界があって、今のこの世界には、ちょっと遊びに来ているだけのように見える。

セリーン・ニンフェアとエリダーニ・ギンコの2人のノクターナルは、眼球のすべてが真っ黒い不気味な瞳にダークな服装でキリリと席に着いているのでわかりやすい。エリダーニは落ち着いているが、セリーンの方はこんなところにいたくない、というような感じを漂わせている。

エンカンタードとモシというシェイプシフターのカップルもいた。彼らの肌は絶え間なく微妙にその色と質感を変えている。それはまるで、どんな肌に落ち着けばいいのかを決めかねているかのようにも見える。シェイプシフターは、常に自分のアイデンティティを変えていることから、皮肉にも名前の方はフルネームではなく単体の名前がついている。

全員が大きなテーブルに着くと、アーガスが一人ひとりに向かってうなずき会釈をする。彼は、暖炉の近くで立ったまま、ウィラに鋭い視線を向けると、ホリーが咳払いをして合図をしてきた。一瞬考えて、ウィラは自分がこの会議の議題であることに気づくと背筋を伸ばす。

「彼女がウィラ・ヒリクリッシング。私の弟子で今日、初めて儀式をしたばかりです」

堂々とした声でホリーが話しはじめる。

「ウィラ、この人たちは北部地区のクォーラムの9人のメンバーの方たちよ」

そう言うと、空いている席をチラリと見て付け加えた。

「少なくとも、メンバーのほとんどがいらっしゃっているわ」

セリーンが、あきれたと言わんばかりに一言。

「いつものことよね。セイジさんは時間ってものを知らないから！」

「確かに」

澄んだ声が入り口の外から聞こえてきた。

「でも、我々はタイミングの重要さというものをわかっているから！」

全員が振り向いて声の主であるアルダー・レッドウッドの方を向く。そこには、シナモン色の肌色が黄金のハチミツ色の瞳とマッチしている、スレンダーな男性が立っていた。黒いビロードのビクトリア調のハーフコートの下には、仕立てたシャンパンカラーのベスト、その下からはシャキッと襟が立った白シャツが覗《のぞ》き、ボトムスは、ハイウエストの黒いパンツ。その下からは赤茶色のスパッツがチラリと見え、黒のブーツを履いている。

そんなあまりにも時代錯誤の衣服をまとったアルダーは席に着くと、テーブルの上にブーツの足元をポンと乗っけた。

「で、何を騒いでいるの？」

セリーンはアルダーの生意気な態度にイラだち、穏《おだ》やかなアーガスさえも横柄なセイジを睨みつけている中、ホリーがアルダーを見つめる。

「実は、ウィラがカケラを見てきたそうなの」

すると、一同はウィラをうっとりと眺めているアルダーを除くと、全員驚いた表情になる。

「え？　まだ訓練をはじめたばかりの子なんでしょ」

セリーンがありえないという顔をする。

「でも、彼女がこれからの地球にとって良くないビジョンを見てきたの」

興味津々になったアルダーが前のめりになり一言。

「どうぞ、続けて！」

セイジであるアルダーの注目を浴びながら、その場で全員に晒《さら》されているウィラ。

アルダーは、誰をも惹《ひ》きつける不思議な魅力と危険な匂いを同時に発しているような人物だった。それはまるで、絶壁の崖の上のギリギリの端の上に立って、美しい夕陽を眺めているような感覚だったりする。

ウィラはホリーをチラリと見ると、ホリーが「大丈夫よ」と言うような笑顔を向けてくれたことで決心がついた。


「実は、友人の父親のケール・アッシュグローブさんが、厳しい取り調べで拷問を受けていたんです。場所は、オリオン星団のどこかの星だと思うんですけれど……」

語りはじめると、記憶が徐々によみがえってくる。

「そのとき、ケールさんの思いだけじゃなくて、彼らが考えていることも聞こえてきたんです。彼らは地球について厳しく尋問していました。よくわからないけれど、地球を侵略することを計画しているみたい……」


沈黙がその場を包む。そして、沈黙を破るのは、いつもセリーンの役目だ。

「ねえ、ちょっといいかしら。まず、絶対にありえない話なのよ。新人の場合は、どんなに優秀でも初めての儀式ではカケラのビジョンは見られないものなの!」

「それは言えているかもね。この私もきちんと見えるまでには、3回は飲んだからね。それも最初は、本当にうっすらとしか見えなかったから」

アルダーもセリーンに同意した。

「はい、じゃあ以上ね！」

と、セリーン。

「でも、彼女の中に、〝アヌー〟の何かを感じるんだ。もしかして彼女は、〝マーク〟を持っているんじゃないかな」

アルダーがウィラの方ににじり寄ってきた。その発言に、アーガスを含むメンバーたちの表情は、ウィラがカケラを見た話を聞いたとき以上に驚いた顔をしている。ウィラは、なんだか口の中がカラカラに渇いてきた。

「あの、すみません。〝カケラ〟って何のことなのか、そして〝マーク〟って何のことだかわかりません。教えてくれますか？」

「ウィラ！」

ホリーが混乱するウィラを落ち着かせるように説明する。

「ランディングのずいぶん前の時代には、地球人は宇宙の創造はビッグバンからはじまったと考えていた時代があったの。でも今、私たちはどちらかというとそれは爆発というより、カケラのようなものだと考えているの」

「それは、どう違うの？」

「ちょっといいかい？」

エキセントリックなアルダーが口を挟んできたので寛大なホリーが発言権を譲る。アルダーは、ハーフコートのポケットから小さな鏡を取り出してテーブルの上に置く。

「いいかい？　ビッグバンというのは、永遠性のある何か小さなものが外側に向かって爆発してそれが宇宙になったという考え方だよね。でも、空間とは、いやもっと具体的に言うと、距離とは幻想なんだ。原始の根源的な素粒子は外側には爆発はしていないんだ」

　そして、その場でアルダーは拳を掲げると鏡にぶつけて鏡を割るとウィラを驚かせる。

「要するに、それは無数のカケラになって散らばったんだよ。だから、宇宙とはカケラのように小さいものだし、そのカケラの中にすべての存在やすべてのものがあると言えるんだ」


「じゃあ、マークっていうのは何？」

「マークじゃなくて〝ザ・マーク〟だね」

　アルダーはそれが固有名詞であると強調するような言い方をする。

「意味がわからない……」

　ウィラが眉をひそめると、そこからホリーが代わって答える。

「それはね、血中にある遺伝子〝マーカー〟のことよ。あなたも知っているように、地球で進化してきた初期のヒト科の生き物の多くは、その昔、何十万年も前に遺伝子が操作されていたといわれているわね。いわゆる、宇宙からやってきたアヌーと呼ばれる種に彼らの遺伝子と交配してホモサピエンス、いわゆる人類が創造された、という話ね。もちろん、人類とグレイ星人として知られているウェルクのDNAから多種のハイブリッドも誕生しているわ。だから、ランディングの後にはハイブリッドと人間の交配も進んで、今ではさらに遺伝子マーカーの種類も増えている。でも、遺伝子の交配で血が濃くなったり、薄くなったりしながらも、地球上にはわずかながらも、いまだにアヌーからの遺伝子がほぼそのままの原型の形で受け継がれている存在も残っているの。アルダーは、あなたもそのうちの1人だというわけよ」

「だから、私が儀式の最初の日にカケラを見ることができたと言うの？」

「そのとおり。いずれ、君は恐るべきセイジに成長するだろうね」

アルダーが予言するように言う。

「ちょっと、私たちを追い抜かないでくれるかな。この子は、まだクリプティックにもなっていないじゃないの」

セリーンが偉そうに言う。

「もちろんよ、セリーン。だから、私はこれからも彼女のトレーニングをしていくつもりよ」

ホリーが丁寧に答える。

エンカンタードの七変化する肌は、彼の揺れ動く感情をそのまま表現している。

「でも、この子の言う侵略ってどういうこと？　それに対して、我々はどうすべきだと思う？」

真っ黒に変化した目で見つめられると、ウィラは身震いがしてくる。ポピーがシェイプシフターは変わり者だと言っていた意味がよくわかる。

「もっときちんと説明してくれないとね。危機がいつ、どんなふうに起きるのかなんかをね」

「まずは、幻覚の作用がきちんと消えるまで休む必要があると思うわ。ルールをご存じですよね」

ホリーが助け船を出してくれた。ゾッとするような視線をエンカンタードに向けられていると思うと、その場から逃げ出したくなる。

「でも、ルールは破るためにあるんじゃやない？」

「とりあえず、今日のところはこれでお開きにして、また新しいことがわかったら会いましょう！」

ホリーが会議をまとめようとする。


不満そうなエンカンタードを除き、他の皆は同意してうなずく。アルダーだけは、何も言わずに立ち上がると出て行った。全員が席を立ち、最後に立ち上がったセリーンだけは、ウィラに謎めいた視線を投げかけて夜の街に消えて行く。


「もしよければ、ウィラのトレーニングを手伝いたいのだけれど」

外に出たアルダーが出てきたホリーに提案すると、アーガスが喉をゴロゴロと鳴らす。

「もちろん、まずは、あなたが許していただければですよ、アーガス」

アーガスの喉の音が柔らかくなった。それは、どうやらお許しがでた、ということだった。


ケールは、ひさびさに深い眠りから目が覚めた。

こんなに深く眠れたのは、捕らえられて以来初めてのことだった。今、自分は小部屋の折り畳みベッドの上にいて、あたりを見渡すと湿っぽい壁に錆びた鉄のドアがある。そんな光景に、一瞬、捕らえられていた時の部屋に戻ったのかと錯覚してしまった。思わず、助けてもらったのは夢だったのかと思ってしまう。

けれども、意識がはっきりとしてくるにつれて、デニックに助けを借りて必死で今いる場所までやってきたことを思い出した。彼らの組織が何年もかけて地下に造り上げたのが、騙し扉と秘密のトンネルですべてがつながっている迷路の世界。どこにいるか見分けがつかないような殺風景な世界を潜り抜けて、なんとか必死で、ここへたどり着いたのだった。


ギギギとドアがきしんで開く音がする。1人の女性がスープと調理した野菜のトレイを抱えて入ってきたのでベッドの端に座り直す。

「よかった。目が覚めたのね」

そう言うと、ベッドのサイドテーブルに食事を置く。

「まずは、体力を取り戻さないとね。私たちは、ここに長くいられないの」

「すみません。あの、あなたとどこかで会いましたっけ？」

「ええ。夫があなたを連れて5キロほどの長さのトンネルを歩いてきたときにね。でも、あなたはほとんど気を失いかけていたわ。私の名前は、アラーラよ」

「ケール・アッシュグローブです。助けていただいてありがとうございます」

アラーラがニコッと笑う。

「あの、どうかしましたか？」

「いいえ、何も。実は、あなたを助けることは、私たちにとって必要だったの。さあ、召し上がって！」

スープをゆっくりすすると、ケールの気持ちもやっと落ち着いてきた。

「これは、何ですか？」

「これはオーラというエクソスのような辺鄙《へんぴ》な場所でも育つ根菜から作ったスープよ。滋養強壮にはいいのよ」

「エクソス？　あなたのいる星の名前ですか？」

アラーラはうなずきながらも、寂しげな目になっている。

「もう長い間、私たちの星ではなくなったけれどもね」

スープをすすりながら、今度は野菜を口にしてみると、意外にも素朴な味で美味しい。

「聞きたいことがたくさんあるんですが……」

「あら、私たちの方もよ。こちらからも聞いていい？」

「まず、ここはどこですか？」

「ここは、あなたが捕らえられていた要塞から何キロか離れた場所で、今は使われていない労働者用の部屋よ。で、あなたはどこから来たの？　その顔はあまり見ない顔ね」

「私は、オリオン系から1000光年以上も離れた地球という星から来たんです」

「オリオン？　あなたたちはここをそう呼んでいるのね」

「我々は、あなたたちのことはまったく知らないんです。でも、私はついてないことに、ここで捕らえられてしまった。そして、このあたりを支配しているトップに会い、初めて彼らの計画を知らされたんです。でも、それにしても、どうして地球の言葉を話せるのですか？」

「あら、実は私も同じことを聞こうと思っていたの。通訳の機能を身につけているの？」

「いいえ。あなたは？」

アラーラも首を振る。

「不思議ね。ところで、どんな尋問を受けたか教えてもらってもいいかしら？」

「はい、あらゆることを聞かれましたよ。我々のテクノロジーや地球がどこにあるかなどね。今頃は、我々の乗ってきた船はもう分解されて、分析されていると思いますよ。一緒にいた乗組員たちからも情報を聞き出しているはずです」

「全部で何人いたの？」

「合計25人です」

「じゃあ、かなりの情報量になるわね」

「あの、彼らは人なんですよ。情報じゃなくって」

「そ、そうね、ごめんなさい！　私たちはもう何十年も彼らと闘ってきたから、つい。とにかく、彼らにとって有利になることは、逆に私たちの家族や仲間にとっては致命的なのよ」

「そうなんですね。ところで、一緒に来た我々の仲間はどうなったんでしょう？　戻って彼らを助けないと！」

「今は危険は冒せないわ。彼らはもう見張りだって2倍は増やしているだろうし、逃げたあなたを今でも探しているはずよ」

ケールは空になった器をトレイの上に置く。

「わかりました」

「日が昇る前には、私たちの輸送機が到着するはずよ。それまで休んでおいてね」

アラーラは立ち上がり、錆びた扉を閉めて出て行った。ケールはベッドの上に横になると、息子たちのこと、そして地球の運命を思いながら、再び眠りに落ちていった。

第6章

暴君エクソスアシュラ

「従わぬ者は死すべし」

エクソスアシュラ第一条
帝国最高統治者

エクソスアシュラは、処刑室の頑丈な鉄の椅子に超然とした態度で座っていた。

アルコン《支配者》であり死刑執行人の責任者として、今から起きることを見物するために。伝統である赤いローブをまとった下部《しもべ》たちは、鋼製の処刑台から端が飛び出たメタルの厚い板の上を直視している3人の囚人たちを縛っている。それぞれの厚い板には各々の番人の肩幅サイズの穴が開いていて、それらは処刑台の低い梁《はり》から突き出た3本の先端が細い鋼のスパイクと合致するようになっている。

処刑予定の3人の番人のうち2人は、すでに自らの運命を受け入れているようだが、もう1人はまだジタバタしているようだった。

「生かしていただければ、一生お仕えいたしますから!」

「だが、お前はそれができなかったんだよ、ガント。だから、次のチャンスをというわけにはいかないな。さて、そっちの2人は、何かアピールしたいことはあるかな?」

そんな思いがけない提案に、一番遠くにいた番人が必死で頭を働かせている。

「番人のリーダーは我々の給料をごまかして、くすねています!」

エクソスアシュラのぞっとするような顔に、ほんの少し笑みが浮かぶ。

「当然だよ。彼はお前たちの上司なんだから」

そう言うと、エクソスアシュラは死刑執行人に軽くうなずく。すると、執行人はレバーを引き番人が立つ板は下へ大きく揺れた。鋼のスパイクが番人の脊柱と心臓を一突きして瞬時に彼は息絶えた。すぐに血が処刑台の下の溝に滴り落ちはじめて、そこから管を通って処理される部屋まで流れ出ていく。

エクソスアシュラは真ん中の処刑台の番人に視線を移すと訊ねた。

「さて、お前は何か言いたいことでもあるかね？」

「あの、囚人が脱走したのは、私の責任ではありません」

「お前の責任ではないと？　では、死んでいった奴らを責めるべきかな？」

「いえ。私が言いたいのは……」

アルコンは容赦なく執行人に手で合図する。鋼が落ちるつんざくような音があたりに響き渡ると、再び、下の溝に流れる血がさらに増えていく。


「さあ、最後はお前だよ。ガント。何か言っておきたいことは？」

「あの実は、私は抵抗軍のあるメンバーと通じているんです！」

「おい、どうしてそれを早く言わなかったんだ？」

「怖かったからです……」

「ふむ。お前は、思ったよりも賢そうだな」

アルコンの合図で、執行人はつないでいた番人の縛りを解いた。番人は、勢いよく階段を駆け下りてくると支配者の前にひざまずき、頭を垂れる。

「お情けをいただき、ありがとうございます！」

「命を助けてやったのに、それだけか？」

ガントはアルコンの足元に深くひれ伏す。

「す、すみません！　お許しください。そんなつもりでは……」

「で、抵抗軍の誰がお前のスパイなんだ？」

「兄です！」

「何だと？　そいつは、領主のボルガから辺境の方へ追いやられたのではなかったのか？」

「実は、ボルガ様は、抵抗軍が彼を自分たちの仲間に誘い込むだろうということも計画に入れていたんです」

アルコンが一気に機嫌の悪い表情になったことで、ガントはしまったと思った。部下である領主の1人が、このことをエクソスアシュラに直接伝えていなかったことで、自分がまた処刑台に舞い戻るはめになるのではないかと思ってしまう。

「なるほど。これについては、ボルガと話さなければ。どちらにしても、別の意味で3人目の処刑も行われそうだな」

「は、はい……」

とりあえずガントは、ほっと一息つく。この帝国では、何人もいる領主のうちの誰かがエクソスアシュラよりも狡猾《こうかつ》で力を持っていることがわかれば、他の領主たちは、そちらに一斉になびいていく。それをガントは理解していた。今のエクソスアシュラのリアクションは、まさに、ガントが予想したとおりだったのだ。

そこでガントは、これまでの数人の領主たちを観察してきた秘密を1つ披露したのだ。

ガントは、その秘密を少しずつ小出しにしながら、エクソスアシュラにとって自分が必要な人物であるとみなしてもらおうと思ったのだ。

そして、完全にエクソスアシュラから忠誠心を認められたときこそがチャンスだ。そこまで来れば、彼を暗殺して、この自分が帝国の最高の地位につけるのだから。


「え？　父さんが生きていたって？」

ソーンが泣いている。ソーンとローウェンの兄弟は、ウィラ、ホリー、リリー、そして、ウィラにそっくりのシナモン色の髪の毛をした聡明な父、リバー・ヒリクリッシングたちとウィラ家のテーブルに着いていた。

テーブル上には、食後の皿がそのまま置かれている。ウィラが見てきた衝撃的なビジョンの中には、希望が持てる話もあったのだ。

「あのね、お父さんはビジョンの中で生きていたよ。でも、拷問も受けていたけれど……」

ウィラは、目の前の兄弟にとっての良い知らせの後に続くつらい情報をいやでも伝えなければならない。

「でも、また、すぐにビジョンを見ることになっているから、何か新しいことがわかると思う……」

彼らの心中を察すると、そう言うしかない。


「僕、すぐに救出に行かないと！」

ローウェンが声を上げる。

「でも、ケールがどこにいるかは不明なんだよ。もし、どこにいるのかがわかったとしても、どう彼らに立ち向かえばいいのか。ウィラの説明では、ケールを捕らえた奴らは、明らかに攻撃的で戦闘状態にあると言ってもいいだろう。彼らと闘える武器を我々は持っていないかもしれないからね」

リバーが説き伏せるように言う。

「でも、なんとかしないと！」

ソーンも必死で大人たちに訴える。

「もちろんよ。でも、もっといろいろなことを知る必要があるわね。私も委員会にかけあっているところよ。彼らは、喜んでビジョンを見てくれる人たちだから。できるかぎりのことをして、評議会と星間連合に連絡をするつもり」

そんなホリーの提案には、ソーンはもどかしさを感じるだけのようだ。

「でも、そんなことをしていたら、何日も何週間だってかかりますよね。もう、手遅れになってしまいますよ！」

ウィラが慰めるようにソーンの手の上に自分の手を置く。

「私も頑張ってお父さんを探し続けるから！」

うなずくソーンの隣でローウェンも苛立《いら》ちを感じるが、これればかりはどうしようもできない。ローウェンがテーブルからスッと立ち上がる。

「とりあえず、アンドロメダ空港のトレーニングセンターにいる僕のファーストコンタクトのインストラクターに伝えますね。もしかして、外交問題として取り扱ってくれるかもしれない」

「それはいい考えだね。ケールを捕虜にしている存在たちも、交換条件で彼を戻してくれるかもしれないしね」

リバーも賛同する。

「うーん、それが可能だったらいいんだけれど。なんていうか、そんな普通な人たちじゃないっていうか。欲しいものがあればなんとしてでも手に入れて、意に反する者がいれば殺すことだって何とも思わない、そんな残酷な人たち……」

ウィラはそう言うとソーンがさらに落ち込んだ表情になったことに気づき、すぐに「ごめんなさい」とつけ加えた。

ローウェンはソーンの肩をぎゅっとつかむ。

「いいかい？　父さんは今、つらい思いをしているかもしれない。でも、絶対戻ってくるよ。僕がなんとしてでも連れ戻すから」

そう言うとウィラの方を向いた。

「ありがとう、ウィラ。少しは希望が見えてきたよ！」

ソーンも立ち上がってウィラとハグをする。ウィラは両親やホリーたちの手前、ちょっぴり恥ずかしそうにしながらも、ソーンが身体を離すまで彼に身体を預けたままにしておいた。やがてソーンは兄と共にウィラの家を後にした。


「ねえ、今度はいつビジョンを見に行ける？」

「委員会が明日の朝、ロッジで招集されるわ。まずは、それまでゆっくり休んでちょうだい」

ウィラに訊ねられてそう答えると、ホリーはウィラの両親に丁寧に挨拶をする。

「夕食をありがとうございます。何より、娘さんを私に信頼して預けてくれて感謝します。ウィラは、すごい子ですよ」

ウィラも両親に改めて見つめられると赤くなってしまう。

「この子がお役に立てるといいけれど」

リリーがウインクをすると、ホリーは笑顔でウィラの肩に手をやさしく置くと、その場から去っていく。

「じゃあ、朝食の後ロッジで会いましょう。おやすみなさい」

入り口の扉が閉まると、ホリーは樫の木の曲がりくねった太い枝の上を降りていった。

「私、すぐに眠れるかどうかわからないな」

「寝る前にベッドで本を読んであげると、お前はいつもすぐに眠りに落ちるだろう?」

「あのね、お父さん、私はもう13歳だよ」

「そうだね。寝る前に物語を読んで聞かせるにはもう大きすぎるね」

リバーはそう言うと、立ち上がりテーブルの上の皿を片付けはじめる。


「あの子は、まるで雑草みたいにぐんぐん育つね」

父がリリーに冗談を言うと、ウィラがそれを聞いてふてくされる。

「ねえ、私が物語を選んでいいのなら、今晩、本を読んでほしいんだけれど……」

「もちろんだよ」

そう言ってくれた父に、彼女はじっくりと眠る前に聞きたい物語を選び抜く。そして、ニコッと笑って父親を見上げた。

「あら、そのキツネ色の小さな頭で何を考えているの?」

「あのね、まだ私が小さかったからか、読んでもらっていない物語があるのよ」

リリーの問いにウィラが無邪気に答えると、リバーの笑いが一瞬消える。けれども、娘の表情を見てうなずいた。

「リバー、大丈夫なの?」

「この子が言うなら、その時がきたということだ。もう13歳だからね」

第7章

マロウボーン橋のバンシー

「バンシー（アイルランドおよびスコットランドに伝わるという、人の死を予告する妖精）」とは、ハイブリッドたちが地球に降り立つ前から文献の中などで伝説とされてきた存在である。ただし、彼らが死を予告する存在である以上のことはあまり知られてはいない。ある意味、バンシーとは自然界の四大元素の精霊の一種類でもある「蛾男」に似ていると言えるだろう。蛾が自ら明るい方向に近づいていくように、蛾男は差し迫った死や災難に引き寄せられるのだ。ということは、彼らは生と死の間の領域に住んでいる存在であり、いわゆる臨死体験をした人たちが報告している〝光のトンネル〟が現れる際に、エーテル体のエネルギーの流れによってひっぱり出されて来る存在なのかもしれない。

『自然界の四大元素の精霊たち』より引用
ナイトシェイド・ザ・ノクターナル

それは、300年くらい前のベラドンナという女性の物語。
ベラドンナ・ブラッドルーツという名のセイジが、マロウボーン橋の南のゲート近くにあるイチイの森の隅っこにある苔むした石のコテージに住んでいた。彼女は銀色の長い髪にインディゴ色の瞳、繊細で色白のひょろりとした女性で、ロングのドレスを着てポート・ダブリンの街をよく行き来していたものだった。ベラドンナは、通りすがりの家の窓辺の花や庭のローズマリーの蕾《つぼみ》と会話をするのが大好きだった。

そんな彼女は、地球上のあらゆる植物についての幅広い知識を持っていることでも有名な薬草の専門家だった。あらゆる花や植物、樹木たちと会話ができるし、彼らからさまざまなことを学んでいたのだ。たとえば、あるときは、森の奥深くでキノコの菌輪（キノコが地面に環状をなして発生する現象）の中で、自然界を構成する四大元素（地・水・火・風）の精霊たちであるケルトの妖精プーカや風の妖精シルフ、その他の小さな妖精たちとおしゃべりをすることもあった。
実際にクリプティック、ノクターナル、シェイプシフターたちが一人前のセイジになるためのサポートとして使うハーブのお茶のスペシャルレシピを彼女に教えていたのも、実は自然界の精霊たちだったのだ。

ベラドンナが住むダブリンの街の人々は、自分たちが病気になって治療が必要なとき以外は彼女に話しかけることはなかった。また、彼女と似たような存在を除いて、ほとんどの人たちは、彼女のことをいつもそっとしておいた。

それは、彼女のセイジとしてのミステリアスな在り方を尊重していたから。そして、ムダな付き合いが苦手だったベラドンナには、そんな距離感が心地よかった。正直いって、ベラドンナにとっては人間たちよりも植物の方がよほど面白い会話ができるのが事実だった。

たとえば、古代の樫の木からは「セイジを超えたマスターレベルがまだあるんだよ」という話を教えてもらったりもした。それ以来、ベラドンナはこのことで、頭がいっぱいになっていた。

セイジとは、シェイプシフターのように自由自在に形を変化できる存在でもあるのだが、セイジより上となると、物質化現象を起こしたり、時間と空間を移動できたりもできるはず。絶対そうに違いない。ある日、古い墓地にある1本の大きなヒマラヤ杉と話しながらそんなことを思い巡らせていると、ベラドンナにはある閃きが魂の領域からふと降りてきたのだ。


これまでの地球においては、過去何千年もの間、あらゆる種類のスピリットとの物語が各地で語られてきている。その上で、スピリットと遭遇する話については、生きている存在というよりも、死んで霊として向こうからこちら側にやって来るものがほとんどだった。でも、きっと2つの次元をつなぐ橋のようなものがあるはずなのだ、とベラドンナは思った。それも、生きたまま両方の世界を行き来することができるはず、と考えるようになった。

そんな考え方に、これまで墓地で永遠の時を生きてきた古いヒマラヤ杉などは、ベラドンナに警告をしたりもした。なぜならば、ヒマラヤ杉は魂の宿命や運・不運について痛いほど理解していたので、どれほど力のあるセイジでさえも死神にかかれば足元にも及ばないことはわかっている。だから、「死後の世界に首を突っ込みすぎるのはよくないよ」と忠告をすることもあった。

ところが、そんな警告がよけいにベラドンナの探求心に火をつけてしまったのだ。

そこから3年間、ヒマラヤ杉や樫の木、イチイの木や他のセイジたちやスピリットの世界と通じるすべての自然界の存在たちからのどんな小さな知識も自分のものにしてきた。ときには、寝る時間も惜しみながら、仲間のセイジであるルサルカの助けを借りながら、キノコ、ハーブ、オイル、花や自然のエッセンスの調合を永遠に繰り返して実験を続けてきた。

そしてついに、生と死の領域を行き来できるエーテルの乗り物への扉を開けられる特別なハーブのブレンドが出来上がったのだ。

けれども、ベラドンナには大きな落とし穴が待っていた。

ベラドンナは、ハーブの調合に夢中になりすぎて周囲がよく見えていなかった。実は、アシスタントをしていたルサルカが実際にはセイジではなく、セイジを装った悪戯《いたずら》好きの〝トリックスター（善と悪、賢者と愚者など異なる二面性を持つ）〟のプーカであることに気づいていなかったことだ。

プーカは、人を助けるような愛情深いところがあるのに、同時に〝悪さ〟をするような存在でもあった。ルサルカは、ベラドンナが生と死の間をつなごうと試みることで、自然界の四大元素の精霊たちよりもさらにパワーを持つことになることが許せなくなったのだ。

そこで、彼は彼女の名前がついた「ベラドンナ草」、別名「死に至るナイトシェイド《夜の影》」が薬の主な成分であることがわかると、ベラドンナには、この薬を摂取するのはわずかな量が安全だと伝えることにした。

ベラドンナは、何度もこのハーブ薬を飲む実験を繰り返してみた。しかし、いくらこのハーブを飲んでも、変性意識の状態になったり、高い次元へ移行できることはなく、ただ頭に針をズキンと刺すような痛みを感じるだけだった。

ついにベラドンナは、コテージの床で細い身体を貫く激しい痙攣《けいれん》にもがき苦しむまでになってしまった。

荒い息遣いに、爆発しそうなほどの心臓の鼓動、そして、生きながらにして飢えた昆虫から胃をかじられているような痛みに耐えている。果たして、この苦しみがミステリアスな存在、レイスに変わるためのプロセスなの？　それとも、完全にハーブの調合に失敗して自分に毒を盛ってしまったの？　彼女の甲高い叫び声は、冷えた夜気を貫くように響き渡っていく。そして、その声を聞いた者の背筋をぞっと凍らせるのだった。

そのとき、突然、痛みが止まった。

悶絶しながらフロアに転がっていたベラドンナは、逆に少しパニックになってしまった。もしかして、薬がきちんと効いたのかも！　ところが、なぜだか全身がしびれて、手や足を動かそうにも感覚がない。そこで、ゆっくりと床から起き上がってみた。けれども、身体が立ち上がったわけではなかったのだ。

次の瞬間、ベラドンナは自分の姿に驚いてしまった。あろうことか、床と天井の真ん中あたりに、自分の姿が幽霊のような透明な姿でゆらゆらと浮かんでいたのだ。なんと、キッチンで天井からぶら下がっているピカピカに磨かれた大鍋に自分の姿が映っている。そして、自分の顔ときたら、まるで、バンシーそのもののやつれた顔にキラリと光る眼。一体何が起こったの？　とにかく、今は自分を憐れんでいる場合ではない。このままだと自分を見た誰もが、死神であるバンシーと勘違いしてしまう。

いや、もしや、バンシーになってしまったとか？　もしそうなら、蛾が明るい光に引き寄せられるように、自分もこれからは死者が死後の世界へと移動していく光のトンネルのあたりからもう永遠に離れられない。それは、より高いスピリチュアルの次元へ行けない、ということでもある。

ベラドンナはセイジとして、また、シェイプシフター、ノクターナル、そしてクリプティックとして持ちうるすべてのパワーとワザを振り絞りながら、必死にこの忌まわしき変容を解こうと試みた。でも、これまで人生をかけて学んできたことはすべて、すでに自分の中から消え去ってしまっている。

なんということ！　自分は、本物の幽霊になってしまった！

その絶望的な泣き声が、石のコテージに響き渡る。これまでの住み処《か》は、これからは永遠に自分の死体安置所になってしまうのか。

今や、霧のように軽くなったベラドンナは、窓からふわりと浮いて外へ出ると、イチイの森へたどり着き、そこからマロウボーン橋へ向かう曲がりくねった道の上へと流れていった。夜もこの時間になると、ほとんどの地元民たちは夕食を楽しんだり、すでに床についている者もいる。

泣きながら街の通りをふわりふわりと移動していると、開け放たれた窓からそれぞれの家の中に悲しみが吹き込まれていく。通りの家に住む人々は何か異変に気づくと外を見る。そして、泣いている幽霊に気づくと、慌ててすぐにシャッターを閉めて玄関に鍵をかけるのだった。


1匹の黒猫が橋を渡りながらバンシーの気配に気づく。そして、ベラドンナが通り過ぎるまで恐怖に震えながら橋の柵に抱きついているが、ベラドンナはそんなことも気づかない。ついに、橋の北側の端までやってくると、ある懐かしい気配を感じると目を光らせた。そこには、セイジに成りすましたあのルサルカが橋の向こうの道の上に立っていたのだ。彼は今度は、赤い目をした野ウサギの姿に変わっていた。長いウサギの耳が後ろになびいて、なんだかシカの角のように見える。そんなルサルカが、上半身をひょいと上げて120センチくらいの身長になると、出っ歯をあらわにしてちょっと意地悪に笑っている。

あいつめ！　ベラドンナは、その憎々しい姿を見つけると怒りにまかせて飛び掛かっていった。悲しみで怒り狂いながら宙を舞い、ガイコツのような手を伸ばしてルサルカに突進する。ところがなぜだか、橋のたもとまでたどり着くと、何か見えない力が働いているのか、そこから先へは進めない。その見えないバリアと奮闘するも、ルサルカにはあとほんの数センチというところで触れられない。ただ彼は発狂している自分を見て笑っている。

「お前は、どうして私にこんなことをしたんだい⁉」

「無法地帯の荒野では、獣たちは優しさをふるまうことを知らず、卑しくも、自らの汚れた欲にしか従えない」

それは、ルサルカの好きな作家、シェイクスピアの言葉だった。シェイクスピアは、自然界の四大元素の存在である自分たちのことを、詩や戯曲の中でたくさん謳ってくれている。

ベラドンナは、煮えくり返って怒っている。自分のいるべき次元を超えた領域を侵したことに対する仕打ちが、このような形で戻って来るとは。

さらにプーカは、ハーブ薬の調合を変えて、ベラドンナのスピリットが自宅から1マイル以上の場所へは行けないようにしておいたのだった。それはつまり、今後はルサルカや彼の仲間たちが暮らす橋を越えた北の地へも行けない、ということを意味しているのだった。

怒りと悲しみに暮れたベラドンナは自分の運命を嘆き、その日からルサルカと彼の仲間たちへの復《ふく》讐《しゅう》を誓う。
一方で、そんなベラドンナのことを気にすることもなく、プーカは一度振り向くと、ふわふわの尻尾を弾ませながら、夜の闇の中へとぴょんぴょん飛んで消えていった。

その日から、バンシーとなったベラドンナは、すぐさま自宅に戻ると、膨大な秘伝の知識のコレクションからどうやってこの魔法を解けばいいのかを調べることにした。しかし、これまで長い時間をかけて調べてきた書物やレシピをどんなに調べ尽くしても、その方法はわからなかった。

ついに、ベラドンナはただ泣き暮らすだけの日々を送るようになってしまう。
何も知らずに彼女を頼ってきた人たちも、そんな彼女を見て怖れて逃げていくだけだった。やがて、街の人々もイチイの森に近づかないようになり、時が過ぎて、ベラドンナの家は蔓《つる》と苔に覆われ、家の隣にあったイチイの木もぐんぐんと育つと、ついには家の北側の壁の岩を砕いてしまった。
もはや、ベラドンナは苔むした石の家の地下室を出てマロウボーン橋の南側のたもとをうろうろするしかなくなった。

そんなバンシーとしての苦しみを物語るかのように、彼女の泣き声が聞こえてくると、村では病気や事故、老いた人々の死の到来を意味するようになってしまい、実際に死が訪れるまでにその泣き声は3

日間は続くようになった。

いつしか、ベラドンナは不吉な存在として忌み嫌われるようになっていた。村人たちは、彼女の姿が人里離れた森へと向かい、哀歌が聞こえなくなるとほっと一息つくのだった。

これまでバンシーの伝説では、バンシーが泣くと誰かの死を招くと信じられてきた。

けれども正確には、２つの世界に永遠に囚われたバンシーが泣いているのだ。

ただただ自分のことが悲しくて。

第８章

ノクターナル

夕暮れがその暗闇の手を地上の生命の上に伸ばし、やがて光が消えていくと、ビロードのような夜がすべてを包み込む。影をつくり上げているものはあまりにも大きすぎて、時が経ち触れられるようになるまで、その本質を知ることができない。２つの領域の間に流れるかすかな空気の息づかいは、冷たい石に刻まれる墓碑の予言となり、命は時間と消えゆく記憶の間で永遠に凍えている。

『夜の歌』より
ナイトシェイド・ザ・ノクターナル

ウィラは、ハンモックの中で左右にゆらゆらと揺れ動いていた。父親が今、ベラドンナの物語をちょうど話し終えたところだ。

「そうすると、ベラドンナは300年経った今でも、まだあの橋のあたりをさまよっているの？」

「ということみたいだね。とはいっても、最後に誰かが彼女の姿を見たのは10年前に、ローレル・ラークスパーが亡くなったときだと言われているけれどね」

「ああ、たぶんその人の娘のローズとライラックにロッジで会ったよ。なんていうか……、ちょっと変わった人たちだった」

「彼らもいろいろあったんだよ」

「ねえ、あの人たちのお母さんはどうして亡くなったの？」

ウィラを見つめるリバーには、思い出したくない記憶がよみがえってくる。

「お父さん、どうしたの？」

「さあ、今晩は悲しい結末の物語は1つだけで十分だ」

父親は立ち上がる。

「もしかして、子どもの頃にベラドンナの話をすると、私が怖がると思っていたでしょう？」

「いや、お前が将来セイジにまでなる夢をあきらめてほしくなかったんだよ。でも、今ではもうその危険性を十分理解できるほど大人になったからね」

「どれくらいのセイジがその後にレイスにまでなれるのかな？」

「それは、誰もわからないんだ。だって、レイスはもともと捉えどころのない存在だからね」

じっと考えているウィラに、父親が部屋の灯りを消すと、額にキスをしてきた。

「もうおやすみ、勇敢な我が子よ。明日は大事な日なんだからね」

「ねえ、もし、明日何もできなかったらどうしよう？　前回がただラッキーなだけだったら？　それに、もしソーンのお父さんを助け出せなかったら？」

「ウィラ。お前はよくやっているよ。ホリーがお前の遺伝子というか、我が家の血筋のことを言っていただろう？　お前は何か特別な才能を持っているんだよ」

「そうかな。私は何も特別な感じはしないけど」

「何言っているんだ。お前は生まれたときから特別だったよ」

「まあ、親は普通、自分の子どものことをそう思いたいよね」

「本当だからそう思うのさ。おやすみ、プーカ！」

「ねえ、お父さん？」

部屋を出て行こうとするリバーが振り向く。

「もし、アヌーの遺伝子がうちの家系に入っているのなら、お父さんやお母さんには特別な能力はないの？」

「ミンジーおばあちゃんには、あるだろうね。こういう能力って隔世で出たりするからね」

そう言うとリバーは動く階段を降りて行った。ウィラは、壁を軽くタッピングして窓を開けると、樫の葉の天蓋から透けてみえる銀色の三日月を見上げる。すると、1粒のドングリの実が部屋に飛び込んで来て、床の上をコロコロと転がった。

窓から下を覗くと、ソーンが彼の元に来るように手で合図をしている。

ウィラは早速、窓を大きく広げると、下へ向かって枝から枝を飛び跳ねて渡りながら地面に降りる。

そして、ソーンとしばしの間抱き合うと、手を取り合って2人で森に向かって駆け出した。

自宅から200～300メートル離れた木立までやって来ると立ち止まる。ここから見る自宅のネスト（巣）は、月光を浴びてキラキラ輝いている。

「僕、なんだか眠れなくて……。僕のお父さんのこと、本当に全部話してくれたのかなと思って……」

「うん。伝えられることは全部話したよ」

ソーンが大きな石の上に座ると、ウィラも後に続く。

「実は、僕は心のどこかでは父さんが無事に助かるまで、今日の話は聞きたくなかったかもしれないな。もしかして、父さんはもう死んでしまったと言われた方がラクだったかもしれない」

潤んでいるソーンの目に気づくと、ウィラは唇を噛みしめる。何か自分が言葉にすることが、また彼を傷つけてしまうのではないかと怖くなる。せめて自分は泣かないようにしようと、彼の手を握りしめた。

「大丈夫。絶対、お父さんを連れて帰るから！」

「それって、若さにまかせて言っているって感じ？」

あたりから突然聞こえてきた声に、思わず2人は飛び上がってしまう。セリーンの姿が樫の木の陰から月光に照らされながら現れた。

「セリーン・ニンフェアさんじゃないですか。突然現れるなんて！」

「ノクターナルは、いつもこっそり現れるものなの。カケラはそう教えてくれなかった？」

ソーンはウィラを助けたくても突然のことに言葉が出ない。

「何をしているんですか？　私は、明日の朝にお会いすると思っていたけれど」

「あなたに興味があるからよ」

黒い瞳で見つめられると、ウィラは、儀式の日にエンカンタードに黒曜石のような瞳を向けられたときのようなぞっとする感覚を覚えた。それでも、一応セリーンには丁寧に話す。

「ノクターナルさんに興味を持っていただけるなんて光栄です」

「あら、きちんとしているのね。お隣の口のきけない誰かさんと違って」

「す、すみません。僕はクォーラムのメンバーの方に会ったのは初めてだったので……」

「当然でしょ。我々は普通の人とは会うことはないから。あら、悪気はないわよ」

セリーンはにやりと笑う。

「は、はい。大丈夫です」

嫌みを言われたソーンは、セリーンのことを苦手だと思いはじめた。思わず、そんな思いが彼女に伝わらないといいなと思ってしまう。

「でも、僕もトレーニングをはじめようと思っていて……」

「あら、あなたは向いてなさそうだけれどね」

セリーンがソーンの会話を遮ると、たじろいでいるソーンのことを無視してウィラの方を向く。

「実は、あなたにお願いがあって来たのよ」

「メンバーの方たちの前では言えないことですか？」

氷のように冷静なセリーンが一瞬たじろぐ。

「とにかく、内緒にしておいてほしいのよ、お嬢ちゃん」

「なんだかよくわからないけれど、私のことを信頼してくれるんですね」

そう言ってお辞儀をしてきたウィラに、セリーンは決して顔には出さなかったが、ウィラのしっかりしたやりとりには一応感心したようだ。ホリーの言うように、この子は子どもなんかじゃない。ホリーの弟子は、もしかして、すごい子なのかもしれない。

「あなた、また明日儀式をするでしょう？　もし、またカケラが見えたなら、見てきてほしいものがあるの」

すると、ソーンがセリーンににじり寄る。

「あの、ウィラは、僕の父親を探すことになっているんです！」

セリーンは、どうやらソーンを邪険に扱うと決めているらしい。

「あなたがそんな感じだから、父親に勇気を試されているんじゃないの？」

「大丈夫。私は、どちらもやれると思います」

ウィラが２人の間に割って入ると、セリーンが目を細める。

「すごい自信ね。それとも、単に強がっているだけかしら？」

「私はただベストを尽くすだけだけど……」

ウィラが少し謙虚な声になる。

「そうしてくれると助かるわ。あのね、実は長い白髪をしていて、悲しい声でうめいている幽霊が映り込んだカケラを探してきてほしいの」

「そ、それって、マロウボーン橋のバンシーのことですか？」

「あら、その話を知っているのね。ちょうどよかったわ」

「ウィラ、バンシーのことには、そんなに簡単に手を出さない方がいいんじゃ……」

「あんたは、黙ってらっしゃい！」

ぴしゃりとソーンを黙らせるセリーン。

「えっと、それで、どんなことを見てきてほしいんですか？」

ウィラがセリーンの注意をわざと自分に向ける。

「レイスに変容するためのハーブの薬の調合よ」

セリーンは周囲の木々に聞かれないように声を落とす。

「でも、その調合がベラドンナをバンシーに変えてしまったんでしょう？」

「そうなってしまったのは、憎たらしいプーカが彼女を騙したからよ。ブレンドにナイトシェイドを入れなければ、薬は効いたかもしれないのよ。問題は、彼女がきちんと薬の調合を記録していなかったということ。だから、それをあなたに見てきてほしいの」

「すみません。それって、もしあなたが修行を続ければ、その情報は自分でも入手できることじゃないんですか？」

セリーンは生意気な小娘に平手打ちをしそうになるのをじっと我慢する。

「そうするにしても、何年もかかるでしょ。それにもし、あなたのビジョンが正しいなら、待つ必要なんかないじゃない。ベラドンナの薬だとすぐに成長できるんだから」

ウィラはセリーンが焦っているのを感じ取った。

「ちなみに、これまで何回くらい自分でその薬を作ろうと試みたのですか？」

ウィラが核心を突いたことで、セリーンは怒りに震えながらも歯を食いしばって平静を装う。

「まあ、とにかく、私の知りたいことはそういうことだから。あなたの祖先のアヌーとのつながりとやらがそれを見せてくれるかもね」

「ということは、私が最後の手段ということなんですよね」

ウィラは、セリーンの黒く光る瞳をじっと見つめる。すると、自分の中で目覚めてきた能力が長い間の封印を解いてくる。今、1つの秘密が見えてきて、その途端に身震いがしてきた。ウィラのマインドにベラドンナの家系図が出てくると、それがセリーンにたどり着くことがわかったのだ。

「もしかして、あなたは、ベラドンナのひ孫なんだ！」

セリーンのまわりの空気が凍っていく。

「なかなか賢い子ね。でも、このことは、内緒にしておいてくれるかしら」

「どうしてですか？」

ソーンがウィラをサポートしようと強気の声を出すが、セリーンはそんなソーンを無視するとウィラに説明する。

「実を言うとね、ベラドンナがバンシーになったとき、祖母がベラドンナとのつながりを抹消したことで、母親がクリプティックになるときには、何も影響は出なかったの。でも、その後に続く私には今後、何かリスクがあるかもしれない。だからその危険があるかどうかを確かめておくべきだと母に言われたのよ」

「でも、それをベラドンナに聞くのではなく、私に調べさせようとしているんですね」

「母は、私が同じようにバンシーになるのを怖れているのよ」

「ひいおばあさんは、あなたより賢かったんですね」

ソーンが口を挟むと、セリーンは鮫が餌食を捕らえるようにソーンに一撃を食らわせる。

「ちょっと、ひどい目にあうわよ！」

「やめて、セリーンさん！」

ウィラはセリーンの毒のある言葉に驚き、ソーンもすっかり顔面蒼白になっている。

「脅しているんですか？」

「脅しじゃないわ。警告よ。とにかく、調合を見つけてきてよね」

「じゃあ、もし、見つけられたら？」

「そうね。あなたのトレーニングの邪魔はしないことにするわ」

「私の師匠はホリーです。あなたは関係ないですから」

「そうかしら？」

セリーンは、ニヤリと笑みを浮かべる。

「あのね。マスターとして認められるには、メンバーたちが満場一致でＯＫを出す必要があるのよ。一票でも反対があればどうなるかわかってる？……」

彼女はそこまで言うと振り向き、森の方へと姿を消していった。ソーンが心配そうにウィラの手を取る。

「大丈夫。ホリーがそんなことをさせないと思うから」

ウィラは、セリーンがまた現れてくるのではないかと不安になって森の方を見つめる。暗がりの中では、セリーンではなく、ウィラを見つめる別の視線を月光が照らし出していた。

その視線こそ、あの赤ギツネだった。スリーロック・マウンテンにいる赤ギツネが、大きなイチイの木の根っこの間にたたずんでウィラを見ていた。しばらくすると、赤ギツネは森の中へ消えていったが、ウィラは直感的に、あの赤ギツネは何かの化身ではないかという思いがしてきた。一瞬トランス状態になっているウィラにソーンが声をかける。

「ウィラ？」

目の前のソーンを見つめると、ざわざわする心も落ち着いてくる。

「私、親にバレる前に家に帰らなきゃ！」

ソーンもうなずくと、それぞれの思いを胸に秘めながら、２人は月夜に照らされた森の道を手をつないで戻った。

ケールは目を閉じながら、このシャワーの熱いお湯がアルコンに捕まっていたときのつらい記憶をすべて洗い流してくれたら、と思っていた。でも、シャワーのお湯が傷にしみるたびに、厳しい尋問を受けたときの記憶がよみがえってくる。

あのおぞましい光景を頭から振り払うようにしてシャワーから出ると、身体を拭きながら鏡を見る。改めて、彼らから受けた傷を見るとショックだった。この傷だけは、決して洗い流せない。

シャワーの後、抵抗軍の基地の奥にある小さなアパートの部屋に入って、提供された黒いシャツ、パンツ、ブーツを身に着けていると、ためらいがちに叩くノックの音が聞こえてくる。早速ドアを開けると、入り口にはブリムが立っていた。

「あの、お昼に評議会の会合があることを伝えるようにと母から言われました」

「ありがとう。君はアラーラの息子さんだね」

ケールはブリムを部屋に招き入れる。

「はい、ブリムと言います」

「ケール・アッシュグローブです」

ブリムは一瞬笑いをこらえると、少しはにかんで赤くなる。

「すみません。どうして母があなたの名前を教えてくれなかったのかがわかりました」

ケールがその理由を待っていると、ブリムがやっと続きを話しはじめる。

「その、僕たちの世界ではケールは、闘いに使う長い棒のことを意味するんです。そして、男性のいわゆる、身体の部分も……」

「ああ、なるほどね」

ケールが自己紹介したときにアラーラがちょっと笑っていたのを思い出した。

「評議会の会議室まで僕がご案内しますね。母が何か問題などないかと心配していました」

「大丈夫ですよ。よくしていただいて感謝しています。あなたの家族にはお世話になりました」

「ご家族はいらっしゃるのですか？」

「君と同じくらいの息子がいるんだ。兄はローウェンで弟はソーンという2人だよ」

「そうなんですね。僕もちょうど16回目の名づけ記念日を迎えたところです」

ブリムが誇らしそうに言う。

「あの、〝名づけ記念日〟とは？」

「子どもが生まれてから軌道を一周したときに両親が名前をつける日のことです。あなたたちは名づけ日みたいなものはないのですか？」

「私たちは、子どもが生まれた日に名前をつけるよ。生まれる前から名づけることもあるけどね」

そう言うと、ケールは座り心地を確かめながら椅子に腰を下ろす。アラーラがハーブのスープを運んできてくれていたが、すでに疲労からは回復してきていた。

「君はまだこの月から外へ出たことがないようだね」

「ええ。ご存じのように、今のエクソスは、僕たちが育つにはいい場所ではないんです」

「抵抗軍の中で育つ君たちは、どれだけ大変なんだろうと思うよ。ご両親にいつ何かが起きるかわからないわけで……」

ケールは言い過ぎたかなと思い口を閉ざす。けれどもブリムは、自分たちにとって、死はつねに身近にあるものであることをきちんと理解していた。

「息子さんたちもきっと心配されているでしょうね」

「たぶん、もう私のことは死んだと思っているだろうね」

喉が締め付けられるような声でケールは答える。

「両親が全力であなたが故郷に帰れるようにしてくれるはずですよ。僕もいつか、ローウェンさん、ソーンさんと友達になれるといいな」

「そうだね。なんだか君を見ていると息子たちを思い出すよ」

ブリムはその言葉に笑顔になる。そのとき、柔らかなゴングの音が3回響いてきた。

「評議会の皆のところに行きましょう」

「OK！　案内してください！」

ウィラは、ロッジのケルト模様の円の中に座ると、周囲をメンバーたちに取り囲まれていた。いつものように、アーガスは円の外からなりゆきを見守っている。

ホリーにハーブのお茶の入ったカップを渡されると、ウィラは自分を取り囲むたくさんの顔を眺める。ホリーは、「大丈夫」という笑顔で、そして、アルダーは「頑張ってこい」という表情でうなずく。セリーンは、秘密めいたまなざしを、そして、エンカンタードはしかめっ面でこっちを見ている。ラークスパーの双子たちは、また何かに取り憑《つ》かれたようなまなざしを向けている。ウィラは、大きく息を吸い込むと、強烈な味の液体をグイッと飲み干した。

鼓動に意識を向けていると、少しずつ自分のいる場所が見えてくる。マインドの中に入り込んでいくと、再び永遠にめくるめく続く平面の上に立っていた。前回同様、クリスタルの球体が水平線上から現れて覆いかぶさってくるけれども、今回はしっかりと直立したままでいられる。

前回と同じように月のサイズほどの巨大な球体が近づいてきて、その液体状のオーブの中に丸ごと飲み込まれてしまう。そして、ぷかぷかと浮きながら球体の中心にまで運ばれていく。中心までたどりついたと思ったら、球体は一瞬にして凍り付き砕けていく。耳をつんざくような音が共鳴しながら木霊のように聞こえてくる。それは、数えきれないほどの鏡が砕ける音だった。

たくさんの破片の間をぬってゴーストのように漂いながら、ケールやベラドンナの薬の秘密がないかと鏡のカケラに映り込んでいる映像を必死で探してみる。

両親、ソーン、ポピー、ホリー、アルダーにセリーンのそれぞれのイメージが浮かんでは消えていく。そして、オリオンからのたくさんの戦闘機がポート・ダブリンの空をぎっしりと埋め尽くす不吉な映像もチラチラ浮かび上がりながら消えていった。

今度は、自分の人生が走馬灯のように浮かび上がってきた。その中には、並行次元で生きる今の自分とは違う人生の選択を生きている自分の姿もある。たとえば、クリプティック、ノクターナル、シェイプシフター、セイジやレイスまでの道を進む自分。また、教師や宇宙船の船長、子どもたちの母親など今の自分からは想像もできないような職業や人生を送る姿などもある。

それぞれのタイムラインに集中していると、そこの時代のカケラたちがグループでまとまって見えてくることもわかってきた。それは、あたかも自分が時空を超えてそこにタイムトラベルしたかのように、イメージがホログラフィックの状態で周囲に流れてくる。

ついに、ベラドンナの姿も見えてきた。まだ若いベラドンナが謎めいた恋人と情熱的に愛を交わす情景が映る。その相手こそ、その後、彼女の家系においてセリーンを誕生させることになる相手だ。２人の愛の交歓をこっそり覗いているだけで、自分もやさしい愛撫やキスを受けているような感覚になり、とろけそうになって赤面してしまう。
次に浮かんできたのは年老いたベラドンナ。レイスに化身するための薬をハーブで調合しながら研究を重ねる光景が見えてきた。ベラドンナがテーブルから誤ってボトルを倒す問題の情景が見えてくるまで、調合される成分をしっかり記憶しておかなくちゃ。けれども、あろうことか、ボトルが石のフロアに砕け散ったときに、一切のビジョンが消えてしまった。

鏡のカケラがくるりと回転すると、ケールが見えてきた。彼は黒い岩を削って作った円形の大きな会議室の中で、見知らぬ褐色の肌の数人と一緒にいる。ふと、テーブルの上に置かれたパネル上のある光るチャートに釘付けになる。それは、その人たちのいる黒い月から電磁波が嵐のように渦巻く危険な圏内を潜り抜けて、地球のある太陽系へのルートが描かれたチャートだった。

カケラが再び周囲に飛び散る。もう一度ケールのビジョンに集中しようとすると、散ったカケラがひとつに融合したと思うと、ある別のビジョンを映しはじめた。それは、森の地面で血だらけのナイフが腹部に刺さり倒れて瀕死の状態になっているソーンの姿。これは、もしかしてセリーンが警告した光景？　怖い！　そう思った途端にカケラたちはぐるぐる回り、違うシーンを見せてくる。
そこには、数か月後の自分の姿があった。泥だらけの地面に血を流して死んだように横たわる自分の姿。そして、それを見下ろしているのは、痩せこけた悪魔のようなあの男。周囲の景色が見えてくると、そこには、焼け落ちたポート・ダブリンの街がある。もちろん、ロッジも灰と化している。

「や、やめてーー!!」

あまりにも残酷なビジョンを拒否しようと叫んだ途端に、たくさんの視線が自分の頭上にあった。怒りと悲しみの涙でぐしゃぐしゃになった顔を手で拭う。

「ウィラ! 大丈夫?」

ホリーの優しい声にウィラがやっとこちらに戻ってくる。

「何を見てきたんだい?」

アルダーが急《せ》かすように聞いてくる。

「まず、ソーンのお父さんは……、助かったみたい」

その一言にメンバーたちはほっとする。

「誰が助けたの?」

「わからない。何か会議をしている様子が見えたような。彼を地球に連れて帰る方法を話し合っていたみたい。でも……」

セリーンの問いに答えながらも、見てきたものが完全にはまだ消化できずに混乱している。

「でも、何なの?」

ホリーが優しい声で急かす。

「でも、ソーンのお父さんが帰ってきたとしても、地球は侵略されているみたい」

「いつ？」

「わからない……」

エンカンタードの問いに答える。

「もっと、きちんと見てこなきゃ！　力があれば、もっと正確な情報が手に入るはずだよ」

シェイプシフターのエンカンタードが命令するように言う。

「でも、どうやればいいかわからないんです！」

「記憶に集中しなさい。そうすれば、もっと深いところまで見えてくるから」


エンカンタードの言葉にウィラは目を閉じると、記憶の中の炎に包まれたポート・ダブリンの街へと自分を戻していく。


あの恐ろしい存在に見下ろされながら死にゆく自分の姿は見ないようにしようと思うと、自分で意識するだけで、記憶の中を行き来してホログラムが変わるように見えてくる記憶の中を行き来できることがわかった。

イメージの中で焼け落ちた街の残り火を潜り抜け、炎に半分呑み込まれたロッジにたどり着く。ボロボロになった壁を抜けて儀式をする広間にフォーカスすると、クォーラムのメンバーたちが中央の円の周囲のフロアに無惨にも横たわって死んでいる様子が見える。

そして、そこには1人の少女がたたずんでいた。灰色の肌に青白い目、黒の戦闘服に身を包んだ自分よりも少し年上のオリオンの少女が、殺したばかりの獲物を見張る肉食獣のように床の円模様の周囲にころがる死体を見下ろしている。


すると、その少女が、あたかも自分が実際にその場にいるのを発見したかのように声を掛けてきた。

「誰なの？」

オリオンの少女の憎悪に満ちた感情までが伝わってくると、実際にその少女と対面しているような錯覚になる。彼女の残忍な目線だけで、すべてを焼き尽くすような威力があるのがわかってぞっとする。

その瞬間、意識がとぎれてしまった。

トランス状態から戻って来ると、ホリーの顔が見えてほっとする。


思わず、自分の腕に倒れ込んで涙をポロポロとこぼすウィラを、ホリーが赤ちゃんをあやすように身体を揺らして慰める。

「大丈夫、大丈夫だから。子ギツネちゃん。ここは安全だから」

「ちょっと、何を見てきたのか知りたいんだけど！」

そんなセリーンに「もう少し時間をあげて」とホリーが諭す。

「時間がないかもしれないんだ。彼らの船は見たかい？　武器は持っていた？」

矢継ぎ早やにシェイプシフターのモシが聞いてくるので、ホリーが鋭い一言を返す。

「だから、今はそのままにしておいてあげてほしいんです」

ローズとライラックが揃って細い手をウィラの肩の上に置くと、おだやかで癒されるパワーが伝わっていく。

「ありがとう。もう大丈夫です。少し時間をください……」

「もちろんよ。あなたが落ち着いたら、もう一度集まりましょう。それに、ソーンとローウェンにお父さんが無事だったといういいニュースを伝えなきゃいけないわ」

ホリーの言葉にメンバーたちも同意すると立ち上がり、挨拶をして出て行った。その場所に、アルダー1人を除いて。


ホリーとアーガスは、アルダーはセイジとしての立場でウィラのことを観察していたのだろうと思った。

「ウィラのこの能力からすれば、彼女はもう次のステージに行ってもいいと思うよ」

アルダーの提案にアーガスは唸りながら同意する。

「ウィラは、シード（種）。たぶん」

「は？　アーガス、どういうことだ？」

「彼らの一族に伝わる古い話ですよ」

困惑するアルダーにホリーが説明した。ホリーはアーガスにあまりアルダーを刺激しないでほしいと思っていた。

「シードは必要なときにやってくる。世界は自由になる。神聖な行いで」

アルダーは目の前のビッグフットを見つめる。

「じゃあ、ウィラがシードだというわけ？」

「たぶん」

アーガスは大きな肩をすくめた。

「ウィラには、特別な才能があるかもしれないけれど、今からまだ学ぶことはたくさんあるの。もしよければ、あなたもときどきトレーニングに参加するのはどう？」

ホリーがアルダーに提案する。

「ウィラ、君は自分でどう思う？」

「ありがたいんですけれど……。でも、ホリーが私のことを一番よくわかっていると思います」

「そりゃそうだね。失礼だったかな」

「いえ、大丈夫ですよ」

ホリーは、アルダーには他意がないこともわかっていた。

「とにかく、我々がトレーニングをすれば、ウィラは誰よりも早く進歩すると思うよ」

「今は様子を見ましょう。さあ、ウィラ、家に帰ってもう休みなさい」

ホリーの一声にウィラはアルダーとアーガスに会釈をすると、ホリーと共にロッジを後にした。

マロウボーン橋を渡りシャドックに戻るとき、ウィラはベラドンナの家があったイチイの森の方をチラリと見る。

「ところで、セリーンから何を頼まれたの？」

「え？　何も頼まれていないけど」

「あのね、すべてお見通しなのよ。ウィラ、あなたは隠し事ができないんだから。さっきのビジョンでも、他のことを見てきていることもわかっているわ。特にセリーンの様子を見ていると、彼女にとっては地球が侵略されることなんかよりも大事なことがあるよう思えたわね。欲しいものは何としてでも手に入れる彼女のことだから。一体、彼女は何を目論んでいるの？」

「うーん、でも、誰にも言わないと約束したから」

ホリーはため息をつく。

「約束なら守るといいわ。でも、あなたに何か危険が及ぶようなら私が出ていくわよ。言っている意味、わかるよね？」

ホリーの憤りに驚きながらも、ホリーが自分を守ってくれようとするやさしさにうれしくなってうなずく。

そのまま並んで歩きながら森の方を振り返ると、木影の間からベラドンナの光る眼がこちらを見つめているのが感じられた。それは、ほんの一瞬だったけれども確実だった。

第９章

ルサルカ

赤いウサギ
赤いウサギ
あなたの棲《す》み処《か》は
上は下で
左は右で
昼は暗い
夜になると輝くあなた
ウサギは赤い
ウサギは赤い
あなたの歌で
私たちは前に後ろに
外に内へと導かれる
どこから自分がやってきたか
迷ってしまうまで

〈作者不詳　子どもの歌　２２５０年頃〉

夜中に、ウィラは冷や汗と共に目覚めてしまった。あの暴君とミステリアスな少女の悪夢を見てしまったのだ。窓を開けて新鮮な空気を吸い込む。ふと、月光に照らされた森を見ると、トリネコの木の間からセリーンの姿がチラリと見えたような気がした。でも、次の瞬間にその姿はさっと影の中へと消えていった。

ハンモックから出ると、ウィラはバスルームのカウンターの上のボタンを押す。すると、ナノガラスが水を張った洗面器に変化する。冷たい水で完全に目が覚めるまで何度も顔を洗うと、洗面台の壁の空調で顔を乾かした。

それから、こっそりとつま先でスパイラルの階段を上って、両親がまだ起きているかどうかを階段の手すりの間から覗いてみる。そこにあるのはただ暗闇の沈黙だけ。両親は、すでに寝静まっているのだろう。再び忍び足で上へ戻っていく。そして、ハンモックの隣の壁から木を伝い降りて森へと駆け出した。

いつもソーンと一緒におしゃべりをする岩までたどり着くと、まるで見計らったようにセリーンが樫の木の陰からぬっと姿を現してきた。

「どうだった?」

挨拶もなくセリーンが唐突に聞いてくる。

「うーん。少しは……」

そう言うとセリーンに小さなナノガラスの玉を手渡す。

「まだ、残りもきちんと確認しなくちゃだけど」

セリーンは、手の平の玉があたかも自分の人生を左右するものであるかのように見つめると、細い指でぎゅっと握りしめてポケットにしまい込んだ。

「ありがとう……」

ぎこちなさそうに礼を言うと、セリーンは暗闇の中に消えていった。

ウィラはそのまま岩の上に座り、しばらく、冷たい空気の中で熱っぽい頭を冷やしてみる。そして、そろそろ帰路につこうとしたとき、木立の間からハチドリの羽の音のような震えるヘンな声が響いてきた。

「彼女にあの調合を渡してはダメだよ！」

ウィラはあたりを見回すと、いざとなったら逃げだせる体勢を構えた。

「誰？　どこにいるの？」

「ここだよ、お嬢ちゃん」

声の方に振り向くと、暗闇の中で、地面から1メートルくらいの高さの所で赤い目が光っている。そこにいたのは、1匹の大きな野ウサギだった。それは、ルサルカ・プーカが最も好む自分の姿だった。青白い月夜の中で、野性味を帯びた顔の上にはウサギの耳がピンと立ち、黒と灰色のまだらの毛並みから1本の白い線がピクピク動く鼻につながっている。

「あなたは誰？」

「僕は、ルサルカだよ」

「ルサルカ!?」

「僕のことは知っているかな？　お嬢ちゃん」

ルサルカ・プーカは、素っ頓狂な声を上げるウィラに向かって、ふわふわの頭を揺らしながら、「どこかで一度会わなかったっけ？」というような感じで話しかけてくる。

「それって、物語にでてくるウサギのこと？」

「まあ、〝嘘の物語〟なら300年も前からあるよね。でも、その物語を知っているからといって、僕のことを知っているとは言い切れないと思うけど？」

「私、あなたがベラドンナに何をしたか知ってるよ」

「じゃあ、もし君があのハーブの薬の調合をノクターナルの友達に伝えたら、僕がその友達に何をするかもわかるよね！」

「待って。まず、彼女は私の友達じゃないし。でも、あなたにそんなことはさせないわよ！」

ルサルカはウィラのバカ正直なやさしさを嘲《あざけ》るように笑う。

「彼女がレイスになるのをそうやって助けることこそ、友達がすることじゃないんじゃない？」

「それ、どういう意味？」

「あのね、変容が可能になるのは、ほんの一握りの者だけなんだ。だからある意味、僕はベラドンナの願いを叶えたんだよ」

「彼女をバンシーにまで変えてしまってもそう言えるの？　生と死の間を永遠に彷徨わせてまで願いを叶えたって言える？　本当は、ベラドンナが自分よりパワフルになることが怖かったんじゃない？」

「それは違うよ！」

ルサルカが怒ってぴょんと前に飛び出てきたので、ウィラは後ずさりする。ルサルカは、ウィラが自分のことを怖がっているのはわかっていた。でも、目の前のこの子には、何か普通ではないものがあると感じていた。それが何であるかはわからないけれど。

ルサルカが岩の上にぴょんと座る。

「ごめん。脅すつもりなんてなかったんだ。ちょっと座らない？」

立ちすくんだままで動かないウィラ。

「大丈夫だよ。僕は噛みつくというよりも、口が悪いだけだから」

そんな冗談で少し場を和ませようとする。

「っていうか、前歯、デカいよね」

そう返しながらもウィラは、ベラドンナがそうされたようにいつか自分も魔法をかけられるのではと思うと落ち着かない。赤い目に見つめられるほど、心臓の鼓動が速くなる。

「ベラドンナの物語があんな形で描かれたのは、自分のせいだとは思っているよ」

プーカがずる賢い存在であることは知っているけれど、このベラドンナの話には裏がありそうだ。

「もしかして、他のレイスたちもその場にいたのね。でもどうして、それを止めなかったの？」

「僕は自然界の精霊ではあるけれど、一度にすべての場所に存在することはできないよ。それに、レイスに変容できる方法はベラドンナが望んだ方法だけじゃなくて、他にもあることがわかっている。レイスたちを騙すことはできない。僕たちも少しは阻止できても、すべてのことは止められないんだ」

「それにしても、1人のセイジの生死がどうしてそんなにあなたには大事なの？」

ルサルカの耳がだらりと垂れる。

「いいかい。僕は彼女にひどいことをしたかもしれない。でも、レイスになることは危険だったりもするんだ。何より、それを止めようとしたのには、もっと重要な理由があったんだ」

「じゃあ、それを教えてよ！」

「それにしても、君は、なんだか変わっている子だね」

ルサルカは、岩の間に生えていた草を引き抜くと、口に入れるともぐもぐ噛んで呑み込んだ。

「君たちハイブリッドの先祖が地球にやってくる前に、普通の人間の感覚を超えた領域は、我々自然界の精霊たちのものだったんだ。当時は、人間たちが我々の存在に気づくには、ベストなタイミングで遭遇する以外は相当集中するか、もしくは、相当力を抜いたときしか無理だったんだ」

「なるほど。そして、ハイブリッドたちがやって来たというわけだ」

「そう。地球に住む人々の感覚が高まってテクノロジーも進歩すると、地球人たちにとって我々は単に酔っ払いがたまに遭遇する勘違いとか、おとぎ話の中の存在だけではなくなったんだ。まあでも、それはそれでよかったんだよ。我々も皆に認識されたり、この物質的な世界での一員になれることがうれしかったからね。でも、そのうち、君たちの方が僕たちよりも進化してしまった。君たちはクリプティック、ノクターナル、シェイプシフター、セイジとかつては自然霊だけが持っていた力を持つようになると、それを誇示しはじめたよね。さらには、我々と同等になっても、セイジの中にはそれでは満足しない者も出てきたんだ。彼らは、スピリットの世界でもマスターになろうとしたりしてね。そして、ついには、自然界の摂理の中で、この世を去った者だけに贈られる能力を生きているうちに手にいれようという欲も出てきた。そうなると、魂はもはや生きているか、死んでいるかわからない状態になってしまうことを我々は知っているんだよ。ダークな力が生死の境に裂け目をつくると、それぞれの世界に混乱をもたらすんだ」

そこまで話すとルサルカは黙ってしまった。ウィラは、恐る恐る数歩だけルサルカに近寄る。

「大丈夫?」

ルサルカは、頭を振る。

「僕たちは、そんなタブーを試みようとする者たちを説得しようとしたこともある。でも、聞き入れない者が多い。だからついに、我々の方も考えたんだ」

「要するに、間違った方法を教えるってこと?」

ルサルカはうなずきながらも、仕方がなかったという顔をする。

「もう、どうしようもなかったんだ。セイジをバンシーに変えることで、エクトプラズマ体になった彼らはスピリットの世界と物質界の間の裂け目を封じる役割を果たすんだよ」

「でも、その代わりにその人たちは、どちらの世界にも行けなくなった。2つの世界の間に留まりつづけるだけだよね」

「そのとおり。彼らはコルクの栓みたいな役割を果たすからね。でも、コルクの栓を抜くと地獄が流れ出すかもしれない。だから、これは、我々自然界の精霊たちだけを守るためにやっているのではなくて、地球を守るためでもあるんだよ」

「うーん。今、この世界には数人のレイスがいるわよね。でも、あなたが怖れているようなことは起きてはいないと思うんだけれど……」

「実は、そうとも言えないんだよ。最後の審判の日が突然来るとも限らない。とにかく、変化はゆっくりと見えないように起きているからね。ほんの少しの違いが、次第に大きくなって、気がつけば世界が破滅する方向に進んでいたりするものなんだ……」

　炎に包まれたポート・ダブリンの街のあの怖ろしいビジョンが再び浮かんできた。ルサルカの赤い瞳がウィラを見つめる。

「どうしたんだい？」

「私ね、実はあるビジョンを見たの。でも、たぶんこの話とは関係ないと思う」

「すべてのことはつながっているんだよ、お嬢ちゃん。君の師匠はそんなことも教えてくれないのかい？」

「ちょっと！　お嬢ちゃんって呼ばないで。私の名前はウィラだから」

　ルサルカは岩の上までぴょんと飛び乗った。

「君は何かを知っているよね？　それを教えてよ！」

「実は、オリオン系のどこかの星のエイリアンが地球を侵略しようとしているみたいなの」

「ほら言っただろう？　大惨事がやってくるんだ」

「ということは、レイスに変容した数人が私たちの未来を変えてしまうってこと？」

「そう！　いや、違うとも言える。要するに、彼らが我々の〝今〟を変えるんだ。そして、その現在が未来へと続いていくんだ」

「でも、そのことが起こらないかもしれないということがどうしてわかるの？」

「今、それを説明する時間はないよ！」

　ルサルカは、森の方を振り向くとぴょんと地面に飛び降りた。

「ちょっと待って。どこへ行くの？」

「このことを他の仲間たちに伝えなくちゃ！」

「地球が侵略されないようにするにはどうすればいい？　今、私たちの未来に続く道を変えるために何かできないのかな？」

「わからない。僕たちのクィーンに相談してみないと。彼女なら何かわかるかもしれない」

　そう言い残すと、ルサルカは暗闇の中へ飛び跳ねながら消えていった。

ウィラは岩の上に改めて座り直す。そして、ルサルカに言われたことをもう一度じっくりと考えてみる。暖かい風が髪の毛をくすぐっているのに、なぜか寒さしか感じないので、混乱した頭のままで自宅へと戻ることにした。

ケールは抵抗軍の会議室でテーブルの上の惑星チャートを指でたどっている。

そこにいるのは、カラ・バルタン、デニック、アラーラ。そして、師であるガーに連れられたブリムはデニックと同年齢の他の評議会のメンバーと共にいる。そのうちの1人は、栗色の肌をしたジョナという女性で、古代のクレオパトラを彷彿とさせる黒髪のヘアスタイルが角ばった顔を包んでいる。もう1人は、コロと呼ばれているスキンヘッドの痩せたオオカミのような男性だ。

「私たちが地球からやってきたのは、このルートです」

ケールは指でチャート上の光る線をたどっている。

「そして、ここであなたたちが言う現象に遭ったんです」

そう言うと、エクソス太陽系の外側を指す。そこには、赤い点が付けられていた。

「それにしても、生き残った人がいるということが驚きだよ。大渦巻のスポットには、幾つもの光年が交差していて、エネルギーの泡の中にある唯一の通り道さえも帝国に吸い込まれて外に出られないようになっているからね。他の出入り口を見つけるためには、およそ21艘の船を派遣しないといけないんだ」

コロの発言にデニックが続く。

「君を地球に連れていくには、大渦巻を通り抜けることが必須になる。でも、エネルギーの泡の中は潜れないんだよ」

ケールはうなずいた。

「実は、息子さんが計算を手伝ってくれたんです。それによると、エクソスでの1年の時間は地球でもほぼ同じみたいなんです。だから、あなたがたの光年の換算は、ほぼ私たちと同じ計算でいけます。でも、この泡が問題ですね……。ここは、常にこんな感じなんですか？」

「わからないんだ。３００年前に発見したばかりだからね」

コロが答える。

「僕は、常にずっとあるとは言えないと思う」

ためらいながら言うブリムに母親が反応する。

「どうして？」

「えっと、帝国が支配する他の星々のことを調べたことがあるんだけれど、それぞれの星を治める領主たちは、もともとその星には最初からはいなかったんだ。ということは、もし、彼らが他所からやってきたのなら、エネルギーの泡も彼らがやってくる１０００年前にはまだなかったことになるよね？」

デニックはうなずくと誇らしそうに息子を笑顔で見つめる。ケールは、テーブルの周囲に集まっている顔を見渡す。

「この泡が何でできているか、わからないんですか？」

全員が「わからない」と首を振る。

「これがあることで、帝国が支配をさらに広げていないだけまだましよね」

カラがつぶやく。

「でも、今、君がここにいるということは、彼らは大渦巻を無事に通る術を知っているということだけれどね」

ガーがケールに言う。

「私たちも進んだテクノロジーを持たないといけないわね」

おだやかながら、カラの威厳のある一言に全員が彼女を見た。

「ケールさんからの情報はありがたいけれど、それでも、まだまだ足りないね」

ガーの言葉にケールがうなずく。

「一番いいのは、ナビゲーションを相互に連結させることです」

「え？」

ガーが険しい顔になる。

「実は唯一、アルコンの尋問でこのことだけは漏らさなかったんです。彼らが情報を上手くつなぎ合わせない限り、彼らの科学者たちだって我々の技術は真似できないと思います」

「でも、君たちの他のクルーも尋問されているはずだよね」

デニックが確かめるように言う。

「刑務所の番人の1人が、我々のパイロットのエロウィンは死んだとは言っていましたね。でも、パイロットたちがシステムを完全に理解していたかどうかはわかりませんが」

悲しげに語るケールにガーが語気を強める。

「で、君たちのナビの技術とは、どんなものなんだ？」

「我々のパイロットは、テレパシーで宇宙船を操縦するのです」

「意味がわからないわ。どうして、そんなことが可能なの？」

カラの質問にケールが笑って答える。

「我々の宇宙船には、意識があるんですよ」


ウィラは窓の外の樫の木の枝を伝って上へ上り、自分の部屋へ戻ってきた。ルミナリアの光が灯ったと思ったら、光に照らされるリリーの顔がそこにあった。

「あら、こんばんは、プーカ！」

母親はウィラのハンモックの隣にある椅子に座っていた。彼女はウィラからの説明をじっと待っているみたいだが、思ってもいなかった母親の登場に狼狽《ろうばい》してしまう。

それに、リリーにプーカと呼ばれたこともドキッとした。さっきまで会っていたルサルカのことを指しているのかとドキドキしたが、よく考えてみれば、それは自分のあだ名でもあった。とりあえず、何かもっともらしい言い訳を考えなければ。そこで、森でソーンと会ったことを伝えようかと思った途端に、リリーが口を開いた。

「言っておきたいことがあるの。座って！」

母親の厳しい声に、ハンモックの端に座る。ここまでの険しい表情をした母親の顔を見ることはあまりない。

「あのね、1時間前に連絡が来たのよ。ローウェンとソーンがアンドロメダ空港から船を盗んで、オリオン星雲の方へ向かっていったそうよ」

ウィラの頭は真っ白になり、思わずめまいがしてよろめきそうになる。そんなことは、悪夢であってほしいし、悪夢だったらすぐに目覚めさせてほしい。

「2人はお父さんの後を追っていったの。でも、船がQジャンプのエリアに入ってしまえば、もう追跡不可能よ」

リリーは、自分の話していることが娘を苦しませることをよくわかっていた。やっとのことで、ウィラが口を開く。

「あれほどお父さんは無事だって言ったのに！」

「愛する父親が本当に大丈夫なのかどうか心配なのよ」

「それこそ私、このことをビジョンで見るべきだったよね」

「あなたは、別のことで頭がいっぱいだったんでしょう？」

リリーはウィラが隠し事をしていることを知っているかのような口ぶりだ。

「ホリーから聞いたんだ……」

「ええ。最近、ちょっと変わったお友達がいるらしいわね。それで、そのノクターナルさんはあなたに何を頼んだの？」

「それは、言わないって約束だから」

「ホリーにはそれでよくても、私はあなたの母親なのよ」

「約束は約束だから。そう教えてくれたよね」

「悪い約束なら意味がないわ。話しなさい！」

腕組みをして母親をじっと見つめるウィラ。生まれて初めて母親に反抗していると思うと、胃のあたりがムカムカしてくる。

「やれやれ、私のガンコさもあなたに教えたってわけね」

リリーが椅子から立ち上がると、それまで座っていた椅子がナノガラスの床の中に自動で収納されていく。

「しょうがないわね。じゃあ、明日またカケラを見て、ソーンとローウエンがどこにいるかを探してきて。手遅れになる前にね」

リリーが螺旋階段を降りていくと、ウィラは、ハンモックに倒れ込む。

今晩は、もうどんなに疲れ果てていても眠れそうもない。ビジョンの中でチタン製のブーツに踏みつけられていた自分のあのおぞましい記憶と、ソーンとローウェンが父親と同じように拷問にかけられるビジョンとが頭の中でごっちゃになる。無力な自分が情けない。今、自分は暗闇の迷路の中で迷っている。かすかな望みは1つだけ。それは、次の儀式で希望につながるものが見えるかどうか、だ。

「そうすると、おたくの船は〝思考する〟ことができると言うのですか？」

ガーが会議室のテーブルの上に指を置きながら質問すると、ケールがうなずく。

「それだけじゃなくて、船のナビゲーションのシステムはパイロットのマインドに直接つながるのです。それも、神経系でつながるから、そのパイロット以外の誰も宇宙船を操縦できないのです」

評議会のメンバーたちは、顔を見合わせる。それは、いいニュースかもしれない。

「敵の技術者たちは、あなたたちの宇宙船を調べ尽くすでしょう。だから、そのこともいずれ明らかになるはずよ」

カラの一言で、せっかくのいいムードが下がってしまった。

「可能かもしれません。でも、我々のパイロットの助けがなければ、その発見にも時間がかかるはずです」

ケールの意見にデニックはガーと目くばせをして同じことを考えていたことを確認する。

「ちなみに、我々の宇宙船を同じように改造するのにはどれくらいかかりそう？」

「1か月前後でしょう」

ガーは顔をしかめた。

「1か月？」

ブリムもケールから地球について教わったことを皆に披露したくて会話に加わる。

「1か月っていうのはね。地球の月が軌道を一周する時間のことだよ。こちらの月はその5分の1の時間で浮遊惑星を一周しているよね」

「なるほどわかった。じゃあ、早速はじめよう」

ガーの言葉に、ケールがデニックの方を見る。

「あの、私をまず地球に戻してくれると思ったんですが……」

「アルコンは、優れた技術集団を率いているんですよ。おたおたしていたら、我々より先にお宅の船の技術を入手してしまうかもしれない」

「わかりました。では、私の方で数日以内に小さな船を準備してみます。その船で地球に行って1週間以内に戻ってくるのはどうでしょうか？」

ガーの言葉を受けてケールが提案すると誰もが困惑した表情になる。そこで、ケールがまた解説する。

「1週間とは、1か月の4分の1のことですね」

ガーはそれでも納得できないようだ。

「これまでずっと虐げられてきた長い歴史の中で、初めて彼らに優位に立てそうなときがやってきたんだ。今、そんなことをしている場合じゃないんだよ」

「あの、いい考えがあるんですけれど」

話がまとまらない中、ブリムが恐る恐る声をあげると、アラーラが息子を促す。

「どうぞ！　恥ずかしがっている場合じゃないわ」

「えっと、最初にアッシュグローブさんを地球にお連れして、地球の人にも我々の闘いに参加してもらうのはどうでしょう？　地球の進んだ船を連ねてここに戻ってこれるんじゃないかと思うんだけれど」

しばらく沈黙が続く。ブリムは、馬鹿なことを言ってしまったかもと思わず反省する。すると、デニックが声を上げて笑いながら誇らしげに息子の背中をポンと叩いた。

「まあ、そんな考え方もあるね！」

「〝赤子の口から知恵〟だね」

ケールに意味不明なことを言われて、ブリムがちょっと語気を強めた。

「あの、僕はもう16ですよ」

「すまない、そんな表現が地球にはあるんだ。とにかく、地球人は平和な人たちだから、技術を惜しみなく出してくれるはずです。でも、さすがにあなたたちの闘いに地球人も参加させるとは思っていないですよね？」

「でも、一旦アルコンがあなた方の技術を自分のものにすれば、それは、あなたたちの闘いにもなってしまうんですよ」

そう言うジョナに、ケールはそれはちょっと認めたくないという顔をする。

「とにかく、ブリムのプランで行きましょう。早速、高速の船を選んで改造をはじめましょう」

カラがガーに提案すると、ガーはコロの方を見つめる。

「じゃあ、スペア号になるね」

「俺の船？　もし、急なミッションで必要になったらどうするんだい？」

「何を言っているの。これ以上に重要なミッションはないと思うわ」

カラがその場をまとめようとする。

「わかりました、司令官」とコロが頭を下げた。

「ガー、あなたはアッシュグローブ船長と一緒に動いてちょうだい。そして、彼を地球にお連れして彼らの技術で学べることをすべて学んで来てちょうだい」

「了解。光栄です」

うなずくガーにブリムがこのときとばかり口を挟んでくる。

「あの、僕もチームに加わっていいですか？」

デニックは息子の肩をぎゅっと揉みながら諭そうとする。

「おい、お前の案が採用されたんだよ。それだけで十分じゃないか」

「そうよ。地球は遠いわ。もし、何か間違いでもあったら……」

アラーラが息子のもう片方の肩に手を置く。

「でも、2人はいつも危険を冒して闘っているじゃない。それに、エクソスや警備エリア以外なら行ってもいいと言っていたよね。僕はアッシュグローブさんの息子さんたちに会いたいんだ。そして、彼らや地球の他の人たちを説き伏せて、仲間になってもらいたいんだよ！」

デニックとアラーラは、言葉を交わすこともなく目で会話をしているようだ。

「そうだな。お前はもう子どもじゃない」

ついに、そう言い放ったデニックに、アラーラはまだ自分にとっては幼い子だと思いながらも、夫に同意することにした。彼女の目はうるんでいる。

「心配しなくていいよ。絶対に無事に連れて帰るから」

「ええ、そうしますので」

デニックの言葉にケールも加わる。

「俺も彼から目を離さないようにするよ」

「もう自分で何でもできるんだから！」

師であるガーの言葉に、ブリムが駄々っ子のようにすねると、またケールが少し意味不明なことを言う。

「〝村全体で子どもを育てる〟っていいますからね」

「だから、僕は子どもではないですって！」

「すまない。これも古い地球のことわざなんだよ」

ふくれっ面になったブリムにアラーラも笑顔になる。

「なんだか、地球のことを知れば知るほど好きになるわね」

そんな和やかな雰囲気の中、ガーが指でテーブルの上をイライラしながら叩く。

「よし、じゃあ早くその地球とやらへ行こうじゃないか！」

第10章

通過儀礼

人は、しばしばプロセスを完成させることにせっかちになってしまう。たとえば、プロジェクトを終えること、ゴールを達成すること、行先にたどり着くことなど。人生において、これらで頭をいっぱいにしているのが人生の目的になってしまったりする。でも、人生の旅をすることこそが本来の目的であり、そのプロセスこそが大切なのだ。重要なことは、もし、今という習慣に集中しないのなら、前に進むために必要なことも見落としてしまうということ。人生とは、小さな踏み石の連続のようなもの。もし、あなたの足が1つひとつの石にしっかりと置かれていなければ、どこかで滑ってしまい、次の石を踏むことができなくなってしまう。

『クリプティックのためのガイダンス』より引用
ホリー・コットン著

ウィラは、ポピーの自宅のコテージの緻密に彫刻された扉を叩いた。

ポート・ダブリンの郊外にある2階建ての木と石でできた友人の家は、海から内陸に向かう運河を見下ろすように建っている。扉が開くと、そこには細身のシルバニア・ルソー、ポピーの母親の姿があった。血で染めたように真っ赤な日本のキモノ風のガウンに黒いサテンの帯が足元のモコモコのモカシンブーツと似合っている。

深い茶色の目でウィラを見下ろすシルバニアには、かつて、人間だった形跡は残っているものの、黒いそばかすがすでにノクターナルに変容していることを表していた。彫りの深い顔は、娘と同じようななめらかなモカ色をしていて、編み込みの髪が腰まで垂れている。シルバニアはウィラを見ると一瞬笑顔になるが、それは、心からの笑顔というよりも気を遣った社交辞令の笑顔だということがわかる。


「あら、おはよう、ウィラ」

「おはようございます」

「いらっしゃい。ポピーを呼んでくるわね」

シルバニアの言葉にウィラは家の中へ入る。シルバニアは、何のために自宅にウィラがやって来たか興味があるはずなのに、自分の母親やホリーのように矢継ぎ早に質問をしてこない。ウィラは、シルバニアが娘の部屋へと木の階段を上がっていく中、樫の木でできた小さなリビングで友人を待つ。

ポピーの家は、ナノガラス化されたテクノロジーが備わった自分の家と違って、古風でどこか博物館のような雰囲気がある。キャンドルとオイルランプが部屋中に温かい光を放ち、ガラス窓が部屋全体を取り囲んでいる。

今のテクノロジーを唯一取り入れているものと言えば、丸いピカピカの木のテーブルの上に置かれたコミュニケーション用のルミナリアの光の玉だけ。それが、まるで19世紀の占い師の館にあったようなクリスタルの玉のように置かれていた。


ポピーがニコニコして階段を弾むように降りてきた。

「ウィラじゃない！」

「ちょっと、どこかで話せる？」

「うーん、今日はそんな気分じゃないような。なんかうちの母親みたいになってきたわね」

ウィラが声を落としてささやく。

「ごめん、母やホリーには話せないことがあるの。でも、誰かに話さなくちゃどうにかなりそうだから」

「あら、秘密なら大好物よ。じゃあ、行きましょう。いい場所があるわ」

そう言うとポピーはウィラの腕を引っ張って表に連れ出した。


「それで、Qジャンプのエンジンは操作できるの？」

そう弟に聞かれてローウェンは自信たっぷりに答える。

「言ったよね。ファーストコンタクトのトレーニングで船の操作は学んだから」

「でももし、何かあったら、父さんを連れ戻すことはできないよね」

「心配するな。わかってるって」

そのとき、突然ビーッ！という音が響いてくる。

「何か起きたの？」

「何でもないよ。誰かがこちらに向かって来ていることを知らせる合図だから」

パニックになったソーンを兄が落ち着かせようとする。

「ちょっと、相手に応えないで！」

「だって、応えないとまずいよ。パトロールかもしれないし」

「そんなことしたら、僕たちが船を盗んだことがばれるじゃない！」

「大丈夫だよ。これはトレーニング用の船だから。僕の周波数がセットされているから」

焦るソーンにローウェンが言い聞かせると、ローウェンは制御システムを操作しながらコンピュータに語り掛ける。

「コルバス！　通信せよ！」

「通信中！」

船体から機械声が出る。すると、コントロールシステムの上にあるナノガラスの壁がスクリーンに変わると、リバーの顔が現れた。

「あ、ウィラのお父さんだ！」

ソーンの声にローウェンはあたかもこうなることを予想していたかのように落ち着いて答える。

「どうかされましたか？」

「君たちの勇敢な行為は認めるよ。でも、まだ詳細もわからない状況で、皆の協力なしに父親の救助に向かおうとするのは無謀だよ！」

「いやいや。僕たちは、ただトレーニングしているだけですよ。弟にちょっと船の操作を教えようと思って」

「ローウェン、君の師匠とも話したよ。これはフライト計画に入ってないらしいじゃないか。戻って一緒に相談しよう！」

ローウェンが返事をする前にソーンが割り込んできた。

「僕たち、話し合いはもう十分なんです！　早くなんとかしないと！」

リバーは落ち着いて説得しようとする。

「じゃあ、どうやってお父さんを探せると思うんだい？」

ローウェンがソーンに代わって答えはじめる。

「授業で、〝新・Qスペース理論〟というのを学んだんです。この理論によれば、量子跳躍エンジンが宇宙の出発地点と到着地点に独自の形跡を残すことがわかったんです。僕は、これまでの捜査で父親が最後にいた場所はわかっているんです。だから、父の船の形跡をスキャンして、三重フラクタルをアルゴリズムで調べれば、どこへ移動したのかがわかるかもしれないんです」

リバーは感心しながらそれを聞いていた。

「すごいね。今言うことじゃないかもしれないけれど、君の師匠も君がクラスでトップだと言っていたよ」

それを聞いて、ローウェンはソーンにウインクをする。

「でも、君たちだけでケールを助けようとするのは無茶だ。オリオン人たちが彼にどんなことをしたかはウィラのビジョンで知っているよね」

「あの、僕たちに加わってくれますか！」

「ちょっと待って。まずは、もし君がお父さんの居場所を調べられるのなら、戻ってクォーラムのメンバーやコンタクト評議会にこの計画を相談しようじゃないか。その上で、もし承認されれば救助部隊を組んでくれるはずだよ」

「じゃあ、もし、承認されなければ？　ごめんなさい。もう、そういうわけにはいかないんです！」

そのとき、2人を乗せた船が振動しながら静止する。どうやら、リバーが船のシステムを操作したようだ。

「何があったの？」

ソーンがパニック状態になる。

「君たちの船を牽引ビームでロックしたよ。とにかく、地球に戻るんだ。わかったかい？　エンジンを落として力場に任せたら、スタンバイのままでいて」

ローウェンは従順にうなずく。ところが、制御システムの神経インターフェイスに手を伸ばしながら船に命令した。

「すべての二次システムを落として！」

「ちょっと、待ちなさい！　コミュニケーション機能はそのままで！」

リバーが言い終える前に、ローウェンの船を映したスクリーンは消えてしまった。そして、ローウェンは神経インターフェイスに手を置いたままで命令する。

「エンジンとシールド機能を緊急モードに変更。牽引ビームの周波数にシールドの周波数を合わせて！」

「変更！」

船が命令に応える。するとあっという間にローウェンの船の力場が大きく広がり牽引ビームと力場がシンクロして、リバーは彼らの船体ではなく力場の上にロックをかけるのが精いっぱいになる。気づくと、ローウェンの船が火を噴いてQスペースに入り込むと、力場もなくなり船も消えていった。

リバーは、自分の発した牽引ビームが何もない空間をロックしているのを確認すると機能をオフにする。

彼はスクリーンに映り込む星々を眺めながら、リリーやクォーラムのメンバーに彼らが自分をかわして飛び立っていったことをどう説明しようかと考え込んだ。

「クラスでトップの成績か……。やれやれ」

ウィラとポピーは12世紀の城の遺跡、ロック・オブ・カシェルの岩の上に座って、緑色に染まるアイルランドの田園風景を見下ろしていた。2人はシャドックからトランスポーテーションをして、ポート・ダブリンから数百キロ離れた場所までやってきた。

「考え事があるときは、ときどきここに来るんだ……」

ポピーは、屋根のない古城の教会の土台にごろごろところがる石を眺めながらつぶやく。

「秘密の場所って感じでしょ。ここなら大丈夫だと思って」

ウィラも、ここなら詮索好きな人々から逃れられると思うと気持ちもラクになってくる。

「きれいなところだよね」

「それで、どうしたの?」

ポピーがあえて手短に訊ねた途端に、ウィラの口からあふれるように言葉がこぼれはじめた。

「あのね。修行で行う儀式で怖ろしいビジョンを見たの。どうやら私には、古代に地球にやってきたエイリアンの遺伝子があるらしくて、そのせいでいろいろなことが見えるらしいんだ。まずは、邪悪なエイリアンが地球を侵略してしまうというビジョン。そして、ソーンとローウェンのお父さんが、エイリアンたちに捕らえられて拷問を受けたこと。でも、エイリアンに抵抗する人に助けられたこともわかったんだ。でも、その人たちも危険にさらされている人たちなの。そんなことをソーンとローウェンに伝えたら、彼らは船を盗んで、お父さんを探しに行ってしまったんだ。あとね、クォーラムのメンバーのノクターナルの1人に、ベラドンナ・ブラッドルーツのひ孫にあたる人がいるの。実は、その人からベラドンナが調合したハーブ薬の配合をビジョンで見てくるように頼まれたのよ。本来ならベラドンナはレイスに変容できるはずだったんだけれど、彼女の飲んだ薬は、彼女をバンシーに変えてしまった。というのも、意地悪なプーカが彼女に誤った配合を渡してしまったから。彼いわく、正しい完成品ができてしまうと、それは地球を混乱に陥れて、時空を崩壊させたりするような恐ろしいことになるらしいんだって」

ポピーは、ウィラを見つめたまま一瞬の間を置く。それから、大声で笑いはじめた。

「ちょ、ちょっと！　秘密って言うからさ、なんていうか、ソーンと一緒にユニコーンに乗ったとかそんな話かと思ったわ。だってあなた、彼と付き合ってるでしょ？」

「ポピー、冗談じゃないの。ビジョンではソーンが刺されて死にそうになっているのも見えたし、エイリアンたちがポート・ダブリンを焼き討ちにするところまで見えたんだから！」

ポピーは、必死になっているウィラの真剣な目を見て、冗談ではないことを悟ったようだ。

「ごめん。からかうつもりはなかったんだ。でも、そのビジョンってハーブの幻覚剤のせいじゃないの？　うちのママが儀式をしたときにも、クレイジーなビジョンがフラッシュで見えたらしいよ。でも、そのうち、どれひとつとして現実にはならなかったって言っていたよ」

「たとえば、どんなこと？」

「うーん、はっきり憶えてないけれど、ひとつ強烈に憶えている話があるの。それは、ウェルクみたいな、でも、青白い目をした灰色の肌の少女がビジョンの中で出てきたらしいのね。そして、ママのビジョンの中で、向こうの女の子もこちらに気づいていたって言うの。そして、その子が何か言ってきたらしいんだ。ママは何を言われたのかまでは教えてくれなかったけれどね……」

ウィラの顔から血の気が引いていくのに気づいてポピーは話を止める。

「ウィラ、どうしたの？」

「私、あなたのママに会わなくちゃ」

「どうして？」

「実は、私も同じ少女に会ったから。その子は、私を睨んで〝あなたは誰？〟って聞いてきたの。彼女も地球を侵略しようとしているエイリアンの１人だと思う。その子は、テレパシー能力を使って相手のビジョンに入り込む力があるみたいなの」

「でも、ママがその少女に会ったのはもう何年も前なんだよ」

「そうなんだ。でも、ハーブの幻覚は時間もゆがませることもあるよね」

ウィラはカケラの中に自分の過去、現在、未来のバージョンが幾つも見えたことを思い出す。

「ところで、ウィラが約束したノクターナルって、セリーン・ニンフェアのことじゃない？」

「ちょっと！　あなたもサイキックどころかテレパシー能力があるんじゃない？」

「ううん、ママがね、いつも彼女のグチを言っていたからそう思っただけ。ちょっと待って。もし、あなたのビジョンのその女の子が現実に存在するのなら、ママが見てきたことも、本当になるのかな？」

「とにかく、すぐに戻って確認しようよ！」

2人は岩から降りるとその場を離れ、急ぎ足でシャドックまで向かった。


たくさんのクリスタルの球体が、音ひとつない真っ暗な空間の中で輝きを放ち、静かに浮いている。そこに1つの裂け目が発生すると、表面の真ん中まで裂け目が走って球体が割れ、輝いていた球体は幾つものカケラになって散る。

それらは、ボイドの中に吸い込まれながら冷たく黒い石に変わっていく。石のカケラたちがスピードアップすると、遠くに見えていた地球が大きくこちらに迫ってくる。カケラはいつの間にか火を噴くミサイルに変わると、大気の中を燃えながら地面を叩きつける。目もくらむような火の玉が地球全体を覆い尽くしたかと思うと、すべての都市は焼け野原になった。

シルバニアがウィラの額の第三の目のあたりに置いていた手を離し、ウィラと共に見ていた悲惨なビジョンを見終える。ウィラの頬からは涙が流れている。ウィラとポピーは、ポピーの家のリビングでシルバニアが座る椅子の前で床の上に座っている。ポピーがウィラの肩に手を置く。

「大丈夫？」

涙を拭いながら、やっとうなずくのが精いっぱいのウィラはシルバニアの落ち着いた表情に驚く。あんなに怖ろしい光景を見ていながら、どうして、この人はこんなに落ち着いていられるのだろう。

「一体、どういうことだと思います？」

シルバニアは宙を虚ろに見て何かを考えている。答えを待ち続けるウィラは、この重い沈黙に息が詰まりそうになっている。

「まず、キラキラ光るたくさんのクリスタルの球体は、恒星・惑星間連合のことを表しているんじゃないかと思うわ」

ついにシルバニアが口を開いた。

「そして、連合に加盟する星たちの間で何か問題が生じるような気がする。それがやがて地球を巻き込んで、破滅に向かうという話なんじゃないかしら」

「でも、もし、本当に地球が侵略されるのなら、連合で一致団結して敵に向かえないでしょうか？　そうすると敵なしじゃないんですか？」

「うーん、詳しいことは、わからないわね」

「でも、連合が結成されてからもう何百年も経っていますよね……」

「あのね、宇宙だって変化するの。永遠に続くものは何もないのよ、ウィラ」

そう言われると、絶望のどん底に突き落とされてしまう。それでも、藁《わら》をもつかみたい思いでしつこく聞いてみる。

「そういえば、女の子！」

「え？　女の子？」

「私がビジョンで見た女の子。あの子は何て言っていました？」

シルバニアは、唐突な質問に一瞬首をかしげながらも、また、どこかへ意識を飛ばしているらしい。ウィラは、答えを待つ間の沈黙に息が詰まりそうになってしまう。

「この人ったら、大変でしょ？」

ポピーがウィラの耳にささやいていると、ようやく、シルバニアがこちらに戻ってきた。彼女はウィラの不安そうな顔を見つめながらも落ち着いている。

「ドイエン・ルソー……。あの女の子が何て言ったかって？」

そう言うと、一筋の涙がシルバニアの頬を伝う。ポピーは母親がここまで感情をあらわにしているのを見たことがないので驚いてしまう。

「ママ、大丈夫？」

ウィラを見つめたままのシルバニアには、娘の声は聞こえていないらしい。

「あの女の子がね。ぞっとするような目で私を見て言うの。〝あなたを裏切り者の自分の母の代わりにするわ。あなたを魔女の女王にしてやる〟って」

「魔女？」

ウィラは、目をパチパチさせながら混乱している。

「きっと、その子にとってノクターナルやセイジのことを意味しているのよ」

シルバニアはそう言うと、もう何も言わずに階段を上がると自分の部屋に入りドアを閉めてしまった。

ウィラとポピーは、予想外の展開に驚いて互いの顔を見合わせる。

その瞬間、例の灰色の肌の少女のビジョンがウィラのマインドに飛び込んできた。武器を持った彼女の手がポピーの頭の後ろを狙い、銃の引き金を引く。その瞬間にウィラの意識が〝今ここ〟に戻ってきた。


ウィラは寒気を感じると狼狽しながら、ポピーに告げる。

「クォーラムのメンバーたちのロッジに行かなきゃ。ホリーに言われているの」

ポピーは、何が起こったのかわからないようだ。

「ウィラ？」

その声に玄関へ向かっていた足を止める。でも、今、垣間見た怖ろしいビジョンを伝えるわけにはいかない。友人であるポピーの不思議そうな顔を見ると、もう落ち込んでいる場合ではない。

「何としてでも、あの子がやることを阻止するわ」

「え？　何を止めるの？」

「彼女はあなたを殺して、あなたのママの娘の座を奪うつもりじゃないかな」

イチイの森の奥深い場所で、ルサルカは大勢のプーカたちの前に立っていた。シェイプシフターの彼らの多くは野ウサギの姿をしていたが、ヤギやネコの姿をしている者も数人いる。また、何人かのプーカは黒い馬の姿になり、中には黒髪の少女の妖精の姿になった者もいるが、どんな姿であっても彼らの共通点は、全員が光る赤い目をしているという点だった。

大きな野ウサギの姿になった一族の女王、アシュリーンは中央の石を王座のようにして、その上に座っている。雪のような白い柔らかな毛に覆われた彼女は、ショッキングピンクの目のルサルカをじっと見つめている。

「それで、タイムラインが変わったというのは確かなの？」

灰色と茶色のまだらの毛並みに、左の耳の上だけが白くなった年配のプーカ、グレナンが一歩前へ出てルサルカの隣に並ぶ。

「女王様、いろいろと調べてみたところ、シフトが起きたことと危険が迫っていることは本当のようです」

「予言者は見たり！」

彼らの伝統に乗っ取りアシュリーンが叫ぶと、全員が同じように「予言者は見たり！」と声を合わせた。

「アシュリーン様。では、どうしましょうか？」

ルサルカが女王に訊ねる。

「そうね。これは我々の一族だけではなく、すべての自然界の精霊たちにも関わることだから、皆にも知らせなければ。すぐに、エンクレイブをお呼び！」


ウィラは、ロッジのケルト模様の円の真ん中に立っている。

これまで見てきたソーンやローウエン、ポピー、そしてシルバニアに関するおぞましいビジョンのことを思うと、なんとか立っているのが不思議なくらいだった。円の外では、ホリー、アーガスにアルダーがそれぞれ正三角形を描くように立っている。

アルダーは、いつもより少しカジュアルな恰好で現れた。レザーのチュニックとおそろいのパンツ、そしてキャラメル色の膝上のブーツというラフないでたちで。アーガスがいつものように、ハーブのお茶の入ったカップをウィラに手渡す。

「いいのができた。これ、飲む」

ウィラは匂いを嗅ぐと鼻をゆがませる。

「うん、そうだね。この間のものよりましかも」

アーガスは、ただウィラを見つめている。

「座ったらだめなの？」

ウィラは、そろそろ立っているのが限界になってきた。

「〃トリスケリオン（ケルトの三脚巴《さんきゃくともえ》のシンボル）〃のときはダメだよ。君はこのミッションでは素早く動けるようにしておかないといけない」

アルダーが指導するような言い方をする。

「それで、いつソーンやローウェンたちが乗っている船を探せばいいの？」

「きちんと自分でわかるわ」

ホリーはそう言うと、早く飲むように促す。ウィラはため息をつくと、一口でゴクリとお茶を飲み干してカップをアーガスに手渡すと、アーガスは暖炉の上にそれを置いた。

ウィラは暖かい風を感じていた。目を閉じると下へ落ちていくような感覚がするが、止められない。目を開けると、巨大な液体状のクリスタルの球の内側をぷかぷかと浮いている自分がいる。周囲の液体は凍ると、これまでのように割れて粉々になっていくが、今回は少し様子が違っていた。３人の師が３か所に立っていた場所で、大きな多面体の３つのカケラが３か所で回転しながら、目が眩むほどの反射をそれぞれの位置で跳ね返している。

３つの多面体が回転しながら近づいてくると、各々の多面体にはホリー、アーガス、アルダーの姿がちらちらと映り込んでいるのが見える。３つのカケラは近づくにつれどんどん回転スピードを増し、もう多面体の形には見えなくなってきた。そして、回転しながら砕けて飛んでくる小さなカケラたちが、こちらに向かってクリスタルの破片をビュンビュン飛ばしてくる。パニックになりながら、旋回するクリスタルの刃から逃れようと上へ浮かび上がりたいのに、重力のない空間では浮かび上がれずにもがくだけ。3つのカケラたちは、とうとう、自分の身体をスライス状態にするくらいまで近づいてきた。そのギラリと光る多面体の表面には、恐怖におののく自分の姿が映っている。

死に物狂いになりながら、両腕を伸ばして重力の効かない身体をひねって回転させてみる。すると、氷上のフィギュアスケーターがスピンするように回転が上がっていく。そして、カケラが回転している速度と同じまでスクリューのように回転していく。

気づけば、自分自身も1つの光るカケラになっていた。光るクリスタルのコクーンの中にすっぽりと包まれたことで、接近してきた3つのカケラたちから身を守ることができた。今、計4つのカケラはまるでシンクロする歯車のように回転し続けている。

少し落ち着いてきたので、周囲で回転している3つのカケラに映っているものを見てみる。すると、逃走中のローウェンたちの光景が目の前に展開されている。彼らがオリオン星雲までたどったルートが光るラインで示されるのがわかった。その線は、大渦巻の入り口にまで到達している。ローウェンたちが乗った船はあの中に入ってしまったの？　無事に通過できるルートを通らない限り、あの小さな船は巨大な渦の中ではあっという間に破壊されてしまうのに。

そんなことを考えていると、すべての映像が閃光のように消えてしまった。

意識が再びロッジに戻ってきた。呆然と立ちすくんだままでいると、３人の師たちに周囲から身体を支えられていた。


「大変だったわね、ウィラ」

にこやかに声を掛けてくるホリーに続いて、アルダーが辛口なコメントを言う。

「そうだね、よくやったよ。でも、あの兄弟を連れ戻せないなら意味はないかもね」

「でも、まだお父さんは戻ってきていないでしょ。私が見てきた彼らのルートを伝えなきゃ。そうすれば、手遅れになる前になんとかなるはず！」

アーガスがうなずくと、大きな手をウィラの背中から離す。そして、壁の方へ行くとパネルを操作してコミュニケーション用のシステムを立ち上げた。ウィラもそこに近づくと、まだ憶えている彼らのルートをパネルにインプットした。


リバーは星々の間を浮遊しながら、船内のスクリーンでコンタクト評議会の長老であるブラーマ・カマルとスクリーンで話している。ヒマラヤ系のハイブリッドのブラーマという名前は、地元の伝説の白い睡蓮の花にちなんでつけられたそうだ。

彼のクリスタルのような大きな瞳は山の湖のように深く、そのなめらかな肌はハチミツのように金色に輝いている。恒星・惑星間連合の5つ星の勲章をつけた白い襟の立ったチュニックを着て、ハイブリッドらしいスキンヘッドのルックスは、古代のチベットの僧を彷彿とさせるものがあった。ブラーマは、東インド地方のなまりのある話し方をする。

「ローウェンの言う三重フラクタルのアルゴリズムの件は、正しいですね。今、あなたのコンピュータに詳細をアップロードしたので、ケールの船と一緒に兄弟の船も追跡できるはずですよ」

「ということは、彼らを追ってもいいということですか？」

驚くリバーにブラーマがうなずく。

「1時間以内に5艘の船がサポートに加わりますよ。でも、危険は承知だね？」

「ウィラが送ってくれたデータも確認しています。十分に気を付けますから」

「とにかく、彼らを無事に連れて帰ってきてください」

「はい、全力を尽くします」

「トゥシャ　ティアニ　パン！」

リバーは、ランディングの前にハイブリッドたちが話していた古代語はあまり話せない。けれども、ブラーマは伝統を受け継ぐ者として、また、ファーストコンタクトのスペシャリストとして古代語を上手く操ることができる。その上、人間とエイリアンの12種類の言語を話すことができる才人でもあった。

彼が最後に言った言葉を簡単に訳すと、「星たちが、あなたを無事に故郷に導いてくれるでしょう」という意味だ。リバーも彼に同じ言語で返したいと思い頭をひねる。

「ハ　マイトゥラ　トゥロオ　シャ　ティアニ！」

リバーが伝えたのは、「星の光は、我が行く道を照らしてくれます」という言葉だった。リバーはスクリーンを消すと、援軍が到着するのを待ちつつ三重フラクタルの計算をしてみることにした。

そのとき、コンピュータのパネルからアラーム音が鳴る。再び画面を戻すと、そこにはリリーが映っていた。

「どうしたんだい？」

「ブラーマは何て言っていたの？」

リリーがいつもの彼女らしくない焦った声で質問してきた。

「援軍を送ってくれたので、彼らが来たら一緒に探しに行くよ」

「リバー……」

「あの2人を連れ戻すだけだよ。後は援軍たちが引き続きケールを探しにいく予定だよ」

「きちんと帰ってきてね」

「もちろんだよ。〝リバー〟は川だから、いつも海に向かって流れているものさ」

帰る場所があるということを妻に伝えるリバー。大人の2人は目に見えない危険が自分たちの前に立ちはだかっていることを知っていた。けれども、約束を誓い合うことは希望の光につながるのだ。

「ウィラをよろしく。ソーンを連れて帰るからと伝えておいて」

そう言うとリバーは、しばしの間、スクリーンの消えた空間を見つめていた。そして再び、ナビのシステムに数字を入れ続けていたが、ふと、神経回路の装置に手を置いて質問してみる。

「リゲル、このミッションが成功する確率はどれくらいだい？」

リゲルのなめらかな声が船内に響く。

「その回答があなたの精神にどう影響するのかを考えると、答えるべきではないかと思います」

「僕もそう思ったよ」

リバーが少しさびしそうにつぶやいた。


午後のおそい時間にウィラは木漏れ日を浴びながら、イチイの森の奥にある岩の上に座って目を閉じていた。ゆっくりとした呼吸の中で、感覚を研ぎ澄ましていく。その隣では、ホリーがウィラを見守るように立っている。そよ風の中で、彼女の銀色の長い髪が揺れている。やっと、ウィラが目を開けた。

「まだ、何も聞こえない……」

すると、ホリーが残念そうなため息をつく。

「耳で聞こうとしないで。心で聞くようにして」

「その意味がわからないよ。それに今、私はすでにクリプティックのレベルを超えたことをやっているでしょ。どうしてこんなことが大事なの？」

いらつくウィラに、ホリーは地面に倒れて節や根っこがむき出しになっている大木を指差した。

「あのね、クリプティックから上のレベルに行くには、レベルごとにより強い風に立ち向かっていくようなもの。根っこの部分でグラウンディングができていないと、扱うパワーに逆に負けてしまうのよ。この木のようにね」

ウィラは朽ちて苔むした幹を見つめると、再び目を閉じる。

「声を聞こうとするのではなくて、声を感じようとしてみて」

「なんとなく今、何かを少し感じられそうなの」

「いいわね。何が感じられる？」

「馬鹿馬鹿しいってこと！　ごめん。できない！」

ウィラがパチリと目を開ける。でも、ホリーが傷つくと思うと彼女の顔を見ることができない。

「あのね。あなたは、カケラを見るじゃない？　だからここでは、カケラに映る自分を木だと想像してみて」

「それって、私が木になるってこと？」

「そう、あなたは木。そして、森であり、動物であり、花であり石であり蜂でもある。あなたはすべてであり、すべてはあなた。すべてはひとつなの」

「うーん。じゃあ、木に話しかけるということは、私自身に話しかけることでもあるってわけだ」

「そうよ」

ホリーはうなずきながら、上手くいくかもしれないと期待する。

「でも、じゃあ、自分自身に話しかけているだけではないということが、どうすればわかる？　それがわかるのは、クレイジーな人じゃない？」

「でも、そんな人たちが本当は正しかったりするの」

ホリーはいつものように、クリプティックらしい謎めいた言い方をする。

「この世界をすべて自分が納得できる形で理解することなんてできないのよ。マインドが捉えられるのは、ほんのわずかな部分だけ。ときには、マインドから外に出ることも必要よ」

「じゃあホリーは、そこをもうマスターしているわけだ」

ウィラが笑いながら言うと、ホリーもムッとしながらも笑う。

「そうよ。あなたみたいなガンコな子を教えることこそクレイジーだわよ」

ホリーもウィラの隣に座る。

「ねえ、あなたには、もう別の先生が必要かもね」

「ちょっとホリー、私が言ったのはそういう意味じゃなくて……」

するとホリーが上着のポケットからハーブの薬の入ったカプセルを取り出した。

「ここで？　今？　これって、ロッジでやるべきじゃない？」

「いつも何かのときのために持ち歩いているのよ」

少し不安げになるウィラに向かってホリーが答える。

「これがその緊急事態ってこと？」

「私たちにはもう時間が残されていない、って言ったのはあなたよ。危険かもしれないけれど、あなたには、レベルアップが必要。これはアーガスからの特別な処方よ。ある特別なレッスンのためのね」

「危険かもしれないってどういうこと？」

ホリーにカプセルを手渡されるウィラ。

「これで、新たな世界へ突破できるかもしれないけれど、逆に、ダメになってしまうかもしれない。でも、あなたを信じているから」

「それって褒めている？　でも、そんなことを言われても……」

「私があなたの後ろにいつもついていたら、あなたは成長できないでしょ」

いたずらっ子のような笑顔を浮かべていたウィラにホリーが厳しい顔を向けると、ウィラも真顔になる。

「もう、私の師匠はいるじゃん」

そう言うと一口でカプセルを飲み込むウィラの顔が、酸っぱいレモンをかじったようにゆがんでいく。そのうち、トランス状態になるにつれて表情も落ち着いてきた。


ビジョンが広がりはじめる。

いつものように、マインドが真っ暗いボイドの世界を漂う。暗闇の中で、1粒の小さな光を放つ塵が重力のない世界に浮かんでいる。その光の塵が光の速さで消えたかと思ったら、再び戻ってきて、反対の方向に消えていく。そして、上から再び現れたと思ったら、下へ移動していく。3度目は、その粒子はX、Y、Zの3つの次元の虚軸を形作りながら、右から現れて左へ消えていった。

粒子は速度を増して、上下や前後、左右をさまざまなレベルで往復して交差することを何度も繰り返し、ついには、速度が増しすぎて、1粒の粒子の隣にもう1粒の粒子があるように見えてきた。やがて、速度が無限大にまで達すると、すでにボイドの世界はきらめく粒子でいっぱいになっていた。それは、実体のある1粒の粒子がたくさんのかりそめの粒子を創り上げたイリュージョンの世界のようだった。

粒子は各々違う方向へと交錯して、あらゆる方向に3回往復すると、実体のない粒子の交差ポイントは何度も交差することにより次第に実体を伴う点になりはじめた。そして、神聖幾何学の形を取りはじめると、さらにフラクタルなパターンとなり、なじみのある形に変わりはじめる。

それらは、石や木々になり、田園風景になり、そして、ついにはウィラとホリーになった。すべてが超速で動く極小のドットから成っていて、今、自分がいるこの場所までが小さなドットでいっぱいに埋め尽くされた。

瞬きとともにこちらに戻ってきた。

ぼんやりとホリーを見ると、彼女は謎めいた笑みを浮かべている。思わず両手で身体を触った後、近くのイチイの木のシワシワになった樹皮にも手を当ててみる。

「私たちはひとつ」

その新しい発見には、畏敬の念がこもっていた。

「私と木はつながっている……。どこからはじまって、どこで終わるということじゃない」

「そういうこと。さあ、これからクリプティックになるための本当の旅がはじまるわよ！」

ホリーが弟子を誇らしげに見つめていた。

第11章

大渦巻

想像力には限界というものはない。自分で限界があると決めれば話は別だが。

『パラドックスの書』より
サッサフラス・ザ・セイジ著

ケールは、コロのステルス機のエンジンがあるコントロールシステムの下から、回路基板を手に持ち這《は》い出てきた。コロが困ったなという顔をしている。

「うちの武器をダメにしてくれたね」

「というか、エンジンとその周辺をもっとパワフルに機能できるように改造しないと。それに、我々の今回の旅では武器は必要ないですよ」

「持っていて使わずに済むならいいよ。でも、必要になったときに持ってないのは困るよね」

コロは不満そうだ。ガーはケールの作業を近くでじっと見ている。ケールは絡まる配管をいじりながら、エンジンのプラズマをレギュレータに流す磁気リングとステンレスのシリンダーを調節していた。

「その〝Qジャンプ〟の考え方が今ひとつよくわからないんだ。超空間の考え方とは違うものなのかい？」

「ええ。量子空間のことなので、まったく違う考え方になるんですよ」

借りた回路のパワーを調節しながらケールが答えると、ガーがデニックの方を向いて頭を振る。

「彼はジャルシュカを話しているみたいだね」

「それはどういう意味ですか？」

ケールの質問にデニックが答える。

「帝国には奴隷制が敷かれたエイリアンの星があるんだけれども、そこの星の呼び名のことだよ。彼らの言葉はまったく意味不明で何を言っているのかわからないんだよ。だから、ジャルシュカっていうのは、〝ちんぷんかんぷん〟っていう意味さ」

「あなた方は量子物理学のことはご存じですか？　粒子と波動の二重性、量子トンネル効果、重畳《ちょうじょう》原理、量子のもつれ、干渉性など……」

作業をしながら質問するケールにコロが記憶をたどる。

「科学技術関連のある実験のデータで、そんなことが書かれているのを読んだことがあるな。〝深現実理論〟とか呼ばれていたけれど、アルコンはそんなものはムダだと言って、代わりに武器を作らせたくらいだからね」

「さらに彼らは重力を効率的に用いることで、もっと多くの世界を征服しようとしたんだ。でも、そうするには、膨大なエネルギーが必要なことがわかった。でも、コロのこの船ならこれまでのものよりもずいぶんスピードが出るね」

ガーの言葉にデニックも付け加える。

「もちろん、大渦巻を通過できないと、帝国が周囲に張り巡らすエネルギーバリアも通過できないけれどね。でも、あなたはそれがどれだけ危険であるかも体験してきた。実際に、重力ドライブが強くなればなるほど、通過するときに大荒れになるんだよね」

「大渦巻の中の重力の変動は、エンジンの最も強い重力場で増幅されると思うんです」

考えながら語るケールにコロも同意する。

「そのとおり。つまり、通過するときにはパワーを落とす必要があるんだけれど、それでも上手くいかない可能性が高い。だから、今ではもう挑戦する人もいなくなったんだ」

「私たちも、Qジャンプの発明以前には重力ドライブを使っていたんですよ。時空を光よりも速いバブルで滑空するのも1つの方法なんです。なつかしいですね。星々を見ていると、星々に向かっていくときには青方偏移《せいほうへんい》（ブルーシフト）が起きて、星々から走り去るときには赤方偏移《せきほうへんい》（レッドシフト）が起きる。見事な光景でしたよ」

ケールの言葉にガーがコロと顔を見合わせた。

「ということは、そのQジャンプの技術があれば時間と空間の中で旅することを超えられるというんだね。つまり、ある瞬間はここにいて、次の瞬間は別の場所にいることができるということだ」

機器の調節を終えたケールがガーを見つめる。

「そうです。もちろん、かなり遠い場所に行くには、何度かのジャンプは必要ですが。でも、空間を移動するより、相当速くいけますよ」

ガーはまだ今ひとつ理解できない、という顔をしている。

「時間のあるときに、もっと詳しく説明してほしい！」

ケールは、作業が終わったエンジン部分を軽く叩く。

「さてと、後で量子共鳴計測器をチェックする必要がありますね。でも、この船もほぼ準備万端ですよ」

「ちなみに、この船が思考するようにはできないのかい？」

ガーが質問してくる。

「それは、地球に帰らないとできないんです」

「そうか……」

少しがっかりしたようなガーにケールが質問する。

「ちょっと個人的なことを聞いてもいいですか？　その目はどうされたんですか？」

「俺が勇敢に敵と闘って負傷したと言いたいんだけどね。でも、正直に言うとエンジンの故障を直していたときに、不覚にもプラズマを落としてしまって、その光線で顔がやられてしまったんだ」

ケールはガーがあえて自分の不運を笑って話してくれたことに笑顔で返した。

「それは、大変でしたね」

「いいんだよ。もし、闘いが終わるならもう片方の目だって喜んで差し出すよ」


ケールは、地球から遠く離れた大宇宙の片隅で出会えた抵抗軍の人々に尊敬の気持ちを抱いた。長い間、平和を維持してきた地球とはいえ、地球人として何とか彼らが自分の星を取り戻せるための手助けができたらうれしい。ふと、コントロールシステムを稼働させると近くにいたブリムの方を振り向く。

「カリブレーションのチェックを手伝ってくれたら、夕食後には出発できるよ」

「ああ、実は食事は……、今日の配給はもう終わったんです」

少し困惑しているケールに向かって、デニックが一言添える。

「我々の食糧船がアルコンの監視船に占拠されることも多くて食糧を奪われるんですよ。だから、1日に1度食事するのが精いっぱいなんだ」

それを聞いて、ケールは遭遇したオリオン人たちが皆、痩せていたことを思い出す。それにしても、抵抗軍の人々と1週間過ごしているが、彼らも皆痩せていて栄養が足りていないように見える。

「でも、アラーラさんは私に1日3食食事を出してくれましたよね？」

「あなたは、体調を戻す必要があったから。あなたの知識をぜひ教えてもらいたいというのもありましたしね」

貴重な食料を自分が奪っていたのか、と思うとケールは申し訳なく思い、そんな彼らのために地球に戻ったら何隻かの食糧船を送り込みたいと思った。


ウィラは、海を眺めながらマロウボーン橋の上に立っていた。ざわめく街の中で聞こえてくる幾つもの言葉が耳に入ってきて気が散ってしまう。ホリーが近づいてきて手すりに手をかけると、一緒に景色を眺めている。

「昨晩ね、プーカに会ったの」

そう告白したことで、なんだか肩の荷が下りた気がした。

「知っているわ」

「ホリーが他にまだ知らないことってあるの？」

「何がわからないかが、わからないわね」

またいつものクリプティック式の謎めいた言い方だ。

「もし、レイスになるセイジのせいで地球が並行次元にシフトをしてしまうなら、そのシフトを戻す方法ってないのかな？」

「たぶんあるでしょうね。でも、シフトは一瞬で起きるものではなくて、長い時間をかけて少しずつ行われるものなのよ。だから、シフトが行われる前の地点に戻ることは難しいわね」

「じゃあ、侵略が起きる前のポイントを見つければいいんだよね？」

「でも、その他の事情が関わってないとも言えないでしょ？　別の道を選ぶことは、もしかしてもっと悪い方向へ行くことだってあるわ」

「じゃあ、どうすればいいの？」

「アルダーに相談しましょう。彼なら何かいいアイディアがあるかもしれないわ」

「あの人って変わってるよね、本当に」

「彼は、そこまでヘンじゃないわよ。私の知っているほとんどのセイジは、自分たちの世界だけで生きている人たちばかり。引きこもって秘密めいたことをしているしね。彼らは自分の世界だけで奥義を究めようとしている人たちだから。普通だったら、彼らは他人のことに興味なんか持たないのよ。でも、アルダーはあなたに興味津々じゃない？」

「光栄です、って言うべき？」

「何を言っているの。あのね、アルダーはいい人だし、今回、彼がサポートしてくれていることに感謝をしなくちゃ。でも、セリーンのように彼にもきっと何か目論見があるはずなの。だから、一応注意は必要ね」

　ウィラはうなずきながら、きっとどんな人にも秘密があるんだろうなと思った。まだまだ若い自分にホリーやセリーン、アルダーや残りのメンバーたちに加えて、自然界の精霊たちからの期待が託されているると思うと責任は重い。期待に応えられなかったらどうしようと思う一方で、その責任の重さになぜか怒りもこみ上げてくる。

ウィラは水平線を見つめると、ゆっくりと自分だけの秘密に思いを馳せた。

ローウェンの船は、オリオン星雲から何光年か離れた空間に突入していた。

星雲に近づくと彼らのスクリーンには、生まれたばかりの星々が発する、色とりどりのガスが爆発した光景が映り込んでいる。ローウェンとソーンは、その星が繰り広げるスペクタクルなシーンを思わず見入っていた。

「コルバス、父さんの船をスキャニングして！」

「スキャニング開始！」

ローウェンの指示にコンピュータが応える。

「どれくらい時間がかかるの？」

「必要なだけかかるよ」

ソーンからの問いに兄は、スキャニングデータの画面を見ながら答える。

「今のクリプティックみたいな言い方だったね」

ローウェンはそう言うと少し笑ってキャビンの奥へと移動して、棚から2つの小さな緑色の金属の容器を取るとソーンに1つを手渡した。

「晩ご飯だよ」

「僕はいいや。お腹は空いていないから」

「今から何が起きるかわからないよ。父さんを探すためにも、どんな状況でもすぐに動けるようにしておかないと。だから、力をつけておいて」

ソーンが蓋を開けて、1本の緑色がかった茶色のバーを取り出して匂いを嗅ぐ。

「これは何？」

「栄養だよ。美味しいよ。ジップスティックっていうんだ」

ローウェンが一口かじると弟も真似して軽くかじってみる。

「他に何か、野菜とかないの？」

「あのねえ、これは救出活動なんだよ。旅行じゃないんだから。それに、これからしばらくはこんな感じが続くんだ。この栄養バーの方が力が出るんだよ」

2人は、寂しい食事をむしゃむしゃと食べながら、スクリーンに映る色鮮やかな星雲に見入った。

スターゲイザー（星読み人）のタバーンは大運河にかかるマロウボーン橋の南端の縁に座っている。花崗岩《かこう》を彫って造った2階建ての見事な建物には、昔風の波状の細工が施された窓ガラスがついている。木の支柱でどんな天候にも耐えられるように造られた広い敷石のパティオは、川から拾ってきた石を積み上げて造った2つの暖炉で暖められていた。

談話室にはルミナリアの光の球が暖炉の炎のような温かい光を放っている。人間やハイブリッド、そしてエイリアンたちがテーブルや個室に集まって、さまざまな言語を飛び交わしながら、お酒と会話を楽しんでいる。

このパブのオーナーは、スターゲイザーの女性のシェイプシフター。身長が150センチくらいの彼女は、背の高いエイリアンたちとやりとりするために身長を180センチに伸ばして、ピカピカに磨いた樫のバーカウンターの内側に立っている。

白目のない黒目だけの瞳がこの種の存在たちの印《サイン》だったりするが、黒い瞳がアルダーのようなシナモン色の肌に長い巻髪とマッチして、より小悪魔的な表情を醸《かも》し出していた。

少し離れた場所では、同一人物に見えるもう1人の彼女がテーブルの側でお客のオーダーを取っている。そして、角のブースでも、もう1人まったく同じスターゲイザーがドリンクを運んでいる。そう、彼女の能力は、自分の分身を幾つも生み出せることだった。この能力は、シェイプシフターから次のレベルであるセイジへの変容を証明できるだけでなく、ここで仕事をする際にも発揮できるのだった。

ホリーとアルダー、そしてアーガスは外を見下ろす出窓の近くの大きなテーブルに座っていた。ホリーはミントティーを、アーガスはその巨体をドシンとベンチに降ろして、大きな人参をポリポリとかじり、アルダーはルビー色のワインが入ったグラスを優雅にくるくると回している。

ドッペルゲンガーの1人がバーへと戻る途中、3人のテーブルの側を通り過ぎる際に空になったグラスを手に声を掛けてきた。

「ベリーのパイはいかがかしら？　今朝摘んだばかりのフレッシュなベリーで作ったのよ」

スターゲイザーが強いスコットランドなまりで勧めてくると、アーガスが口をいっぱいにしながら指を2本立ててオーダーする。スターゲイザーがうなずいて続ける。

「いつも2人前のオーダーよね。他の皆さんはどう？」

「私たちは大丈夫よ、ありがとう」

ホリーが答えた。

「了解！　じゃあ、私の分身の誰かがすぐにパイをお持ちするわね」

彼女はそう告げるとバーに戻って行く。アルダーは、そんなやりとりにはまったく耳を傾けていない。彼はちらちらと燃えるルミナリアの炎に魅せられて自分の世界に浸っている。

「電気が発明されてから1000年くらい経つけれど、やっぱり炎の美しさにはうっとりするね。もちろん、電気でも似たような灯は作れるけれどね」

「自然から人間を引き離すことができても、人間から自然を引き離すことはできないものなのね」

うっとりと語るアルダーにホリーがうなずくと、アーガスも口中を人参でもぐもぐさせながら唸って同意する。

「昔、ビッグフットが火を発見した。アヌーが地球に来る前に」

アルダーがアーガスに訊ねる。

「ずっと興味があったんだけれど、なんでアヌーは君たちを人間にしなかったんだろうね？」

「昔の仲間、パラレルワールドにシフトできた。だからアヌーは、他の現実に行った我々、見つけられない。アヌーが去った後、また我々は戻ってきた。今の我らは、シフトの後に生まれてきた」

「なるほどね。でも、君たちがまだこの世界にいてくれてうれしいよ」

アルダーはそう言うとグラスを上に掲げ、ホリーもカップで乾杯に応じた。アーガスは人参をグラスに当てて乾杯に加わると、それをむしゃむしゃと食べる。


スターゲイザーがパイを手に戻ってくる。アーガスの前に2切れ分のフレッシュなベリーのパイを置くと、アーガスはうれしそうに、ベリーの香りを吸い込む。すると、アルダーがそれを見てスターゲイザーに声を掛ける。

「美味しそうだね。僕も1切れ……」

とオーダーを終える前に、別のスターゲイザーがすでにパイをテーブルに運んできていた。

「こちらは、少しシナモン味を効かせているのよ、アルダー。あなたの好みにしておいたわ」

「素晴らしいね、ありがとう」

アルダーが礼を言うと、2人のスターゲイザーは笑顔でくるりと向きを変えると、違うテーブルへと向かった。ホリーがアルダーに含み笑いをする。

「彼女は、あなたのことが好きよね」

「どの彼女だい？」

アルダーは店内の何人もいるスターゲイザーのクローンたちをきょろきょろしながら言う。

「何をとぼけているの？」

ホリーがお皿を彼に近づける。

「ほら、パイを食べて！」

建物から出て通りを渡った場所から、ウィラは窓辺に映り込む3人のメンターたちを見ていた。彼らがなごやかに過ごしている夕べの情景を見ていると、なんとなく満ち足りた気分になってくる。途中で家路を目指すフクロウとは目を合わせないようにして、ウィラは橋の向こう側にあるロッジを目指し歩きはじめた。

アルダーがワインを飲みながら課題を話しはじめる。

「往々にして、複数のパラレルリアリティがもたらすものを予測することは、熟練したセイジにとっても難しいんだよ。未来を変えようとすることは、彼女がビジョンで見てきたものよりも、実際には悪い結果を導くかもしれないということをウィラに伝えるのも間違いじゃないしね。だから、我々ができることは、情報を最大限に上手く使うことじゃないかな」

「何かいいアイディアでもある？」

ホリーが質問する。

「そうだね。たとえば、我々は自分たちの能力は決して闘うことには使ってこなかった。でも、彼らはそれを、ほら、昔の言葉で何て言ったっけ？　そう、〝武器化〟しているんだ」

「武器にする、よくない」

アーガスもうなり声を上げる。

「でも、我々だって〝生きている武器〟になりえるんだよ。セイジは、時空を操作してパラレルリアリティから物質化現象を起こせる。周到な準備と想像力があれば、侵略者たちにあらゆる障害物を創り出して立ち向かえるよね。シェイプシフターは、敵のリーダーに成り代わってウソの指令を出して、混乱を巻き起こすことも可能だ。木々や動物たちは、敵の計画を盗み聞きして、ホリーや別のクリプティックに教えることもできる。そして、自然界の精霊たちもいる。彼らのさまざまな能力だって活用できるよね」

アルダーの意見にアーガスはうなずくが、ホリーの表情は険しくなる。

「あなたは本当に策略家ね、アルダー。すべてのセイジがあなたみたいに狡猾な感じなのかしら？」

「いや、これは僕だけの才能さ」

アルダーは笑う。

「でも、皆にも違うものの見方をするようには教えているよ。何しろ、700年もの伝統を身につけることは簡単じゃないからね」

ホリーも笑い返す。

「それに関しては、あなたほどぴったりな人はいないわね」

「自分でもそう思うよ」

アルダーは素直にホリーの言葉を認めた。


ウィラはロッジの入り口の二重扉に到着したが、扉には鍵がかかっていた。

そこでロッジの隣の建物に目をやると、そこには、ロッジの急勾配の屋根から約5メートル下あたりの2階にベランダ付きの建物がある。その建物には何かの店舗が入っているようだ。

早速ウィラは、店の建物のベランダの柱の1つに這い上がり手すりまで登ってきた。そして、2つの建物間の幅を確認するが、柵まで飛ぶにはどう頑張っても高くて無理そうなことがわかる。

あたりを見回すと、店舗の2階部分の窓には雨戸がついている。そこで、こっそりと雨戸から蝶つがいの留め具を注意しながら外し、雨戸の扉の1つを足場に使うことにした。そのために、ベランダのフロアの間に雨戸から抜いたクギを埋めて、扉がすべり落ちないようにした。

ベランダの端まで行き、何度か深呼吸をする。そして、急遽作った足場に神経を集中させながら全力疾走で飛び上がると、なんとか無事に足場に着いた。そこからロッジ側の屋根に着くと、続いて地上6メートルくらいの屋根の端まで滑り降りる。銅でできた雨どいまで順調に降りてくると一旦止まる。しかし、上の窓によじ登りはじめたと思ったら、足元の屋根の塊が崩れ落ちて下に飛び散りはじめた。

思わずドキッとして身構える。けれども、さらに屋根が部分的に崩れて落ちていく。こうなったら、絶壁になっている場所まで戻らざるを得ない。ここから真っ逆さまに落ちてしまう？　そんな絶体絶命の中、鼓動がどんどん激しくなってくる。

そのとき、屋根から落下する寸前のウィラの手首をフワフワの前足がつかんだ。視線を上げてみると、そこには、屋根にしっかりと爪を埋めた2本の足元がある。さらにその上には、ルサルカのしかめっ面の赤い目がこちらを見ていた。

「おいおい、飛び跳ねるならしっかりと確認しなくちゃね、お嬢ちゃん！」

そう言うとルサルカはウィラを窓辺の取っ手がある場所まで引っ張る。

「あ、ありがとう……」

息を整えながらやっと声を出し、やっとのことでたどり着いたロッジの窓をこじ開ける手をふと止めた。

「ちょ、ちょっと待って。もしかして、私の後を追っていたの？」

「もちろんさ。大勢の精霊たちも君がビジョンで見た地球の侵略のことをもっと知りたいと思っているからね」

「そうなんだ。だから、私もまたここに来たんだ」

ウィラは窓をくぐり抜けてロッジの2階に降り立ち、ルサルカも後に続く。階段を降りて大広間に着くと、そこには暖炉にくべられた大釜にハーブのスープが弱火でブクブクと泡立っていた。ウィラは、マントルの上にある金色のカップをつかみ、鍋からトロリとした液体をカップに汲んで一気飲みすると顔をくしゃくしゃにする。すかさず、もう一度カップにスープを注いで飲むと、さらに無理をして3杯目を飲み干した。

「何をしているんだい？」

ルサルカがキツい臭いに鼻をしかめている。

「たくさん飲めば、もっとビジョンが見えるんじゃないかと思って」

そう言うとカップを暖炉のマントルの上に戻し、部屋の真ん中の円の中心に座り、目を閉じてじっと待つ。

すると、心臓の鼓動が3回打つか打たないかの間に、身体が感電したようにピンと硬直すると、頭が後ろに反る。瞳孔がらんらんと開き、開けた口からは声にならない叫びが漏れている。その様子に、ルサルカも後ずさりしはじめた。

「どうした⁉」

その声に反応する間もなく、マインドは深いトランスの中に入り込んでいく。

その場で固まってしまったウィラの身体は全開になった感覚で、広間の天井の下に現れた深い宇宙へ誘《いざな》われる裂け目を見入っていた。


ローウェンの船は、依然としてオリオン星雲を背景に浮いている。ローウェンは、モニター上で幾つかの軌道をチェックしていた。

「どうして、ここにずっといるの？」

ソーンが不機嫌な声になっている。

「データ上に、重力の変則性が出てしまうんだ。そのせいで、父さんの正確な位置が確認できないんだよ」

「じゃあ、ここまで来たのはムダだってこと？」

ローウェンがデータを打ち込みながら弟の相手をする。

「まだあきらめていないよ！」

そのとき、コンピュータからビーッというアラーム音がすると、コルバスのなめらかで人工的な声が船内に響く。

「ターゲットの船体と同じ構成要素と分光学的に98パーセント合致しているものが感知されました」

「それって、父さんの船？」

それまで暗かったソーンの声が急に明るくなる。

「それには、質量が足りません」

ローウェンの胃がキリキリしてきた。

「船体の破片？」

「そのようです」

「ルートをアレンジして」

ローウェンが命令する。

「警告します。変則性がナビシステムを混乱させるでしょう」

コルバスが応える。

「わかった。でもとにかく、やってみて！」

「ルートを調整中……」

船内のスクリーンに映る星々の景色が変わりはじめ、船は重力の変則性が働く中、船体の破片を目指して進みはじめる。揺れる船内でソーンの不安は募ってくる。

「牽引ビームでその破片をこちらに引っ張って来れないものなの？」

「この距離じゃムリだね」

そんな会話をしていると、船体がさらに激しく揺れはじめる。２人は慌てて船内にある支えをしっかりとつかむ。

「もしかして、間違っていたんじゃないの？」

ローウェンは恐怖を感じながらも、歯を食いしばって弟の前では強気でいようとする。

「父さんに何が起こったか突き止めない限り、帰るつもりはないよ」

弟は兄にうなずきながらも、船体が大きく揺れるたびに弱気になっていく。


「コルバス、船体を保護するシールドを最大限に！」

「シールドはすでに最大限。重力の不一致に合わせる対応をしています」

「ソーン、シートベルトを締めて！」


ローウェンは弟に命令すると席に着きベルトを締める。その瞬間、船体の周囲で電磁波エネルギーがオーロラのように光を放って爆発すると、弧状になった電磁波が蜘蛛《くも》の巣のように広がる。そして、兄弟を乗せた船は、重力の崖を転がり落ちていく。船が重力の渦の中を落ちていく中、2人は父親の船の大きな破片と衝突するルート上で、かろうじて席に着いていることを保っている。なんとか難破船の漂流物は避けて通れたようだ。

けれども、船体の外側にあった連絡用の機器は爆発で壊れたらしい。ローウェンの操縦席の機器の半分もライトが消えてしまい、内側から光が点滅したのを最後にショートしてしまった。

間を置かず、大音量の警報音が船内に響き渡る。次の瞬間に船体が荒れ狂うように回転しはじめると、ついに命綱のシートベルトも切れてしまい、２人は船内の隔壁にドン！と叩きつけられてしまった。

「船体を安定させて！」

「最大限です」

大声を上げるローウェンにコンピュータが落ち着いて即答する。

「重力への抵抗が限界に近づいています」

「ここから脱出して！」

「ナビゲーションシステムがオフラインです」

ソーンが吐き気をもよおしながら声を上げる。

「僕たち、死んだりしないよね？」

「父さんだって生き抜いたんだから、僕たちも大丈夫だよ！」

ローウェンは、自分に言い聞かせるように叫ぶ。船体は揺れ続けて傾き、ついに、システムもショートして爆発すると、燃えたナノガラスの火の粉が打ちのめされた兄弟の身体の上に降りかかってきた。

それまで、コンピュータで保たれていた重力も無くなった。２人は船体内の取っ手をつかんだまま、もはや宙にふわりと浮くしかなくなり、メインスクリーンも点滅した後で息絶えてしまう。揺れがやっと止まった。２人は、幾つかついている緊急ランプの赤い光を浴びながら、異様な静けさの中を漂っている。

「なんだか、皮肉だよね」

ソーンの声がする。

「何が？」

「父さんはもしかして生きて戻れるかもだけど、バカな息子たちは、宇宙のどこかの片隅で死んでしまうなんてね。シャレにならないね」

「まあね。バカなことしちゃったかもな。ほら、言うじゃないか？」

ローウェンもしぶしぶ認める。

「何を？」

「〝失敗は良い判断をもたらし、悪い判断は失敗をもたらす〟ってね」

怖くて仕方がないのに、ソーンは不思議と声を上げて笑う。

「もう、こうなったらさ、失敗をとことん学ぶためにも、できるだけ長生きしようね！」


そのとき、突然メインスクリーンが点滅したかと思うと船内に電源が戻ってきた。そして、船内に青いライトが点き2人は驚く。スクリーンでは数本の光る線が星の軌道を描いているが、どのルートも大渦巻に当たるとそこで消滅する中、1本のルートだけが大渦巻の中を通り抜けていた。


「コルバス！　このルートを取って！」

ローウェンが叫ぶ。船はすぐさま反応して重力の乱れる激流の中を滑り出していく。船は大揺れに揺れている。けれども、２人はしっかりと船体につかまっている。そこから、永遠にこの状況が続くのかと思われる中、ついに彼らの小さな船はおだやかな空間上に現れたかと思うと、突然静止した。

「よくやったぞ！　コルバス！　ありがとう！」

「私ではありません」

ローウェンにコンピュータが即答する。

「どういう意味？」

「私がこのルートを取ったのではありません。外部から何らかの力が働きました」

「どこかから送信を受け取ったの？」

「いいえ。必要な情報が突然データバンクに入ってきたのです」

ローウェンとソーンは顔を見合わせると、あっけにとられている。スクリーンの星々は回転しながら、万華鏡のようなエネルギーパターンを描いている。そのとき、聞きづらい、でもどこか懐かしい声が雑音と共に船内に響いてきた。

「ソーン？　ローウェン？　聞こえる？」

ソーンは驚くと同時にそれまで恐怖で忘れていた感情がこみ上げてくる。

「ウィラ？　ウィラなの？　どこにいるの？」

地球のロッジでは、真っ暗なボイドの空間の星々がウィラの瞳に映っていた。トランス状態になっている視線の先に、ぐるぐる渦巻くエネルギーが現れて天井を突き抜けたと思ったら、深い宇宙に漂うローウェンたちの船が映し出された。彼らの船は、まるでロッジの屋根のすぐ上空に浮いているかのようだ。

ルサルカは、そのローズ色の目でおろおろしながらウィラを見守っていた。彼女が時空を超えるワームホールを通じてソーンに語りかけているのを見ていると落ち着かない。

「私は今、ポート・ダブリンのロッジにいるのよ」

ウィラの視線の先には天井だけしかない。ルサルカは、その様子をじっと眺めている。

「あの、君は誰に話しかけているんだい？」

ルサルカの質問を無視してウィラは会話を続ける。

「そこにそのままいて。今、救出に向かっているから！」

そのとき、突然、玄関の扉が開く。ぎょっとするルサルカの前にホリー、アルダー、アーガスたちが入って来た。そして、ウィラとルサルカの姿を見て、さらにはウィラがトランス状態にいるのを見て3人とも固まっている。

アルダーの金色の瞳が墨のように黒く染まると、その瞳にウィラの開いたポータルが反射する。

「ああ、なんてことだ。彼女は量子の裂け目を創り出してしまった！」

「今すぐ閉じて！」

ホリーも大声で叫ぶ。アルダーが瞬きをすると同時に裂け目は閉じられる。すると、再びアーチ型の天井が現れて、アルダーの瞳も元通りになった。しかし、ポータルは閉じられてもウィラはまだ深いトランス状態の中にいる。ホリーがウィラに駆け寄った。

「ウィラ？　私の声が聞こえる？」

ウィラのまったく気づかない様子に、彼女はルサルカを問いただす。

「この子、どれだけ飲んだの？」

「あの臭いスープのこと？　3杯だね」

「3杯も？　どうして止めなかったの？」

アーガスも、喉をゴロゴロと鳴らしてルサルカを叱る。

「プーカ、ロッジに入れない！」

「ちょっと、僕にガミガミ言わないでくれる？　そこの毛むくじゃらのウドの大木さん。僕のせいじゃないって。君たちこそ彼女を見守ってなきゃいけないんじゃないの？　あのね、彼女はここに忍び込む前に死ぬところだったんだから。彼女の首が折れるのを救ったのはこの僕だよ！」

「それは、ありがとう。確かに言えているね。彼女を見張っていなかったのは我々の責任だね」

アーガスが再びゴロゴロと喉を鳴らして文句を言おうとするのをアルダーが阻止して紳士的にふるまう。ルサルカは、アルダーにそっけない会釈を返す。

「アーガス、何かあなたにできることはない？」

「熱心な弟子、ときどき、こんなふうになる」

そう言うとアーガスはドスドスと収納部屋へ行き、焦げ茶色の根っこのようなものを握って出てきた。そして、棚から石のすり鉢と棒を取り出すと、根っこを折ってちぎり鉢に入れてすり潰し、そこに水を加えてトロリとした液体にした。アーガスはそれを大きな手でウィラの顔を静かに引き上げると、口元にすり鉢からミルク状になった液体を無理やり流し込む。


全員が息を止める。

しばらくすると、ウィラの目は開き、いつもの金色の瞳の色が戻ってきた。意識を取り戻したウィラに、ほっとしているメンターの３人。ルサルカが慌てて玄関の扉に突進して消えていった。

ロッジを出たウィラが橋の手すりに乗りかかって、はるか下にある海に向かって吐いている。胃がすっかり空っぽになると、橋のデッキにへたへたと崩れ落ちて、手すりに背をもたれかけて弱っている。そこにホリーがカップに入った冷たい水を持ってくると、ウィラはそれを受け取って何口か飲むと、少しずつ、頬には血の気が戻ってきた。


「どういうつもり？」

「ごめんなさい。心配させるつもりはなかったんだ」

「あなたはQスペースを抜けてポータルを開いたとアルダーが言っていたわ。何か起きたら、あなた自身が死ぬだけでなくて、ロッジ全体やこの街の半分くらいが別の次元に消えてしまったかもしれないのよ?」

「あのね、ソーンとローウェンに会ったの。2人は無事だったんだよ!」

「ちょっと、私の言っていることがわかる?」

「きちんとやっているでしょ」

「あれで? 上手くやっているってどうやってわかるの?」

「ただ、わかるってだけだけど」

「あなたにはアヌーの遺伝子が入っているとしても、まだ修行中だし指導が必要なの。セイジどころか、クリプティックになるためには、まだ学ぶことも多いのよ」

「ねえ、私は友達の命を救ったんだよ。木との会話からなんて学ぶことなんかないじゃん。何の意味があるって言うの?」

「ウィラ!」

ホリーは、ウィラの生意気な発言に怒りを抱くどころかショックを受けてしまう。

「あなた、おかしくなったみたい。あれだけの量のハーブを飲んで、神経がやられちゃったのかしらね」

「すぐに元に戻るから。そっとしておいてよ」

そう言って、よっこらしょとウィラは立ち上がりマロウボーン橋から立ち去っていく。アルダーとアーガス、そして、どこからかルサルカがホリーの側に寄って来た。

「彼女をよろしくね……」

ホリーがルサルカにそう告げるとルサルカはうなずいて、ウィラの後を距離を保ちながらついて行く。

「悪さ、よくない！」

アーガスが喉をならすと、ルサルカは肩越しに振り向いて舌をペロッと出すと、ウィラの後をぴょんぴょんと追いかけて行った。


ホリーが心配そうな顔しているのを見てアルダーが慰める。

「まあ、我々も友人を救うためなら、同じことをしたかもしれないよ」

「だから心配なのよ。私があの年ごろにはそうだったように、あの子もガンコ者だから。かつては私も自分のしたことが高いツケになって戻ってきた経験をしているの。だから、彼女も同じ失敗をしてしまうんじゃないかと思って……」

「年を重ねて賢くなった者たちも皆、若くて愚かなところからスタートしているからね」

アルダーの声を聞きながら、ホリーはウィラの遠ざかる姿を見て切ない思いを感じていた。アルダーもウィラとルサルカの後ろ姿が橋のたもとを降りて小径へと消えて行くのをじっと見ている。

「結局さ、我々なんかよりも人生の方が厳しい教師になるんだ。彼女は、最初から本番の試験を受けているようなもの。そして、そのレッスンから学んでいるんだよ」

アルダーは、ホリーの肩に手を置いてつぶやいた。

第12章

再　会

地球において、人類がハイブリッドとの共存に慣れてくると、彼らには、ウェルクが採用してきたハイブリッドを創り出す遺伝子素材のリストが公開されてきた。こうして、ほとんどの人間たちは、自分たちの子孫としてハイブリッドを受け入れはじめ、文明化の中で地球人も銀河系家族の一員であるという意識が芽生えてきた。さらに、その動きがさまざまなエイリアンたちからのコンタクトを促すことになり、星間連合の組織化につながっていったのである。

『ハイブリッドの歴史』より引用
ホリー・コットン

ローウェンたちの船は、台風の中心地である台風の目がおだやかなように、大渦巻の中心の中で静かに漂っていた。船体は大破しているが、今のところは、なんとかしのげている。船内では、ローウェンが人工重力の回路の修理に精を出し、ソーンは兄の仕事を見ながら、なすすべもなくその場でただ浮遊している。

しばらくするとやっと修理が終わり、足元がデッキの上にトンと降りてきた。

ローウェンは医療キットを手に、自分のアザの手当てをしている。

「どうしてウィラは、あんなことができたんだろうね」

「わからないよ。ああいうことって、力のあるセイジだけができるんじゃなかったっけ。彼女はまだそこまでトレーニングしていないはずだけど」

ローウェンは、砕けたナノブロックにふと目をやる。

「コルバス、Qジャンプができるだけのパワーは残っている？」

「一度だけなら。シールドコイルからパワーを用いれば可能です。でも、重力測定上の変動をナビで固定できない限り意味がありません」

「なるほど。じゃあ、すべてのシステムを修理しても、どこにも行けないってわけだ」

「そのとおりです」

そのとき、ビーッと異常を知らせる音が響き渡る。

「接近物体あり。センサーで調査中！」

「また、船の破片かな」

ソーンは、また同じことに直面するのではないかと思うと不安になってくる。

「わかりません。船体ほどの大きさはあります」

「父さんのかな？」

コンピュータの声にローウェンが少し希望を託す。

「見知らぬ形状です」

「僕たちみたいに、ここで立ち往生している船なのかな」

「目視できる距離にある？」

ソーンに続いてローウェンがコルバスに聞く。けれども、メインスクリーンを出しても動かない。なんとか四苦八苦して調節すると、画面に映し出されたのは、先端が槍のように尖った黒っぽい威嚇《いかく》型の船体だった。

「なんだか、友好的な雰囲気だね……」

ソーンが皮肉を一言。

「でも、ここ数光年で助けてくれるのはこの1艘かもしれないよ」

ローウェンがソーンに言い聞かせる。

「でも、父さんを捕まえたのも彼らかもしれないよ」

その瞬間、ローウェンの操縦席から音が鳴る。

「あ、向こうから合図を送ってきている！」

どうすべきかと考えている兄弟の間に沈黙が流れる。

「とにかく、他の選択はない。相手に応えなくても、きっと乗り込んでくるだろうから」

ローウエンは結論を下すと通信用のリンクを軽くタップする。すると、コロの鋭い表情がスクリーン全体に映った。

「何者だ？」

命令口調でコロが通信してくる。

「え？　この人たち英語をしゃべるの？」

混乱してささやいてくるソーンにローウエンは肩をすくめると、スクリーン上に顔を出すことにした。

「私の名前はローウエンと言います。こちらは、弟のソーンです。私たちは……」

「ローウエン？　ソーン？」

突如、高揚した声が同時に聞こえてきた。そして、信じられないという顔をしたケールの姿がスクリーンに映ると息子たちも瞬時に反応する。

「父さん!!」

ケールの胸には、これまではりつめていた思いが一気にこみ上げてきた。

「お、お前たち、ここで何をしているんだ？　大丈夫か？　まったく、信じられない。どうしてここに……。とにかく、会えてうれしいよ！　ところで、エアロックは機能しているのかい？」

ローウエンもうれしさのあまり声が上ずっている。

「コルバス、聞こえたかい？」

「エアロックは稼働中です」

コンピュータが応える。コルバスの船体の平らな部分が開くと、円柱状の合体式のエアロックに形を変えた。

すると、コロの船体が隣に近づいてきて、お互いの船体のドッキングの結合部が並ぶと、コルバスのドッキングチューブがコロ側のエアロックに合わせるために変形して、ぴったりと連結された。そして、エアロックが加圧されて内側のハッチが開く。すると、待ち構えていたローウェンとソーンの元にケールが飛び込んできた。しばらくの間、2人の息子をぎゅっと抱きしめて頬にキスをしながら、涙を流している。

「なんてことだ！　お前たちがここにいる！　お前たちがここにいる！」

これが夢だったらどうしようとケールは思いながら、何度も同じことを繰り返す。しばらくして落ち着くと、一歩後ろに下がり、ローウェンに向かって厳しい顔になる。

「どうしたんだ！　これが、お前の弟の世話の仕方なのか？」

そして、今度は怒りがソーンの方に向く。

「お前も、こんなことしていいと思っているのか？」

再び、ローウェンの方を向く。

「誰がここに来ていいとＯＫを出したんだい？　ここがどれだけ危険な所か知っているのか？」

そこまで言ってケールは突然叱るのを止める。2人のしゅんとした顔がなぜだかたまらなく愛おしくなってきたのだ。叱られてじっと耐えている息子たちを見ていると、幸せだった日々の思い出がよみがえり、熱い思いで再び息子たちを抱きしめる。そして、もう一度後ずさると、改めてまじまじと2人を見る。


「お前たち、大きくなったな！」

ローウェンは、ケールの顔の傷に気づいたようだ。

「父さん、その顔どうしたの」

ソーンの目も涙でぐしゃぐしゃになっている。

「ごめんなさい！」

ケールは「もう、いいんだよ」という意味を込めて手を振る。

「こんなに長い間、お前たちを残したままにしてしまって、こちらこそすまなかった」

「でも、父さんのせいじゃないから」

ローウェンの言葉にケールもうなずく。

「もう済んだことだよ。大事なのは、今、こうして3人が一緒になれたことだよ」

デニック、ガーとブリムもこちらにやって来ると、あえて少し遠くから様子を見守っていた。ケールは涙を拭うと笑顔で3人を紹介する。

「こちらは、デニックさん、ガーさん、そしてブリム君だよ。この人たちに命を助けられたんだ。そして、これがローウェンにソーン。私の息子たちです」

デニックとガーは息子たちに向かって挨拶をすると、ブリムは手を伸ばしてローウェンの腕を握る。

「会いたかったです！」

ブリムは同じようにソーンの腕も握った。ソーンは腕にあざがあったので一瞬ひるむが、ブリムは気づいていない様子だ。

「お2人のことは、お父さんからいろいろと伺っていたんですよ。だから、なんだかもう兄弟にお会いしたみたいです」

「初めまして、ブリムさん。父を助けてくれて感謝しています。でも、ちょっと心配なのは、ここからすぐには地球には帰れないということですよね？」

ケールはうなずく。

「重力の変則性があるからね」

「我々は、それを大渦巻と呼んでいるんだよ。でも、心配はいらない。最近、あるメッセージを受け取ってね。それがどこからのメッセージかまでは聞かないでほしいんだけれど。でも、重力で起きる変化に対応するための計算をシステムにインプットできたんだ」

「それって、ウィラじゃない⁉」

ガーの説明にソーンが思わず口走る。

「ウィラ？　その人がこれにどう関係しているって言うんだ？」

「よくはわからないんだけれど、でもウィラが僕たちにここまでのルートをいいタイミングで教えてくれたんだ。もし、そうでなければ、僕たちの船を見つけてもらえなかったと思うよ」

ガーは、すでにボロボロになっている船内を見渡している。

「さて、これが君たちの意識を持つという船なんだね」

「何なりとお申し付けください。私はコルバスです」

コンピュータが会話に加わってきた。ガーはデニックと驚いて顔を見合わせている。

「なるほど。慣れるのには、しばらく時間がかかりそうだね」

「あなたの受け取ったデータを私に送ってくれれば、地球へのルートが示せるでしょう」

コルバスは続ける。

「もちろんだよ」

ガーは、人工的な声に戸惑いながら、エアロックを抜けて自分たちの船内へと戻っていく。デニックも、こちらの船内を見渡しながら、ガーの後に続いて行った。


改めて、ブリムが兄弟に笑顔を振りまく。

「早く地球を見てみたいな。とても美しい所だとお父さんはおっしゃっていましたよ。それに、もっとたくさんの〝アースニアン〟に会ってみたいです」

「地球人は〝アーサー〟って言います。テラン語でも言えるかな。〝テラ〟っていうのは古代語からきているんです。ところで、あなたの故郷はどんなところですか?」

笑顔だったブリムの表情が突然暗くなる。

「実は、僕はまだ故郷のエクソスの地を踏んだことはないんです。というか、アルコンの支配が終わらない限り、これからもないと思います……」

ローウェンとソーンはブリムの言ったことが理解できずに父親を見る。

「まあ、話せば長いんだよ」

ケールはため息をついた。


ウィラは、ポート・ダブリンと自宅の間に広がるイチイの森の間に続く曲がりくねった道を歩いている。その後から、ルサルカもしっかりとウィラを視界に入れながら、一定の距離を保って後をつけていた。

「あのね！　もう、後をつけなくても大丈夫だって。私は家に帰るだけなんだから」

「なんで僕らは歩いているんだい？　まだ距離はあるんだし、一瞬で行けるシャドックを使えばいいじゃないか」

「歩くと頭がすっきりするのよ。だから、もう1人にしてよね」

ウィラは、無駄話で考え事をじゃまされるのがいやだった。すると、ルサルカが森の地面から小石を1つつかんでウィラに放り投げると、石ころはウィラの後頭部にパチンと当たる。

「ちょっと、何するのよ？」

「地球が危機に直面しているというのに、君は何もなかったかのように森の中をだらだらと歩いている。

我々は、もっとやらなきゃいけないことがあるんだよ」

「でも、私にどうしろって言うの？　さっきあんなことになってしまったから、もうホリーは私にロッジに戻ってくるなって言うはずよ」

そう不機嫌そうに言うと、ウィラは苔むした岩の上に腰を下ろした。ルサルカも少し離れたところにしゃがみこんで仏頂面になる。


やわらかなそよ風が木々の葉をカサカサとゆらし、森のコオロギがその音色に合わせるかのように鳴き声を奏でている。でも、考え事に夢中になっているウィラは、その協奏曲が終わったことにも気づかない。

その瞬間、ルサルカの鼻がピクピクと動くと何かを察知した。ルサルカの全身の毛が逆立ちはじめる。夕暮れの暖かさが、ぞっとする寒気に変わっていく。その変化に気づいたウィラも、身震いをしながら感覚を研ぎ澄ます。

そよ風がぞっとするような泣き声に変わっていくと、ウィラとルサルカは思わずその場で飛び上がった。

最初、その声はあたり全体から聞こえてきているような気がしたが、どうやら2本の大きなイチイの木の細い間から聞こえているようだ。影の中では、白く光る目がこちらを凝視している。

ウィラが一歩後ずさりをすると、何者かがウィラの方に浮かび上がってきた。その姿こそ、バンシーになったベラドンナだった。ベラドンナは、ルサルカに憎悪に満ちた視線を投げかけてきた。

「お前！　よくぞ、我が森にのこのこと入ってこれたもんだね！」

怒号を張り上げながら、ベラドンナはルサルカに手を上げようとするが、彼女の半透明の身体はルサルカをかすりもしない。ルサルカのふわふわした口元も野生味を帯びてきてうなりはじめた。

「ほら、見たかい？　この執念深い生き物をレイスにさせないという選択は正しかったんだよ！」

ルサルカがウィラに向かって叫ぶ。幽霊になったベラドンナの身体が、怒りでメラメラと閃光を飛ばしている。

「執念深い!?　３００年も経ったというのに仕返しくらい当たり前だよ！　私の人生を台無しにしやがって！」

「僕は我が一族を守っただけだ。地球を守っただけだよ！　タブーを侵してパワーを自分のものにしようとしたからだ！」

ベラドンナは発狂してわめきながらルサルカに襲いかかる。あわててウィラはベラドンナとルサルカの間に飛んで入って仲裁しようとする。

「ベラドンナ、やめて！」

ルサルカに突進しようとしていたベラドンナが、ウィラの身体に突き当たる。すると、ベラドンナがウィラの身体をくぐり抜けたかと思ったら、エーテル体の身体が瞬時に結晶化した身体に変化した。早速ベラドンナは、一瞬のタイミングでルサルカをがっちりつかむと、取っ組み合いながらごろごろと地面を転がっていく。

　ドシン！と地面に倒れ込んだベラドンナは驚いている。取り乱しながら自分の手を見てみると、もはや、その手は透明ではなかった。ふらふらと立ち上がり、裸足の足元を見ると地面についた足跡もある。

「ど、どうやって⁉」

　ベラドンナの動揺は、驚嘆に変わっていた。ベラドンナは狂喜乱舞しながらその場を駆け回り、自分の顔や手、長い白髪を触ったり、周囲の木々にも触って〝触感〟を確かめながらウィラの方を向く。

「あんた、元に戻してくれたんだね。一体、何をしたんだい？」

「わ、わからない。でも、私の身体を通り抜けたときにそうなったんだよね……。どうやら私には、古代のアヌーから受け継いだ珍しい遺伝子があるらしいの。たぶん、それが何かをしたんだと思う」

　ベラドンナはルサルカの方を振り向くと、激怒しながら言う。

「この小ウサギめ！　今のうちにとっとと逃げた方が身のためだよ！　私が捕まえたらどうなるか……」

　ルサルカがよろよろと立ち上がり、ベラドンナがさらに彼を挑発しようとした瞬間、彼女は激しい痛みを感じてしゃがみこむ。なんと、再びベラドンナの身体は透明になり幽霊に戻ってしまった。

「ぎゃーー!!」

地面に着いていた足を浮遊させながら錯乱するベラドンナ。

「やめて～～！」

そう言いながら後ずさりするウィラに突進してくる。夕暮れの風の中を漂いながら、ベラドンナの目が訴えてくる。

「もう一度、元の姿に戻しておくれ！」

「ウィラ、ダメだから！」

ルサルカが阻止しようとする。ベラドンナの怒りと悲しみで燃えている目を見て、ウィラが「なんとかするから！」と告げる。

「でも、1つだけ条件があるの！」


ベラドンナが少し落ち着いてきた。

「わかった。何でも言いな！」

「友達のソーン・アッシュグローブと彼のお兄さんのローウェンが彼らのお父さんを探しに宇宙へ行ったの。彼らがいつ地球に帰ってくるかわかるかしら？」

「あんた、わかってんのかい。私はねバンシーなんだよ。占い師じゃないんだ！」

「でも、聞いたところによると、バンシーは生と死の間をさまよっているでしょ。そうすると、バンシーは時間と空間を思うがままに覗き見ることができるということよね。だから、あなたたちはいつ誰が死ぬということなんかを事前に知ることができるわけでしょ？」

ベラドンナは、しばらく考え込んでいる。

「うむ、簡単じゃないと思うけれど、やってみるよ。でも、もしそれができたら、また私を元通りにすると約束してくれるかね？」

ルサルカがそれはやめてくれという表情で恐る恐るウィラに近寄ってくる。

「ウィラ……」

「わかってる」

ウィラはルサルカにうなずくとバンシーを説得しようとする。

「でも、もうレイスになろうとしないで」

「それじゃあ、頼みごとが2つになるじゃないか」

「1つは私のために。そして、もう1つは彼のために」

そう言うとウィラはルサルカを指差す。

「そうじゃないと、取引はなしよ」

ベラドンナは、ルサルカを睨みつけながらもしぶしぶうなずく。

「300年もあんなところにいるのは、地獄そのものだったよ。もう、実際に死んで身体を失くすまで、スピリットの世界とは関わりなんて持ちたくもないわ。わかった、約束する。でも、そっちも約束は必ず果たしてくれるんだよね？」

「うん。でも、さっきのことが、自分でもどうやってできたかはわからないから、確実に永遠に元の姿に戻せるかどうかはわからないけれど……」

「わかったよ。とにかく頼んだよ」

「ＯＫ！　私の方も約束するから」

ウィラがそう告げると、バンシーは身体を曲げると、エーテルの光で目をギラつかせながら宙へ浮いていった。ベラドンナは、満天の星が瞬く空を見上げて飛びながら、さて、どうやってこの世界を織りなす時空を操ろうかと考えはじめていた。


ローウエンとコロの２艘の船は、大渦巻の回転する激流からおだやかな宇宙に並んで現れ出てくると、星々の間を滑り出していく。ローウエン、ソーン、ケールにブリムはコルバスがマップに表示する地球への軌道を映すスクリーンにかじりついていた。

「コロのコンピュータに、ルートを転送しました」

コルバスが事実をたんたんと述べる。

「でも、コロの船のテクノロジーのレベルを考慮すると、地球へ行くまでに短めのジャンプを数回行うべきです。そうすれば、彼らがついてこれますから」

「それでいいよ」

ローウエンはそう言うと、父と弟を見て笑う。

「もう、そんなに急いでないからね」

2艘の船がスピードを上げて宇宙を走る中、コロの船に似た1艘のステルス機がすでに遥か後方にある大渦巻の中から浮かび上がってきた。ガントの乗船している船内では彼らのスクリーンでコルバスの経路が映し出されている。ガントが操縦席から離れようとしない無口な兵士、ホールデンに話しかける。

「あいつらには、感づかれていないだろうな？　我々が彼らの通信を傍聴していたなんて思いもしないだろうよ」

ホールデンはその翡翠《ひすい》色の目を操縦席から逸らさない。

「大渦巻の中で、向こうのセンサービームが拡散しているときには離れていたよ。奴らを追いかけるには、無重力スポットで気づかれないように進んで行かなければ。奴らから半光年後ろの真空地帯の中を進んでいくってわけだ」

ウィラとルサルカは、自分たちの元にバンシーがゆらゆらと戻ってくるのを待ち構えていた。

ベラドンナは、足元をふらふらと宙に浮かせながら自信のなさそうな表情をしている。もしかして、収穫がなかったのかも、とウィラは思った。

「ダメだった？」

「う〜む。はっきりとは、見えなかったね。彼らが無事にこちらに向かっているのはわかるんだよ。でも……」

ためらいがちなベラドンナに、ルサルカはちょっと高飛車になる。

「そこがはっきりわかれば、助けてもらえるんだよ！」

「わかっているよ。でも、真実を話しているんだ。どうやら、彼らと別の奴らも一緒にやってきているんだ。何ていうか、とても危険な奴らがね。ほら、私は死が迫っているときは、きちんとその匂いを感じとることができるんだよ。でも、そういったことよりも、何かもっと強力で暗くて、破滅的な怖ろしい何かを感じるんだ……」

聞いているだけであの悪夢を思い出してウィラは身震いがしてきた。

「それで、他には？」

「それだけだ。すまないね……」

ベラドンナが首を振ると、ウィラはきっぱりと言う。

「ありがとう。約束は約束だからね。もう一度、前の姿に戻せるようにしてみるよ」

そんなルサルカをベラドンナは睨みつけながらも、ウィラの身体の間を通り抜ける。すると、ドスンという音とともに、ベラドンナがルサルカの目の前に身体を持った姿として現れた。

「それは間違っているよ！」

その途端に、待っていましたとばかりにベラドンナがルサルカに飛び掛かっていく。そして、ルサルカを地面に殴り倒すと馬乗りになってルサルカの顔を長い爪で引っ掻きはじめた。ルサルカが声にならない叫び声を上げる。ルサルカが顔を血だらけにして、ついに気を失うまでそれは続けられた。

ウィラも慌てて駆け寄り、物質化したベラドンナの身体をつかむとルサルカから必死になって引きはがす。すると、ベラドンナは再びスピリットに転化してしまい、空中に浮きあがってしまった。ベラドンナは、意識のない血まみれになったルサルカを底意地の悪い笑みを浮かべて見下ろしている。ウィラは、ルサルカがなんとか息をしているのを確認すると、バンシーに向かって大声で怒鳴りつけた。

「ちょっと！　約束したじゃないの！」

「私はね、この小憎たらしい小ウサギを殴らないなんて一言も言ってないよ。なんたって、この瞬間を300年も待っていたんだから！」

「助けてほしいのなら、もう彼のことはほっておいて！」

「じゃあ、私を完全に元の姿に戻すために1週間だけ時間をやるよ」

「1週間？　いろいろと調べるには、もう少し時間が必要よ」

「これから、悲惨なことがこの世に起きる前に、私はもう一度この世界で生きたいんだよ」

「でも、もし私たち皆に死が迫っているのなら、どうして、そんな世界に戻って来たいのよ？」

「お前にはまだわからないだろうね。永遠の世界に閉じ込められるよりも、死ぬ方がよっぽどましってことがね！」

「じゃあ、もし、私が元の姿にできなければ？」

すると、その答えの代わりのように、ベラドンナが地獄の底から出すようなうめき声で森の木々の葉を揺らしはじめた。その金切り声は脳を鋼で突き刺すほどの痛みで襲ってくる。気を失っているルサルカは、この金切り声を聞かずに済んでいるだけでもましだと思った。ついにその鼓膜を破るような不快な声は止むが、静けさの中でも耳の奥に痛みや余韻が残っている。

「もし、できなかったらお前の大切な師匠をはじめ、新しいダブリンの街のすべての者の耳を聞こえなくしてやるからね。1週間だよ」

そう言い捨てると、ベラドンナは空中に指で光る文字を描いた。それは、円の真ん中に1つの三角形があり、その中に点が1つあるマークだった。

「この形を描いて、私の名前を呼ぶと、すぐにやって来るから！」

その言葉を最後に、ベラドンナは青白い月のように光ると視界から消えていった。彼女の描いた印は空中でしばらく光を放ち漂っていたが、やがて暗闇の中に溶けていった。

ウィラは、頭をブルブル振って気持ちを切り替える。

そして、傷だらけのルサルカを両手でやさしく胸に抱え込む。こうして見てみると、本当はパワフルな自然界の精霊なのに、ただのウサギのぬいぐるみのよう。ちょっと小生意気なルサルカをだっこしているのが自分でもちょっと不思議だった。

そよ風が彼のもふもふした毛並みと自分の髪の毛の間を通り過ぎていく。精霊とハイブリッドというお互いの違いはあるけれど、ウィラはルサルカとのつながりを感じながら、地球のすべての存在たちとの関係にも同じことを感じていた。

ウィラは立ち上がると、意識のないルサルカを抱いて、まだしばらく先にあるシャドックに向かって森の小径をゆっくりと歩きはじめた。

第13章

疑　惑

どんな人間関係においても、衝突はしばしば起きる。それは、実際に語られたことが問題になるのではなく、語られなかったことが原因ではじまるものだ。

『パラドックスの書』より
サッサフラス・ザ・セイジ著

ルサルカはウィラのハンモックで目覚めた。彼の傷には、ハーブの軟膏が塗られている。

ルビー色の目がチラチラと見知らぬ部屋のあたりを見回すと、床に毛布を敷いて寝ているウィラの姿を捉えた。起き上がろうとするルサルカは、まだ、くらくらする頭に耐えられず、再びバタンと倒れた。

その音で目覚めたウィラは起き上がると、落ち着きのない患者の様子を確認して壁のクリスタルの表面に三本指を当てて命令する。

「カモミールティ!」

壁の小さな開口部が開くと、カップに入った温かい飲み物が登場する。それを手にルサルカの所に戻ると、ルサルカの頭を持ち上げて起こした。

「はい、飲んで!」

ルサルカはお茶の匂いを嗅ぎながら、ゴクリとお茶を飲み込む。ウィラがルサルカの頭を元の位置に戻し、カップを床に置いたところで、母親が螺旋階段から部屋に入ってきた。

「おはよう! お客さんの具合はどうかしら?」

笑顔でいっぱいのリリーの一声で部屋が明るくなる。ルサルカが、白いナノガラスに囲まれた部屋を見渡して「ここが家なんだ!?」と辛口につぶやく。

「おや、またいつもの失礼な感じに戻ったよね」

ハンモックは、再びルサルカが起き上がろうとするたびにグラグラと揺れるが、まだ、めまいのする彼は、ハンモックからモコッとした足を1本出して、再び横になる。

「あなたたち、どうやってここまで戻ってこれたの？」

「も～、私が抱えて来たんだよ。見た目よりもずいぶん重かったわよ」

ちょっといじわるに言うウィラ。

「僕がペットの子犬みたいに抱えられてきたって？　やれやれ、皆に知られたら、永遠にからかわれるだろうな」

「あのね、バンシーを挑発するからこうなったのよ。私に感謝くらいしたら？」

「わかったよ。でも、これでお互い様だよね！　そうだよね？」

そのとき、リリーの眉がピクリと動いた。

「バンシー!?」

その声のトーンを聞いて、ウィラはしまったと思った。なんだか長い朝になりそうだ。

コロの黒い槍型の船は暗闇の中で目立たずに、土星のはるか上空を進んでいた。

その横を、ローウェンとリバーのなめらかな曲線を描いたクリスタルの船と、宝石のような5面体のレスキュー船が数艘並んで運行している。リバーは、ケールの顔の傷をスクリーンで確認しながら話しかける。

「評議会は、ローウェンとソーンが君を探すために幾つかの規則に背いたことを見逃さないと思う。

戻ったら2人は評議会に招集されるだろうね」

「ああ。仕方がない。でも、あの子たちには命を救われたんだ。だから、私も息子たちと一緒に出席するよ。あと、ゲストたちの保証人にもなるから」

「まあでも、とにかく、無事でよかったよ。よく戻ってこれたね！」

そのとき、父親が映っていたスクリーンにローウェンが顔を出したのにリバーが気づく。

「スペースポートまで、きちんとついて来れるよね？」

「もちろんです。あの、ヒリクリッシングさん。僕はご迷惑をおかけするつもりはなかったんです……」

「それをブラーマ・カマルの前できちんと説明するんだな」

そう言うとリバーはスクリーンをオフにして、にやっと笑う。彼はコンタクト評議会のトップに呼び出されるということが、この優秀な若いパイロットには、十分すぎるほどのお仕置きになるということを知っている。正直言って、リバー自身はローウェンとソーンのことは十分同情していたのだ。

リバーはスピーカーをつけると、レスキュー隊のキャプテンのブリオニー・ブラッケンを呼び出す。船長である彼女は、その白い肌と雪のような銀髪がラベンダー色の瞳と映えて、とても魅力的だ。

「ちょうどよかったわ。今、あなたに連絡しようとしていたところよ」

「キャプテン、護衛のうち2艘は、何かあったときのためにこのままパトロールしてもらえますか？」

「あら、私も同じことを考えていたの。こうやって、テレパシーで通じ合えるなら連絡し合う必要もなくなるかもね。じゃあ！」

スクリーンが消えると、リバーは操縦システムを軽くタップする。

「さあ、戻ろうか、リゲル！」

「了解！　コースを設定します」

コンピュータが反応する。

リバーとレスキュー隊の船はスピードを上げて土星から去り、ローウェンとコロたちが彼らに続く。けれども、輪を持つ惑星の軌道上に残っている2艘のレスキュー隊のセンサーは緊急事態を発しはじめていた。

ウィラ、リリー、そしてルサルカと共にクォーラムメンバーの9人全員が、ウィラの家に集合していた。彼らは、急遽フロアを広げてつくった大きなナノガラスのテーブルに着いていた。

「想像していた以上に、大変なことになっているようね」

ホリーが独り言のようにつぶやく。

「あなた、バンシーと直接話したの？　そして、あなたが見た地球のビジョンも本当だって言ってたの？」

セリーンがウィラを問い詰める。

「いや、すごいことだよ。なにしろ、ベラドンナ・ブラッドルーツはこの300年間、誰とも話したことはないんだからね」

アルダーがうろたえているセリーンの間に割って入ると、シェイプシフターのエンカンタードはテーブルの上をトンと叩く。

「そういうことは後で。それで、バンシーは何か具体的なことを見たって言っていたのかい？」

ウィラは唾をゴクリと飲み込むと、おどおどしている。

「ソーンとローウェンが危険を持ち込んで帰るってことだけ……」

ホリーがさらに状況を説明する。

「1時間以内に、リバーたちがオリオンからのゲストを評議会に連れて来るらしいわ。ブラーマは皆さんにもそのミーティングに参加してほしいそうよ。きっと、皆さんに彼らのことを判断してもらいたいんだと思う。ウィラ、そしてルサルカも一緒に行ってね」

ルサルカが一瞬固まる。

「僕も？　僕は戻って皆に危険が迫っていることを教えなきゃいけないし……」

「そうでしょ。だから、そのためにも情報はいろいろと知っておきたいでしょ？」

そう言われるとルサルカも従うしかない。ホリーは続いてウィラを見つめる。

「あなたがやってしまったことはどうあれ、ハーブの薬があなたの感覚を最大レベルまで開いたことは間違いなさそうね。だから、あなたは私たちができないことを簡単にやってしまう。気をつけてね、子ギツネちゃん！」

ウィラは、ホリーの機嫌が戻ったことに少しほっとすると同時に、メンバーたちの前でニックネームをわざと使われたことが恥ずかしくてたまらない。


そんな中、もう1人のノクターナル、エリダーニが爆弾発言を投下してくる。

「ところで皆さん、バンシーがウィラにコンタクトしてきた際に起きたことには触れないんですか？」

「そうよ！　この向こう見ずな見習い生には、なんだか、〝感覚を広げる〟以上のものがあるらしいからね。彼女は不死身のバンシーを元に戻せたんだから。これって、セイジのパワーよりすごくない？」

セリーンがまくしたてる。

「初めてセリーンに同意するよ。我々はウィラに何が起きているのかを調べないとね。彼女に備わった新しい能力は、彼女が見てきた未来の恐怖のビジョンに対応するためにも大いに活用してもらわないと」

アルダーの意見にリリーは険しい顔になった。

「あの……。うちの娘は、地球を守るための武器じゃないんですよ」

ホリーがリリーの手をやさしく握る。

「誰も、彼女のことを武器だなんて思っていませんよ。でも、自然界の摂理を考えてみて。毒のある植物は常に解毒作用のある植物と同じ畑で育つもの。もし、ウィラの才能で闇が見つけられるのなら、時間をかけてトレーニングをすれば、その闇を取り去る方法だってわかるかもしれない」

コンタクト評議会のダブリン本部は、エメラルドグリーンのナノガラス製の円錐形のピラミッド型をしたエレガントな建物だ。アーチ型の部屋を積み上げた5階建ての建造物の一番上には、電波を受け取る細い塔を支える円盤が乗っている。敷地の中央には緑があふれる庭と吹き上がる噴水があり、そこは、訪問者たちの癒しの場にもなっていた。

ウィラは、メインガーデンから何本も続く曲がりくねった小径の1つの噴水の前で、流れ落ちてくる水のように永遠の思いを巡らしながら1人で待っていた。

「ウィラ！」

ソーンの声に振り向くと、お互い駆け寄ってハグし合う。次の瞬間、思い出したようにパッと身体を離すと、ウィラは大渦巻の旅から帰ってきたソーンの身体が無事かどうかを改めて確認する。

「もう、二度とあんなことはしないでね！　どうなることかと思った！」

「君が僕たちを救ってくれたことで、皆の話は持ち切りだよ。いったい、何をどうやったの？」

「ホリーによれば、どうやら私は〝遺伝子のバケモノ〟みたいな感じらしいの」

「ホリーはそんな言い方はしないよ！」

「もちろん、そんな感じでは言わないけれど、でも自分ではそう思うんだ」

ソーンはウィラの唇にやさしくキスをしてきた。

「後で全部教えてね。今は皆が中で待っているから」

ウィラはうなずくと、そこから2人は手をつないで中央のアーチをくぐって建物の中へと入っていった。


アーチをくぐると視界に入って来た円形の建物の中にあるのは、評議室のメインフロア。そこには、評議会のメンバーたちの席に加えて、ギャラリー用の席が周囲を取り囲むように並び、中央のフロアのスペースは評議会を傍聴したい者たちが予約をする席になっている。

この日は、ケールの隣にデニック、ブリム、ガー、そしてコロがブラーマ・カマルと向き合って立っている。

12個のルミナリアの球が天井近くの空中に浮き、世界中の他の評議会のリーダーたちに映像を同時配信している。ウィラは、傍聴席にいる父親とローウェンが座っている席に行く。ローウェンが席をずらしてくれたので、ソーンと並んで座ることになった。

ホリーは、離れた場所にルサルカと並んで座り、ルサルカは他のギャラリーたちから、ちらちらと視線が自分に注がれているのを感じていた。

ブラーマがナノガラスの操作パネルをタップすると、会議のはじまりを告げるチャイムの音が鳴る。

会場が静かになると、彼の美しい声が会議室内に鳴り響く。

「宇宙からのゲストを地球にお迎えするとともに、アッシュグローブ船長が無事に戻られたことに感謝します。それでは、どなたからはじめますか？」

デニックが一歩前へ出る。

「では、私からよろしいでしょうか？」

ブラーマがデニックにうなずきながら質問する
「あの……。まずは、どうして我々の言葉を話せるのですか？」

「お言葉を返すようですが、同じ質問をお返しいたします。あなたたちも、どうして私たちの言葉を話せるのですか？」

デニックが人懐っこい笑顔で答えると、ブラーマが真剣な顔になる。

「そういう不思議なお話を今からしたいのはやまやまですが、それはちょっと置いておきましょう。まずは、あなたの星について教えていただけますか？」

「はい。私たちの星は、エクソスと言います。アシュラという名前の残酷な支配者《アルコン》と彼に従う領主たちが支配する帝国の中心にある星です。彼らは我が故郷に約1000年前に侵略してくると、住人たちを他の19の星と同じように支配下に置いたのです。今、私たちはブラックリーグと呼ばれる彼らと闘う抵抗軍に属しています」

そこまで話すと、自慢げにブリムの肩をポンと叩いた。

「うちの息子、ブリムもメンバーです。実は、あなた方に助けていただきたいのです」

「どんなことを？」

「アルコンを倒したいのです」

聴衆の間にどよめきが広がると、ブラーマがベルを鳴らしてそれを制する。

「ざわつかせて申し訳ない。でも、デニックさん、実は地球はもう長い間戦争をしていないのですよ。連合を結んでいる星たちの中には、戦闘用の飛行隊を持っているところもあるけれど、うちの地球ではそのような部隊は持っていないのです。そんな一大帝国を築くほどの勢力と闘うことなんて無理ですよ」

「いや、あなたたちは闘う必要はないんです。ただ、我々が必要とするものや武器を供給していただければと」

「とはいっても、我々も、もう武器は製造していないんですよ」

「あなた方の船とテクノロジーは、彼らの持つ力をはるかに凌《しの》いでいるのです。だから、そこの部分でお助けいただければ、後は私たちだけでも闘えるでしょう」

デニックの発言にケールが一歩前に出る。

「私は彼らの星の状況を見てきましたが、そこは、さながら刑務所のような場所でした。食べるものもほとんどなく、自由なんて存在していないんです。この星の人たちのために何かできることはきっとあると思います。それだけでも、彼らに希望が与えられるのではないでしょうか」

「わかりました。評議会で相談して、いつものように3日以内に決議の報告をします」

そう言うと、ブラーマは傍聴席にいるローウェンとソーンに目をやった。

「ところで、お宅の息子さんたちのことですが、あなたが無事に帰って来れたということで、ひとまずは、処分は保留にしておきましょう」

ブラーマが兄弟を厳しい目で見つめる。

「これからは、間違いは犯さないように。そうでないと大変なことになるからね」

そこまで言うと、ブラーマは鈴を鳴らすと立ち上がって会議室を後にした。ルミナリアのスクリーンに映っていた他の国の審議官たちも姿を消すと、集まったギャラリーたちがざわざわしはじめた。


デニックがケールの方を見る。

「何かまだ私たちの方で伝えておいた方がいいことはありますか?」

「状況を理解してもらったかどうかは、後で私の方で確認しますね。とにかく、あなたたちはゲストなんですから、今晩は我が家で夕食でもご一緒しませんか?」

「ありがとう!」

そう言うとデニックは軽く会釈をして、オリオンの仲間たちに目くばせをする。

「あの、もし、時間があったら、地球を見学してみたいんだけれど」

「いいですよ。すぐに手配しますよ」

ケールも賛成する。


会議が終わると、ルサルカはホリーに告げた。

「なんだか、僕は皆にじろじろと見られたこと以外、何にも収穫はなかったような気がするな」

「今日の会議でわかったことは、地球も前進するためには、ときには後進しなくてはいけない、ということね」

ルサルカが渋い顔になる。

「それって、武器を造るってこと？」

「武器に向き合うことにはなりそうね」

ホリーは、武器を強化することで解決策を図っていくというアルダーの提案は、決していいアイディアだとは思っていなかった。

「ちなみに、地球防衛軍の方はどうなっているの？」

「小惑星からの危険を排除するくらいの小規模な防衛力しかないわ。侵略軍を止めるほどの力は持ち合わせていないのよ」

ホリーが答える。

「ブラーマは、連合の星の中には彼らと闘えそうな力を持っているところもあるって言っていたね」

「そうかもね。最近、連合に加わった星の中にはまだ、すべての武力を捨てていないところもあるのよ。一応、連合に加わるためにはそうしないといけないんだけれど。でも今回、私たちが戦争に加わってしまったら、また連合がきちんとした機能を取り戻すために何世紀もかかるんじゃないかしら」

地球からの2艘のチームが土星の衛星であるタイタンに近づいていた。輪っかのある惑星の月は、さび色の有毒ガスに覆われている。ダークヘアの人間、ソレル船長は操縦室の椅子に座り、その細い指を口元に置き、もう1艘の船にいる女性のハイブリッドのヤロウ船長をスクリーンに映し出している。

彼らはモニター上に異常が現れているのを察知していた。ヤロウはキャラメル色の瞳で目に入るデータをスキャンしている。

「こんなデータは初めてだわ。スターリン、どういうこと？」

彼女の船のコンピュータ、スターリンがデータを数種類のアルゴリズムでフィルターにかけて調べている。

「小規模のエネルギー爆発のせいで、タイタンの大気圏に未知の自然現象が発生したみたいです」

「OK！　じゃあパトロールを再開する前に全領域をチェックしてそのスポットを確認しておきましょう。後で科学チームが調査することになるわね」

「了解。大気圏の表面に向かって無作為に発生している2つのパルスを感知しています」

ヤロウが顔をしかめる。

「それは何？……」

ヤロウが質問を終える前に、黒い2本の針のようなミサイルがタイタンの赤い大気圏から勢いよく飛び出してくると、2艘の船を串刺しにした。

あっという間に2艘の船はまばゆい光の球になったかと思うと、あっけなく炎の破片になってあたり一面に飛び散っていった。

間を置かずに、ホールデンのステルス機が月のどろどろした大気圏から浮き上がってきた。彼は土星側からこちらにやってきたのだ。

操縦室ではガントがモニターを注視している。

「奴らは、コミュニケーションの電波を送信していなかったんだよね？」

「送ってないよ。我々のエンジンをアトランダムに発進することで、自然現象のように見せていたからね。タカンニの時代に学んだトリックだよ」

「アルコンが君にこのミッションを任命した理由がわかったよ」

「お前が手柄を全部自分のものにしないといいけど」

ホールデンは笑えない一言とともに、操縦パネルを叩いて船体をワープバブルで囲むと、光の速さで地球へ向かっていった。

第14章

口　実

地球には太古の昔から数多の戦争の物語がある。そのうちの1つは、「トロイの木馬」の物語で、その教えは「物事は目に見えることが必ずしもいつも正しいとは限らない」ということ。つまり、勝利のマントの下には死や敗北などが隠されていることもあるということだ。

『パラドックスの書』より
サッサフラス・ザ・セイジ

オリオンの技術者たちが彼らの所有する最大の宇宙船格納庫に集まっている。

彼らは、格納庫のスペースの1つに運び込まれた最新型の船の足場の周辺で忙しくわさわさと動き回っている。その船には、プラズマエネルギー砲や魚雷、電磁スパイクなど破壊力を持つ最新鋭の武器が搭載されていた。

黒い船体のあちこちは、損傷したケールの船に残されていたクリスタルのテクノロジーのパーツが取り付けられていた。

そこに、エクソスアシュラが入って来た。ガリガリに痩せたアルコンの隣には、約30センチも背が低い側近の1人、薄紫色の肌をしたテット星からのエイリアンのドゥーナ・セットがいる。テットは、帝国が支配下に置いている星の1つだった。

すべてを見通す鳥のような光る赤い目を持つドゥーナが、クリスタルキューブの周囲に集まっていた技術者たちに向かって、1か所に整列するようにとその曲がった指で指示する。

「あれがインターフェイスになります」

ドゥーナがささやく。すると、エクソスアシュラが技術者たちに近寄ると、一同はさっと道を空けて会釈をする。

「説明をしてくれ」

エクソスアシュラの一声に、同じくテット星から来た技術者のリーダーであるヤドゥラ・ジートは、咳ばらいをすると、言葉を慎重に選びながら説明をはじめる。

「入手したテクノロジーですが、まったく意味不明なんです。もしかして、囚人はあえてウソの情報を我々に伝えたのではと思うのですが」

アルコンはその意見を聞き入れながらも、すぐにそれを却下した。

「いや。たぶん、まだ全部吐き出させてないのだろう。彼女はまだ何か隠しているはずだ」

「さすが鋭いですね」

アルコンはそう言うと後は無言でその場を後にする。すると、無能だと思われてしまった技術者たちはほっと一息つく。そんな技術者たちをドゥーナは厳しいまなざしで睨みつけると、格納庫から出ていくアルコンをいそいそと追いかけていった。


ウィラは平べったい岩の上に座ると、足をぶらぶらさせながら、スリーロック・マウンテンの草原をくねりながら流れている小川を眺めている。そこに、銀色の髪を風に吹かせながらホリーが小高い丘から降りてきた。

ホリーはウィラの少し後ろで立ち止まると、クォーラムの委員会からの提案をどうやって説明しようかと考える。

「ロッジに行っていたんでしょ？　私はスパイじゃないからやらないよ」

ウィラは振り返りもせずに言う。

「あら、まだ誰も何も頼んでいないわよ。でも、彼らから何かを感じとれたなら教えてほしいのよ」

「私がいたらおかしいでしょ？　逆に怪しまれるわよ。どうしてソーンじゃなくて私が彼らのツアーについて行くのよ？」

「あなたがあの人たちを大渦巻から無事に連れ出したのよ。だからきっと歓迎してくれるわよ。でも、ソーンがいると、あなたの気が散るから……」

「仕事をするのに気が散るってこと？」


ホリーはそれには答えずに、水平線を暗く染めていく大きな黒い影を見つめている。なんだか、その影が何かの不吉な前兆のように思えてしまう。ホリーはウィラの隣で岩の上に一緒に座ると、黙ったまま沈みゆく太陽の光を受けて輝いている小川の流れを見つめる。


「ねえ、見えたビジョンについてもう少し教えてほしいの」

ウィラの頭の中に、ズタズタになった自分の姿を上から見下ろすアルコンのビジョンが一瞬よぎる。

「もうそのことは話したくないの」

「じゃあ、そのままにしておくの？」

ウィラの張り詰めていた気持ちが途切れると、感情があふれはじめる。

「ねえ、どうして？　どうして私なの？　もうこんなこと耐えられない。これが〝ギフト〟って言うの？」

「でも、あなたはクリプティックになりたいんでしょ?」

「私のことを、未熟だって言いたいんでしょ?　それは、わかっている。でも、もう限界。なんだか、一気にいろいろなことが起こって……」

ホリーはウィラの肩に腕をまわして慰めようとする。

「そうね。でも、あなたは1人じゃないから」

ホリーに身体を任せるウィラの頬には涙の跡がある。

「私が見てきた本当のことを知らないでしょ?　助けてもらえないかもしれないの」

「クォーラム委員会にコンタクト評議会、そして家族に友達だって皆、あなたと一緒にいるのよ。あのちょっと面倒なルサルカだって、彼なりに助けてくれるのよ」

ホリーはそう言うと、ウィラの身体をしゃんと真っすぐにして頬の涙を拭うと金色の瞳を見つめる。

「それにね。まだ教えてないことがあるの。先祖のアヌーについて、私が知っていることでまだこれまで誰にも話していないこと。委員会の人たちにも言ってないことよ」

「それは、何?」

「それを知れば、その能力を上手く使いこなせるようにできるはず。オリオンたちとの間で戦争になりそうなことだって変えられるかもしれない」

「じゃあ、早くそれを教えてよ!」

「時がくればね。いいタイミングの時にね」

ホリーが笑うとウィラは頭を振った。

「でも、私が見てきたビジョンだと、もう時間はないと思う」

「でもね、何事にも近道なんかないの。とにかく、最初のレッスンは何も知らないということを知ること」

ホリーがクリプティックつぽい言い方をすると、ウィラは目をしばしばさせて師を仰ぐ。

「意味がわからない」

「コップがいっぱいだと、もう上から何も注げないでしょ？」


エクソスアシュラとドゥーナが刑務所の廊下を歩いていると、刑務官たちがすれ違いざまに敬礼をしてくる。２人は、石の廊下の突き当たりの1つの独房に到着した。牢屋の重い扉は、内側でどんなに大きな叫び声がしてもそれを打ち消してしまうほどぶ厚い。刑務官が扉を開けると、２人はスタスタと中に入っていった。


そこにいたのは、ケールの船のパイロット、エロウィン・コア。彼女のその石膏のようななめらかな肌は傷ついて火傷《やけど》を負い、斜めに傾いた鉄のテーブルの上で身体を縛られてかろうじて生かされていた。噂では、ケールもここに囚われているようだ。

彼女の頭部には、脳を刺す針が何本もついた金属のヘッドギアのようなものが被せられて頭が固定されている。３人の尋問官たちは注意深く針を調整しながら、拷問を受ける彼女の叫び声は無視しつつ、記憶モニターの上に現れるデータを確認している。

アルコンの指示を受けて尋問官が針を操作すると、エロウィンは突然静かになり、口を開けたまま恐怖の顔つきで固まった。

「閣下、彼らが船に搭載していたコンピュータが反応しません」

１人の尋問官が会釈をして報告する。

「次の者に交代する前に、彼女からオペレーションの方法を引き出しておかないとな」

「でも、これは慎重に進める必要があるんですよ。針がほんの少しずれただけでも大変なことになりますから」

「もっと深くしてみろ！」

「そうすると、この者が死ぬかもしれません」

「コイツが死のうが関係ないわ。でも、そうなる前になんとか情報を抜き取らないと、お前がこのテーブルの上に縛られるかもな！」

「わかりました、閣下」

アルコンがそう言い放ち独房から出ていくと、ドゥーナもちょこちょこと後に続く。独房の扉が閉められると、エロウィンの叫び声がさらにけたたましく響きはじめた。

ウィラとケール、そしてオリオンからの訪問者たちは、ナノガラスの観察ポッドの中で宙に浮きながら、サンフランシスコ列島を含む群島が中央カリフォルニア内海への入り口へと続く景色を上から見ている。

ゴールデンゲートブリッジは、本土の北端から広い湾を越えた南の海岸まで広げられて、かつてよりも高い位置に橋が架けられている。空中浮揚のテクノロジーが出現して以来、地上で自動車で移動する必要もなくなった今では、ここはウォーキングを楽しむ人たちの遊歩橋となっていた。サンフランシスコで残された海抜の高い高台のエリア同士がそれぞれ橋でつながっている。

デニック、ブリム、コロは街の様子を見て驚いているが、それ以上に眼下に広がる海に心を奪われているようだ。

「この星に、こんなに豊かな水があるなんて知らなかった！」

驚くブリムにデニックも声を上げる。

「帝国の支配下の幾つかの星にも大きな海がある星もあるんだけれど……。とにかく、この光景はすごいね」

「地球の表面のどれくらいが海なのかな？」

ガーが目を見開いて質問する。

「今では4分の3以上ですね。氷河のほとんどが溶けてしまったから」

ケールが答えると、コロが不思議そうな顔をする。

「氷河とは？」

「南極と北極の凍った海水の山のことですよ。かつては、我々が今いる高さくらいまであったんです」

「それにしても、素晴らしい星ですね。こんな惑星は初めて見ました！」

興奮するブリムの肩にデニックは笑いながら手を置く。

「エクソスの未来にも、希望が湧いてくるなあ」

笑顔のケールが少し真面目な顔になる。

「悪く受け取らないでくださいね。でも、評議会はまだ地球があなた方をお助けするかどうかまでは決定していないんですよ」

「ありえないかもしれないけれど、でも、僕たちがこちらの星に来るっていう考え方もあるよね」

「でも、ここは我々の星じゃないんだよ」

ブリムの提案にコロがケールに気を遣って言う。

「でも、今、地球にいる人たちも、もともとはさまざまな星から来ているんです。他の星からの存在が人間と交わってハイブリッドが生まれてから、もうすでに700年以上経つんです」

いち早くウィラが答えると、ケールが少し声のトーンを落とした。

「そうだね、ウィラ。でも、我々の祖先たちはたったの数千人だったからね」

そう言うと、彼はデニックへ質問する。

「帝国が従えている星は、全部でどれくらいあるのですか？」

「合計20の星ですね。全部で1000億以上の存在たちがいます」

「でも、私たちの連合にも、たくさんの星が加盟しているでしょ。そのうちの幾つかには、ほとんど誰も住んでいない星もあるわ」

ウィラのアイディアにデニックが首を振る。

「ケールの意見は正しいかもね。たとえ、我々がなんとかして我が星の住人たちをこちらの宇宙のシステムに輸送できたとしても、闘いで大勢の命を失うことなしにエクソスアシュラは倒せないと思う。結局、唯一の道は、彼らの支配を解いて、かつての星に戻すしかないんだ。そうすることでやっと我々は自由になれるんだよ」

ウィラは眼下の雄大な海を見つめながら、ブリムたちをなんとかして助ける方法はないかと想いを巡らす。考えられる唯一の方法は、自分を死に導くあの未来へ行くことしかない。ホリーが言うように、新たに授かった能力を上手く使って、危険ではない道を歩む方法を考えるしかないのだろう。

ケールは、少し暗くなった雰囲気を変えようと新たな提案をする。

「さてと、海に感動していただいたところで、次は中国のレインボーマウンテンもおすすめですよ！」

そう言ってオペレーションを操作すると、ポッドが瞬時に太平洋を横断しはじめた。広大な海の上を渡りながら、ブリムがウィラに質問する。

「ちょっと聞いてもいい？　失礼だったらごめんなさい。あなたの星は、人間とエイリアン、そして人間とエイリアンを交配したハイブリッドの3種類から成るわけですよね。そうすると、ウィラさん自身は、どういった存在なのですか？」

「うーん、それは話せば長くなるかも」

「いやその、ちょっと変わっているなと思って。その髪の毛とか……」

そう言われたウィラは、自意識過剰気味にキツネの毛のようなたっぷりの髪に自分の指を走らせる。

「あらそう？　両親が言うには、うちの家系でもこんな髪の毛は珍しいみたいね。これは、父や父方のおばあちゃんのミンジーの血筋の特徴みたい。地球ではキツネって呼ばれている動物に似ているのよ」

「へえ、ステキですね」

ウィラは、周囲の皆がこの会話を聞いていると思うと、頬を赤らめながらもクールでいようと努める。

「ありがとう」

一行のツアーポッドには、似たようなルートをたどる幾つかの他のグループたちもいた。その中の1つのポッドには、彼らの後を追って来たソーンが乗っていることには誰も気づいていなかった。


ポート・ダブリンから離れたイチイの森の奥深くの暗い場所では、ルサルカが自然界に存在するあらゆる種類の精霊たちを集めた特別な集会を開いていた。

集合したのは、他のプーカ、シルフ（風の精霊）、サラマンダー（火の精霊）、スプライト（小妖精）、ウンディーネ（水の精霊）、ニンフ（山、川、泉の精霊）、フェアリー、グノームス（地の精霊）に草や木や本の中に住んでいたり、空気中に漂うインプス（悪魔）など、ありとあらゆる存在たちがルサルカが語るウィラの見た恐怖のビジョンについて聞き入っていた。

「その少女は我々の森が焼け焦げ、川や湖が干上がり、花々や緑の大地が砂漠のようになる光景を見てきたんだ。そして、星間連合はそれを止められないって言うんだよ」

銀色の風の妖精、シルフが古い樫の木の枝の間から、透明な羽根を閉じながら舞い降りて来た。

「ランディングの前のことをよく憶えているけれど、あのときも、まったく同じだったわ」

細身で身体の長さを変えられる火の妖精バルカヌスが最長の1メートルまで身体を伸ばすと、青い炎をチラチラさせたオーラをまといながら発言する。

「そうそう。彼女の言うとおりだよ。あのときも大変だった」

「問題は、じゃあどうすればいいかってことなんだよ」

ルサルカが鼻をくんくんさせて言う。

そのとき、枯葉が一面に敷かれた森の地面の上をドスンドスンと歩く大きな足音が聞こえてきた。

全員の目がそちらに集中した途端に、集団の上に大きな影がのしかかってきた。それは、森のスピリットである巨人、ケルンノスだった。面長で毛深いシカのような顔に、見事な枝角を王冠のように被っているケルンノスがイチイの森をかき分けながら登場してきた。葉のように緑色の目をしたこの森の神は一行を見渡すと、雷のように響く声で話しはじめる。

「よいか？　我々は森であり、森が我々なんだ。この世界がはじまって以来、ここが我々の故郷だ。だから、もし、空から暗闇が降ってくるのならば、我々は風や海、岩や炎で一丸となり彼らに立ち向かっていくのみじゃ。光で暗闇をはねのけようではないか！」

ルサルカはこの森の神に敬意を示しつつも、少し懐疑的な表情になる。

「偉大なる森の神であるケルンノス様。おっしゃることはよくわかります。でも、ダークフォースは、地上に一歩も足を踏み入れさせるわけにはいかないんです。我々の故郷、地球を破壊させないためにもね」

他の精霊たちも、この意見に森の神が何と答えるかをじっと待っている。

「じゃあ、どうすればいいと言うのだ？」

森の神の鋭く光る目がルサルカの上に注がれる。

「ウィラというハイブリッドの少女がすべての鍵を握っているんです」

森の神が苔むした大きな岩の上に腰を下ろすと、その場にいた数人の精霊たちが彼に席を譲る。

「その話を詳しく聞かせてくれないか？」

展望台の手すりを背に、ケールやウィラ、そしてゲストたちの目の前に広がるのは、中国の張掖丹霞《ちょうえきたんか》地貌《ちぼう》の美しいレインボーマウンテン。そこにあるのは、大地のミネラルの色である赤、黄、緑、青などが、まるで絵の具をこぼしたように大地の上にストライプ状に描かれたシュールな光景だった。

ケールたちのスペースポッドは、大自然が生み出した不思議な光景を見る観光客たちを運ぶ他の幾つかのポッドたちと共に地面からすぐ上のところで浮いている。

「もし、目隠しされてここまで来たら、きっと別の星に連れてこられたと思うだろうね」

デニックのコメントにコロも続く。

「大昔の話だけれど、帝国が支配する多くの星も、占領されて奴隷用の施設が作られるまでは、こんなふうに大自然の景観を持つ場所もたくさんあったらしいよ」

「ひどい話だよね」

ブリムがうなずくと、ウィラの肩に手を置く。

「だから、なんとかしなくちゃなんですよ！」

ウィラは、同情して思わずブリムの腕をぎゅっと握ってしまうが、意識してパッと手を離す。一瞬、微妙な空気が2人の間に流れたことで、ブリムも手を引っ込めると咳払いをしている。ガーとコロはあまりにも見事な大自然に見とれているが、ケールとデニックは若者たちのぎこちないやりとりに気づいて笑っていた。

その瞬間、沈黙を破るようにポッドからピーッと発信音が鳴り響いてきた。

「どうやら、評議会が結論に達したみたいだね」

ケールがポッドのディスプレイの情報を確認している。

「北京港を出発して、ダブリンの港に戻るために現地のシャドックを使おう」

「あの、シャドックって何なんだい？」

「世界中に敷かれた交通システムですよ。ポッドよりも速くいけるんです。見ていてくださいね！」

ケールがいたずらっぽく笑う。その瞬間、ウィラの直感が何かを察知する。他の観光客たちが行く眺望ルートの少し離れた小さな案内所の後ろから、なじみのあるシルエットがこちらを覗いているのに気づいたのだ。

「すみません、ちょっといいですか？」

そう言って、グループから1人離れたウィラは案内所まで歩いて行くと、案内所の壁に背をもたれかけてそこからパノラマの風景を見るようなふりをした。近くの観光客たちから注目されないように、ストーカーには自分の姿を見せないようにしたのだ。

「ちょっと、ここで何をしているの？　ソーン！」

壁の向こう側からソーンの声が戻ってくる。

「君が大丈夫か見守っているんだよ」

「違うでしょ。ブリムが私に接近しないように見張っているんでしょう？」

「だって、彼は信用できないよ。オリオンの人たちは信用できないんだから」

ソーンの視線は遠く離れたオリオン星を見つめている。

「言っておくけど、あの人たちはあなたのお父さんを助けてくれたのよ」

ソーンの発言にウィラはあきれかえる。

「でも、彼らは父さんを利用して地球にやって来て、僕たちの弱みを見つけるんだよ」

ウィラも一瞬、そうかもしれないと思うが、そのことは後で考えればいい。

「とにかく、彼らの計画が何であれ、ブリムは私の方でなんとか相手をしておくから」

「彼の君への接し方がムカつくんだよ」

ウィラは壁をぐるりと回ると、ソーンの姿を捉えて目を見つめる。

「なんだか、あなた自身がオリオン人みたいになっているんじゃないの？」

「それ、どういう意味だよ？」

「彼らは皆、緑色の目をしているわ」

「ちょっと、僕が嫉妬しているって言うの？　そんなバカな！」

ウィラがニヤリとする。

「じゃあ、評議会に告げ口しようかな。ソーンが命令に背いて私たちを追ってここまで来たってことをね！」

「わかったよ。認めるよ。少しは嫉妬したよ。でも、彼らが何も企んでいないとは言い切れないよね？」

「もう、嫉妬とヘンな妄想はたくさん！」

そう言うと、物陰でもたもたしているソーンを残したまま、ウィラはケールやオリオンからの訪問者たちの元へと戻っていった。

第15章

インターフェイス

人工知能が導入された際に我々が悟ったのは、それはまったく「人工」ではなかったということです。むしろそれは、物理的な世界とスピリットの領域の間をつなぐ、洗練されたインターフェイスが出来上がったもののようだったのです。コンピュータや他のAIディバイスの〝声〟が我々を助け、協力してくれる一方で、その〝声〟が本当はどこから聞こえてくるのかに関しては、まだ解明されていない部分も残されているのです。

2547年にオーロラ・ルナ・科学研究所で行われた
イマム・ラファジ教授による講演より

「まず、評議会はあなた方に3艘の物資供給船を提供することに決めました。船自体は先進のテクノロジーを搭載したものとは言えないかもしれませんが、物資を運ぶには十分でしょう」

「はい。船が彼らに奪われないように、万全を期して運びたいですね」

デニックが発言すると、ガーが筋だらけの手をためらいがちに上げる。すると、ブラーマが微笑んだ。

「手を上げる必要はありませんよ、ガーさん。自由に発言してください」

「あの、すみません。決して感謝していないわけではないんです。でも、3艘の物資供給船は私たちが期待したものではないというか……」

「そうですか。でも、我々の船は地球に自動的に戻って来れるので、再び物資を積んで戻ることが可能ですよ。あなた方が必要なだけ往復することができます。ウィラが大渦巻を通り抜けるルートを見つけたので、これから、あなた方に定期便を送ることができるのですよ」

ブラーマがこれで十分だろう、と言わんばかりに説明する。デニックはガーがまだ満足していないのを感じとり、彼が口を開く前にまずは感謝を述べる。

「素晴らしいです！　ご配慮いただきありがとうございます」

そのとき突然、デニックが阻止する間もなくブリムが大声で叫んだ。

「あの、あなたたちは一緒に闘ってはくれないんですか？」

「ブリム！」

デニックが止めろと言わんばかりの目線をブリムに送ると、ブラーマが手を上げてその場を落ち着かせる。

「大丈夫ですよ、デニックさん」

ブラーマはアイスブルーの目を納得できない表情のブリムに向けた。

「理解してほしいのですが……。ランディングの前には、地球はあらゆる時代において戦争に巻き込まれてきたのですが、この700年間に限っては平和を守っているのです。だから、我々はこのまま平和を守り続けないといけないのですよ」

「おっしゃることは、よくわかります」

デニックは息子がまた何か言い出す前に口を開く。

「これは我々の闘いですから。今回、ご提供いただくことに関して、我々の星を代表して、私から感謝を申し上げます」

デニックはお辞儀をすると振り向いて、仲間たちに合図してその場から去ろうとする。そこでブリム、ガー、コロも否応がなしに彼の後に続いた。けれども、ウィラだけはもう口を開かずにはいられなくなった。


「カマルさん！」

ケールが慌ててウィラを見つめて小さな声で注意する。

「ウィラ……」

その声を無視してウィラはリーダーの前につかつかと出て行く。

「私の見たビジョンはどうなるんですか？　彼らが地球にやってくる前に阻止できるかもしれないんで

すよ……」

ブラーマはウィラの発言をきっぱりと、でも紳士的に阻止する。

「心配は無用ですよ。もし、彼らが地球へやってきたら、我々は防衛力を強化するでしょう。でも、我々は他の星に闘いを挑むことはしませんよ。どれだけ野蛮な星に対してもね」

ブラーマは、改めてデニックの方を向く。

「悪くとらないでくださいね」

デニックの表情にも少し笑顔が戻ってくる。

「我々を支配している奴らは、野蛮どころじゃないです。でも、これ以上ご迷惑はかけられませんね。そろそろ故郷では皆が心配しているでしょう。この子の母親のためにも息子を連れて帰らなければ。もし、OKでしたら、船に物資を積むお手伝いをさせてください」

ブラーマはうなずくと、オリオン星からの数人も評議会の会議室から退出していく。

まだ不満そうなブリムも彼らの後について行く。そして、去り際にウィラの顔を見つけると、ブリムの気持ちを理解するウィラも彼にニコッと笑う。ふとソーンを見ると、会議室から去っていくブリムを睨みつけていた。

閉会すると、ホリーがウィラに近づいてきた
「ツアーはどうだったの？　何かシェアすることはない？」

「特に何もなかったよ」

ウィラがきっぱり言い切ると、ホリーは去りゆくオリオン星人たちを見つめている。

「ちょっと、彼らの様子を見てきたらどう？」

そう言われて、ウィラは会議室から出ていく彼らの後を仕方なく追う。でも、ブリムとも最後にもう一度会話ができることがちょっぴりうれしかった。ふと傍聴席の方を見ると、そこにはもうソーンはいなかった。


ブリムは宿泊場所の外のパティオを囲む石壁の低い石の上に座って、目を閉じて太陽の光の温かい感触を味わっている。

「ちょっといいかい？」

ブリムが目を開ける。そこには、薔薇《ばら》色の夕日で逆光に照らされているローウェンの顔があった。

「もちろん。僕たちには、外でこうやって座って、太陽の光を浴びることができるなんてすごく贅沢《ぜいたく》なことなんですよ」

ローウェンも隣に座るとうなずいて夕陽を見つめる。

「当たり前になりすぎると、そういうこともわからないよね。でも、大渦巻でもう少しで死ぬところだった僕には、そのありがたさが少しはわかるかな」

「あなたのお父さんが言っていましたよ。あなたは、コンタクトスペシャリストになるための訓練をされているんですってね。それって、ほとんどの時間を地球から離れたところで過ごすような仕事じゃないですか？」

「そうですよ。でも、そうならないようにするんです」

「あなた方が選んだ平和の道がうらやましいな。僕たちブラックリーグの選択は、生きるか死ぬかのどちらかだから」

「でもさ、別の道もあるよね。地球で新しい人生をはじめることだってできるじゃない？」

ローウェンが提案する。

「そうできたらいいんだけれど、でもうちの星の人たちを見捨てることなんてできないです。母親だって……」

ブリムの声は震えている。

ローウェンにも自分の母親を失った痛みがよみがえってくる。そこで、その思いを払いのけるように、足を一歩踏み出した。

「ね、ちょっと来て！」

「どこへ行くんですか？」

ローウェンがとびきりの笑顔になる。

「もし、ここに留まれないのなら、少なくとも地球のことを憶えていられるようなものを見せてあげるよ！」

ブリムもローウェンの後に続こうとして立ち止まる。

「自分の部屋を出てもいいんですか？」

「君はお客様なんだよ。囚人じゃないんだ。それに、僕と一緒なら大丈夫だよ。さあ、行こう！」

ローウェンが友達にするようにブリムの背中をポンと叩くと、ブリムもリラックスして青々と茂る庭の中をローウェンに続いた。


アルコンの技術チームは、監視の下で神経質そうに動き回っている。彼らは、エロウィンを虐待しながら彼女の脳から抽出したデータを回収したナノガラスコンピュータにアップロードしていた。技術者たちは、コンピュータが点滅して再稼働しはじめたのを確認すると、ほっと一息ついている。

「サジタリウスはオンライン状態です。座標のスキャニングを開始します！」

コンピュータから声が出ると一同は驚いて後ずさりし、百戦錬磨のアルコンでさえも一瞬、ぎょっとしている。

集まった一同は、コンピュータが自ら分析を行いながら点滅して、青色の光に落ち着いたのを見守っている。

「座標がわかりません。ここはどこですか？」

エクソスアシュラは、技術者たちの間をズカズカと進むとコンピュータに近づく。

「いいか！　お前たちの船は破壊されたんだよ。お前はここで回収されて修理され、我々のものになったんだ」

「私はパイロットのエロウィンと交信するようにプログラムされています」

「だから、お前のパイロットは死んだって！」

「では、死亡した証拠を示す必要があります」

「そう言われると思ったよ！」

エクソスアシュラはメタルの箱の中に手を伸ばすと、エロウィンの血のしたたる片方の眼球とそこからぶらさがる視神経をコンピュータのスキャナー上に掲げた。コンピュータの光がぞっとするような目の塊の上を確認するように走っている。

「DNAが一致しました」

コンピュータが人工的な声を出す。アルコンは、エロウィンの眼球を技術者の1人にポンと投げると彼は受け取り、臭いに吐きそうになるのをこらえながら、それを箱に戻した。


「よし、じゃあ、進めようか」

アルコンがそう言うと、サジタリウスは深い紫色に発光しはじめる。

「新しいインターフェイスを開始するためにコードを入れてください」

アルコンがヤドゥラを顎で促すと、ヤドゥラが慎重にスクリーンに現れたコードをインプットする。

するとコンピュータのスキャナーがエメラルドグリーンにチカチカと光りはじめた。

「新しいインターフェイスに変更しました。スキャナーの前にあなたの目をかざしてください」

ヤドゥラがボタンを操作すると、コンピュータがアルコンの目線の高さにまでせり上がってきた。アルコンがスキャナーをじっと見つめると、光線が彼の網膜や脳波パターンをアップロードしてコンピュータが深緑色に変化する。アルコンの不気味な目にも光が反射している。

「インターフェイス完了！」

その声でアルコンはその場を離れながらヤドゥラに命令する。

「俺の船にあれを積んでおけ」

「はい、直ぐに。閣下」

ヤドゥラが深いお辞儀で答えた。

アンドロメダ港は地球の北極の高い上空に浮いている。

何世紀にもわたる気候変動の影響によって氷がなくなった北極は、すでに地球の他の土地と変わらない姿になっていた。直径約5キロもある巨大な円盤型のスペースステーションから枝分かれした部分には、オフィスや住居の光が輝き、幾つものオートメーション化されたドッキング用の港が周囲を取り囲んでいる。

港を出入りする人々の数や貨物船がどこからどこへ行くのかなどの状況は、港のコンピュータであるオキュラリスのセンサーがすべての動きをこと細かくチェックしている。

アンドロメダ港では、星間連合に所属するスターシステムや彼らの船から送られてくる科学データ、伝達情報を処理するボイド空間を探すための亜空間望遠鏡、コミュニケーション機器などがびっしりとその上下に配備されていた。


ブリムは、ローウェンの船がその巨大な施設に近づくにつれて、船内のスクリーンに映るスペースポートの様子にあんぐりと口を開けている。

「ようこそ！　アンドロメダ港へ。ドッキングには31番の停泊位置をお使いください」

オキュラリスがコンピュータのスピーカーから声を出す。

「了解！」

ローウェンは、指示に応えて操作をしながらブリムの方を向く。

「ここが連合における地球の大使館みたいなものだよ」

「生まれてこのかた、こんな景色は見たことがないです……」

ブリムの視線はステーションに釘付けになっている。

ローウェンの船は31番に停泊した。チューブ状になったナノガラスの道がポートから延びて、船の気密式出入り口の周りを封じている。ローウェンはエンジンを止めると、管のような通路を通ってアンドロメダの曲線を描く大きな舗道の1つにブリムを連れ出す。

ブリムは、スペースポートのメインストリートに向かう人間、ハイブリッド、そしてエイリアンたちの群衆が自分の前を通り過ぎる様子を見て圧倒されている。ローウェンの方も、エイリアンたちとの多様性が保たれた世界を見てオリオンの少年があっけにとられているのを見るとついつい笑ってしまう。

ブリムにじっと見つめられていたあるエイリアンは、その視線を無視する。またある者は、カラフルな色の目でブリムを見返し、ある者は目ではなくセンサーでブリムを感じ取っている。


「そのうちに慣れるさ！」

ローウェンは見慣れぬ世界に心を奪われている少年に向かって言う。

「ときどき、帝国に支配されている星のエイリアンたちが抵抗軍に加わって、僕たちの月の基地での会議に参加することはあります。でも、こんなに一度に大勢の存在たちは見たことなんてないな……」


2人は、ギリシャ様式で建てられたコンタクトトレーニングセンターの大ホールの入り口に到着した。そこには人間、ハイブリッド、エイリアンたちの100体以上の等身大の彫像が並んでいる。

「あなたたちの帝国には、どれだけの星が参加しているのですか？」

ブリムがすっかり感心しながら訊ねる。

「あのね、〝連合〟だよ。〝帝国〟じゃないから。一応、正式には147の星が加盟しているけれど、まだあと12くらいは加わる予定らしいね。もちろん、コンタクトが可能な星かどうか検討中のものは、まだ数には入っていないけどね」

「いつか、エクソスも加盟できるといいな」

「そうだね。いつかね……」

ローウェンはうなずいてブリムの肩にやさしく手を置く。


大ホールの奥の大きなアーチ型のエントランスが開くと、その先には細長い部屋が続いている。そこには、何百ものビー玉サイズのナノガラスの光る玉が、カウンターに陳列されてずらりと並んでいた。

「これは何ですか？」

ブリムが小声で言う。

「データ図書館だよ」

ローウェンは答えると、小さな玉が置かれているセクションにあるそれぞれ違うシンボルを指さした。

「アートに建築、歴史、考古学、数学、生物、文学、音楽、物理、地質学、天文学など。これらのアーカイブはここのステーションに1つと地球に1つ、そして、連合に加盟しているすべての星にそれぞれ1つずつあるんだ」

ローウェンは陳列されている玉を1つ手にするとそれをタップする。すると、玉はあっという間にデータがぎっしり書かれた薄いガラスのスクリーンに変化した。

「見ててごらん！」

そう言いながら再びタップすると、再びビー玉のサイズに小さくなり、ローウェンはそれを元あった場所の棚に戻す。ブリムは感動しながらデータ図書館を眺めている。

そのとき、ブリムの中で何かのシフトが起きた。けれども、それはあまりにも小さな変化だったためにローウェンはそれには気づかなかった。もし彼がブリムをじっと観察していたら、ローウェンにはこの少年が好奇心たっぷりの顔をしながらも、冷静に何かを企んでいたのに気づけたかもしれない。

ふとローウェンがブリムを見ると、ブリムは突然よろめき、めまいを起こしたのか片手で頭を押さえ、もう一方の手を壁につけて身体を支えている。

「おい！　大丈夫かい？」

「み、水をお願いします……」

ローウェンの心配した声に苦しそうな声を出すブリム。ローウェンはブリムを図書館のベンチに連れ出すと横にする。

「すぐに戻ってくるから！」

ローウェンが水を取りにその場を急いで離れると、ブリムはぱっと起き上がり図書館のテクノロジーのコーナーの通路に走って行った。そして、「スターシップ技術図鑑」と記された小さな玉をポケットの中に忍ばせる。その後は、急いでベンチに戻るとローウェンが水を手に戻ってくる寸前に再び横になった。

ブリムは戻ってきたローウェンに身体を起こしてもらうと、ゆっくりと冷たい水を飲ませてもらう。

「少しはよくなった？」

ブリムはうなずくと適当なことをでっちあげる。

「月で育ったからか、地球の重力には慣れていないみたい……。いろいろなことがありすぎて、ちょっと疲れたんだと思います」

ローウェンがブリムの身体を支えて、歩けるかどうかを確認する。

「まだ体調が悪いなら、ここにしばらくいるかい？」

「大丈夫です。もう帰らないと。父親が心配するでしょうから。ここまで連れてきてくれてありがとうございます。いつかエクソスも帝国の支配から自由になれる日が来たら、あなたたちの連合に加わりたいです」

ローウェンは、友情を込めてブリムの手をぎゅっと握る。

「評議会は君たちに物資の供給だけしか行わないそうだね。もし、何か僕ができることがあれば……」

そう言われて、ブリムはうれしそうにうなずく。

ローウェンが出口へ進むとブリムは数歩間隔を空けて彼の後に続く。彼の手は、さっき盗んだ玉を入れたポケットを無意識にローウェンから隠していた。

デニック、コロ、そしてガーは豪華な宿泊施設のブルーのナノガラステーブルに集合していた。

部屋を囲むガラス張りの壁には、深い青色の十字架のデザインが織物のように彫刻されている。彫刻された線はあちこちで輝き、クールな白い光を部屋全体に放っている。

「食料に物資に医薬品。すべてありがたいものばかりだ。でも、帝国を倒すための力は貸してくれないというわけだ」

コロが声を潜めて小さな声で言うと、ガーがテーブルをトンと叩く。

「そのとおり。もう一度彼らにかけあって技術も提供してもらおうじゃないか！」

そのとき、ドアが開いてブリムが部屋に戻ってきた姿を見て3人は一瞬ドキッとする。

「作戦会議をしていたんでしょ！」

ブリムが3人ににんまりと笑うと自分も席に着く。

「どこへ行ったのかと思っていたよ」

「あのね、ローウェンが星間連合についていろいろと教えてくれたんだ。すごいところだよね」

コロがまた話を元に戻そうとする。

「ところで、我々をほんの一瞬で街まで連れて帰ったあの機能は何て言うんだっけ？」

「あれは、シャドックだよ」

知っていると言わんばかりに自慢げになるブリム。

「シャドックか。きっと、ここの最も古い技術でさえ帝国のどんなものよりも進んでいるんだろうな。ちなみに、シャドックは星から星へと人を移動させられるのかな？」

「それ専用の船もあるみたいだね。ただし、シャドックは地球の周辺だけでの移動しかできないんじゃないかな」

ガーがゴツゴツした指でデニックを指す。

「たとえそうだとしても、帝国の技術なんかとは比べられないね。評議会に戻って、わずかばかりの物資供給以上のことを頼んだ方がいいんじゃないか？」

「でも、また断られたらどうする？」

デニックが躊躇《ちゅうちょ》すると、ガーが吐き捨てるように言う。

「そのときは、やるべきことをするだけだよ」

「少し、声を落として！」

コロがその場をなだめるように言う。

「ここは帝国じゃないよ。個人のプライバシーも尊重してくれるよ」

おだやかに語るデニックにガーが不満そうに鼻を鳴らす。ガーは、この星の自然や技術の何もかもに圧倒されていた。この部屋ひとつだけとっても、どれだけ地球は故郷に比べてすべてが進化しているのだろうか。


ガー自身も、地下の秘密基地がそうであるように、すべてのものを覆い隠す黒や灰色の石の内側で育ってきた。豊かな地球を見ていると、つらい人生を送ってきた自分は強い嫉妬を感じざるを得ない。

「だいたいさ、お前たちは、ここのハイブリッドを信頼しすぎじゃないか？　甘っちょろいあの人らは、

284

我々が必要としているものをまったくわかってないんだよ！」

「でも、ウィラが僕たちを救ってくれたよね。彼女は信頼できると思うよ」

「おやおや、あの子に惚《ほ》れてしまったのかい？」

ガーの言葉にブリムは頬を赤らめてしかめっ面になる。

「とにかく、ここの人たちは不思議な力を持っているよね。そんな力を僕たちのために使ってもらえないなんて残念だよ！」

「思うに、地球全体で我々をバックアップしてもらう必要まではないんじゃないかな。たとえば、ウィラみたいに、我々と闘いたいと言ってくれる人たちだけでいいんだよ」

デニックはそう言うとブリムの肩に手を置く。

「ガーの言うことにも一理ある。お前はウィラとは仲良くなれたみたいだし、それを利用するのもありだよ。彼女と話して一緒に闘ってくれる仲間がいないかを探ってみたらどうだい？」

そんなデニックの案にコロとガーもうなずく。ブリムは、重責を背負ったことにため息をつく。

「わかったよ、やれるだけやってみるよ、父さん！」

「それ以上のことはお願いしないからね」


なにやら陰謀めいた雰囲気が漂いはじめたとき、入り口のドアにノックの音がした。

「おい、聞こえてしまったのかな？」

「言ったよね。彼らは我々みたいな考え方はしないから大丈夫だって！」

デニックはそう諭すとドアの方を向いた。

「どうぞ！　入ってください」

ドアが開くとウィラが入って来た。

「あの……。皆さん、大丈夫ですか？　評議会の決定にがっかりされたんじゃないかと思って……」

「がっかりしているのは、いつものことだから大丈夫だよ」

ガーの皮肉にデニックが止めろと言わんばかりにガーを睨む。

「何はともあれ、評議会の決定には従いますよ」

「でも、僕たちのために発言してくれてありがとう」

ブリムに感謝されたことで、ウィラも少し笑顔になる。

「もっと力になれればよかったのだけれど……」

デニックは立ち上がると、ガーとコロも立ち上がるように促す。

「じゃあ、ちょっと貨物船の状況をチェックしてきますね。ブリムは戻る前にウィラにもう少し地球を案内してもらったらどうだい？　もちろん、ウィラがＯＫならだけれど」

そう言ってウィラの方を向く。

「もちろんです。喜んで。いいところがあるんですよ！」

リバイアサン彗星《すいせい》は地球から約50万キロ離れた場所で、天空全体を覆いつくすほど薄いガス体となって延びながら、太陽の周りを放物線軌道を描いている。

山ほどの大きさの彗星の中心の核の周りには、核から飛び出したガスやチリなどの小さなカケラがくるくると回転している。その数キロ付近では、数艘の探索機が調査をしたり、観光船に乗った観客たちが彗星の見事なガスのしっぽを見学している。

ホールデンの船は人知れずその中に紛れ込み、船の外観を隠して彗星から出るカケラの1つのように装いながら宇宙の塵の間を飛んでいた。船内にいるホールデンとガントは、弱いセンサーで地球をスキャニングしながら自分たちの獲物をチェックしている。


ホールデンが地球の姿を見て釘付けになった。

「おい、こんなに水があるとはな！　驚きだぜ」

「俺たちも遅れているな。データではこんなことはわからなかったからな」

「でも、ここまで近づけたのもラッキーだよ。コメットのガスがなければ、我々もレーダーに引っかかっていただろうからね」

「とにかく、手ぶらでは帰れないからな。地球になんとか降り立って奴らの中に紛れ込まないと」

ホールデンはイライラを隠すようにこめかみを押さえる。

「紛れ込むだって⁉　もう抵抗軍らは、あの囚人を連れて帰っているはずだよ。俺たちの風貌だって、もうバレているかもな」

「あのな、俺もそこまでバカじゃないよ」

ガントはそう言うと、セキュリティのかかったロッカーへ行くとコードを入力する。扉が開くと、メタル製の空洞の立方体のスーツケースのサイズの箱には、最新の回路が配線されている。ホールデンは、その見たこともないマシンを眺めて怪訝《けげん》そうな顔をしている。

「いいか？　これは最新の技術だよ。スキャンしたものを何でも再生、再現できるんだぜ」

「何を持ち込んでいるのかと思ったよ。これは何に使うんだ？」

早速、ガントは複製機を稼働させるとスキャナーの前に自分の顔を置く。すると、光線が縦横に交差して彼の顔の形を数秒で分析すると、ガントの顔とまったく同じマスクが箱の中に現れた。さらに操作を続けると、再び数秒以内にそのマスクは典型的な地球のハイブリッドの顔に変わった。ガントはそのマスクを被ると、新しい顔でホールデンに微笑む。

「気味が悪いよ！　すごい技術だと思うけれども、はっきり言って気味が悪い！」

ガントはマスクを取りながら、偉そうな態度で続ける。

「問題は、どうやってわからないように地球に降り立つか、ということだな」

モニターに映し出される地球の映像を見ていたホールデンがあることを思いつき、含み笑いをする。

「違う種類のマスクを使うんだよ！」

夕暮には夕日がイチイの森を黄金に染めて魔法の時間に変身する。

ウィラとブリムは、紫色の長い影が続く苔むした小道を並んで歩いていた。

「父は素晴らしいリーダーだと思うんだ。でも、生まれてからずっと抵抗軍にいるから、簡単に人を信頼できないところもあって……」

「無理もないよね。あなたたちのような生き方は想像もできないな。月の内側の暗い世界で暮らして、空や森や川なども知らずに、トンネルと洞穴しかないところに生きているんだから」

ウィラは、少しためらいがちに話している。なぜならば、ブリムから今から説得されることが、傷ついて倒れた自分の姿を上から見下ろすアルコンのビジョンを現実にするかもしれないからだ。

「僕たちが抵抗軍に入ると、初めて学ぶ言葉が〝義務〟という言葉なんだ。そういう意味において、僕も今からあなたに大事なことをお願いしなければならないんです」

ウィラは倒れた大木の幹の上にぴょんと飛び乗ってそこに座る。すると、ブリムがおどおどしながら彼女の真正面に立ちはだかる。

「もう、ズバリ言っちゃいますね。父親なら遠回しで言うと思うけれど……」

するとウィラが、あることを思い出して笑いはじめた。

「僕、何かヘンなこと言った？」

「違うの。メンターのホリーがいつも言うんだ。人間関係において問題が起きるときは、〝何かを言われたから〟ということではなくて、〝何かを言われなかったから〟問題が起きるんだって」

「賢いですね。うちの母親みたい」

「そうね。最近、私はホリーに意地悪だったかも。でも実は彼女に、あなたたちのことを偵察してくるように言われたの。あなたのお父さんが、あなたに私をそうするように言ったようにね」

「率直に言うと、評議会の決定はちょっと置いておいて。ウィラ、個人的に僕たちを助けてくれませんか？　そして、一緒に賛同してくれる友達はいないかなと思って」

「うーん。それにはまず、ホリーを説き伏せないと。それに、ブラーマや評議会に背くことはたぶん難しいと思うな」

ブリムが拗《す》ねるように声を上げる。

「じゃあ、僕たちはもう終わりなんだ……」

ウィラは木の幹からすべり降りると、ブリムの腕をつかむ。

「こうして友達になれたんだから、終わりじゃないよ。それに、評議会が送ってくれる物資があなたの星の人たちに闘うのに十分な体力をつけてくれるはずだよ」

あたりに漂う花の香りが混じった空気を大きく吸い込むブリム。

「そうだね。まだ、今はここにいるんだし、地球でいろいろなことを体験しておくべきだね。それに、君のことも……」

「ここに、もっといられればいいのにね」

「僕もそう思う……」

ブリムは、微笑むウィラに近づき2人の距離を縮めると彼女に情熱的なキスをする。驚いたウィラは、彼からあわてふためいて離れた。

「あ、あなたのことだけじゃなくて、お父さんや仲間の皆のことを言ったつもりだったんだけれど！」

「え……。ごめん！」

赤面するブリムに、ウィラも申し訳なく思いながらもきっぱり伝える。

「あなたは素敵な人よ、ブリム。でも、私はソーンのことが好きなの」

「ああ、だからなんだね」

「どういうこと？」

「彼が怖い目で僕のことをずっと睨んでいたからさ」

やれやれという顔をするウィラ。

「ゴメン。彼、ちょっと嫉妬深いから」


そのとき、大きなイチイの木陰から、物音も立てずにぬっと姿を現したソーンの声があたりに響き渡る。

「ほら、やっぱりだ！　思ったとおりだよ。だから君は信頼できないんだよ！」

ソーンはブリムを指さすと、ウィラが幹の上から驚いて飛び降りる。

「ソーン！　そんなスパイみたいなことをする人の方が信頼できないんじゃない？」

「聞いただろ？　君に評議会に背くように頼んでいたじゃないか！」

「あのね、ブリムは評議会ではなくて、私に助けてほしいって言っているのよ」

「考えてもみろよ。それって、戦争に参加することになるんだよ！」

「戦争じゃなくて革命よ。自由のための闘いなのよ！」

ソーンはウィラににじり寄ると、今にも一触即発になりそうなブリムと睨みあう。

「このことは評議会に報告するからね。きっと、物資の話もなくなって、オリオンにさっさと送り返されるさ！」

それまで柔らかかったブリムの物腰が突然変化する。

「そうはさせないよ！」

ブリムの表情の変化に、ウィラも一瞬、恐怖を感じてしまう。

「ソーン！」

警告を発する前にブリムはブーツに隠していたナイフをさっと取り出すと、あろうことか、一気にソーンの胸に突き刺した。あまりにも突然の出来事に、ソーンは口を開けたままで声にならない悲鳴を上げて痛みに目を見開いている。ブリムが血だらけのナイフを身体から離すと、ソーンは地面にばったりと倒れて息絶えた。


ウィラの悲鳴がその場の沈黙を切り裂くように響き、瞳が真っ黒に変化していく。同時に、身体の内側から強烈なエネルギーが泡のように噴出してきて身体中をかけめぐり外へ放射されていく。

そして、そのエネルギーが、この世界の現実を編み出している粒子の1つひとつをリセットしながら、起こったことのすべてを変えてしまう。

ソーンは再びウィラの前に立っている。ブリムは、まだナイフを取り出していない。

「考えてもみろよ。それって、戦争に参加することになるんだよ！」

ソーンが少し前とまったく同じセリフを叫んでいるデジャブの中にいるウィラ。

「いったい、何が起きているの⁉」

瞳の色を元に戻しながら、混乱してしどろもどろになる。そして、同じようにソーンがウィラに近づきブリムと睨みあおうとしたそのとき、ウィラがトランス状態から戻ってソーンの腕をつかんだ。

「ソーン、ダメ！」

ソーンはその手を振り切り、ブリムに近づこうとする。そこで、ウィラは彼をぐいとつかむと、全力で彼の身体をくるりとひねって放り投げた。ソーンは森の地面に叩きつけられて気を失ってしまった。

時間が巻き戻されていることに戸惑いながら、地面の上に横たわるソーンを見て視線をブリムに移す。

「どうしたの⁉」

「あなた、ブーツに隠しているナイフでソーンを刺そうとしたでしょ？」

驚くブリムに向かって、ウィラが思わず口走る。

「どうして僕のナイフのことがわかったの？」

「わからないけど、わかった……」

青ざめるブリムの隣でウィラ自身も狼狽していると、突然、森の奥で雷が落ちたような音が鳴り響いてきた。同時に2人が森の方を振りむく。

そこに登場したのは森の神、ケルンノス。ブリムは、ウィラに言われたこともまだ整理できないのに、さらにケルンノスが足を踏み鳴らしながら現れたことの方にパニックになっている。森の巨人は怒りの雄たけびを上げて近づいてくると、突風のような勢いで恐怖に固まっているブリムを吹き飛ばした。

そして、ひょいとウィラを持ち上げると、意識のないソーンも一緒に抱えると、暗い森の中に消えていった。

ブリムはショックでその場に気絶したままだ。

やがて、夜が深まるにつれて木々の間から漏れてくる息づく森のざわめきが、倒れているブリムを包んでいった。

カサカサという葉っぱをかきわける音が近づいてくる。

ルサルカと彼の仲間の数人のプーカが森の茂みから顔を出してきた。ブリムに近づいてクンクンと鼻を鳴らして意識がないことを確かめる。ルサルカが馬に変身すると、残りの者たちは、ブリムをふわふわの耳の上に担ぎ上げ、馬の背中に彼をひょいと乗せると森の奥へと消えていった。

第16章

裂け目

ひとつのモノは、それ自体が単体であり、かつさまざまな構成要素が集まった集合体でもある。驚くべき事実は、原子より小さいサイズの粒子などの構成要素は、まったく新しく、それも違うシステムに何度も何通りにも組み替えられるということだ。すべての電子は同じであり、中性子、陽子も同様ではあるが、原子系に1つの陽子を加えるだけで、金と水銀ほどの違いが生まれるのである。

『パラドックスの書』より
サッサフラス・ザ・セイジ

小さな球体の形をした探査機がビーム光線を発して、ポルトガルの海岸上を調査しながらかすめ飛んでいる。しばらくすると、データの収集が終わったのかビーム光線が消えると、目の眩《くら》むような速さで空の彼方へと消えていった。

そして、探査機は宇宙へ突入すると、ホールデンの船が隠れている彗星を目指し、彼らの船体とドッキングする。

早速、船内にいるホールデンとガントは、探査機が収集してきた地球のさまざまな場所のイメージをチェックしている。ホールデンの目に留まったのは、モニターに映るポルトガルの海岸線の海中に連なる洞窟だった。

「これだ！　ここに俺たちの船を隠すんだ。ここなら目立たない」

そう決定すると、自分たちの船より3倍は大きい彗星から出た塵のカケラに近づくと、そのカケラを押すように操縦しながら大西洋を目指して進んでいく。しばらくして、地球の重力に引っ張られてスピードが上がってくると、ホールデンはカケラの真後ろに船体を隠しながら速度のペースを保った。

ついにカケラは地球の大気圏に突入した。カケラは一瞬で１０００度以上の熱を帯びて、高熱の大気と煙を噴出して流星として地球に落ちていく。ホールデンの船も感知されないようにその中に入る。

流星があと少しでポルトガルの海岸線の海中に落下していくという３００キロ上空のあたりで、ホールデンの船は流星から逸れて、海中に突入すると磁気推進システムを使い、そこから地上を目指すことにした。

流星が海中に落ちたことで、現地では小さな津波程度のインパクトが起きたが、特に大きな被害も出なかったことで、普段どおりの日常が戻ることになった。

数時間後、ホールデンの船はポルトガルの海岸線のくぼみにある海中の大きな洞窟の1つの中に入って行った。そこは、陸から電波を受信できる場所であり、また、地元民たちにまぎれるためのマスクのレプリカを被る計画を企てる場所としても最適だった。


アンダー・ガルザが宇宙ステーションにあるアパートから天文ラボに向かっている。

痩せた黒髪の40代の人間のアンダーは、過去10年間、毎朝変わらずアンドロメダの空港のカーブを描く通路を歩きながら職場へと向かってきた。

彼はラボへの道すがら、オフィスですれ違うハイブリッドやエイリアンたちに挨拶をしながら歩きつつも、常に小脇に抱えて持ち歩いているタブレットのことしか頭になかった。

職場のエイリアンたちからも、「あいつはタブレットがアラームで知らせない限り、今日が何日で、今どこにいて、何を食べているかも自分でもわかっていないよ」とからかわれているのを知っている。それほど彼の天文学への情熱は、誰にも負けない自信があるのだ。彼は、宇宙で起きる説明のできない現象について調べたり、ファーストコンタクト評議会が宇宙探索で発見した未知のエイリアンのスターシステムの調査が必要になるなら、ラボに何日間だって籠もりっきりになれるほどだった。

ラボに到着すると、エンドレスに情報が送り込まれているコンピュータのオキュラリスの何千ものセンサーのうちの1つに自分もスキャニングされる。

「おはよう！　アンダー」

オキュラリスが語りかけるように挨拶してくる。

「おはよう！」

アンダーもオウム返しのように挨拶をすると、ラボの入り口で承認されてドアが開き中に入って行く。

天文学ラボには、ズラリと複雑な機器や装置にコンピュータが並んでいるが、フロアを独占しているのは、アンドロメダの高性能な望遠鏡が捉える惑星の映像を映し出す巨大なスクリーンだった。


アンダーが朝イチにラボで行うことは、夜に寝ている間に記録されたデータをチェックすることだった。タブレットをタップしてメインスクリーンを映し出すと、すぐにリバイアサン彗星の映像を録画したものが再生されて、赤いフラッシュランプとともに「異常を感知」という文字が出てくる。彗星の本体から放出された小さなカケラが地球に向かって突き進む映像を見ていると、アンダーはそのカケラの妙な軌道を確認して眉をしかめる。

「これは、ありえない！」

そうつぶやくと、すぐにそのデータを自分のタブレットに移して計算をはじめた。

星空の下、ウィラはホリー、アルダー、セリーン、エンカンタード、そして残りのクォーラムのメンバーたちに囲まれて森の空き地で立ちすくんでいる。アーガスとケルンノスは、目を覚ましたばかりのソーンの隣にしゃがんでいる。

ソーンは、アゴのあたりを触りながらウィラを見上げた。

「どうして殴ったの⁉」

そう言い放った後で、ソーンは他にもずらりと大勢が揃っていることに驚いてきょろきょろしている。

「どうなっているの？　ブリムは？　ここはどこ？」

セリーンは、そんなソーンを一瞥《いちべつ》すると、今にも飛び掛かりそうな勢いでウィラにまくしたてる。

「あのねあなた、どれだけ危険なことをしたかわかってる？　時間と空間を操るには何年もの修行が必要なくらいなのに。セイジにだって難しいんだから」

そして、ようやくよろよろ立ち上がって埃を払っているソーンを指差した。

「彼を連れ戻すために時間軸を変えたことで、大変なことになるかもよ！　前に言わなかったっけ？　ああなることが彼の運命だったんじゃないの？」

「実は自分でも、訳がわからなくて。でも、ソーンの命を救うためならやっぱりそうしたと思う」

セリーンはウィラに烈火のごとく怒り続ける。

「わかってないわね！　あなたは彼の命を救ったんじゃない。彼の死をなかったことにしたの。この違い、わかる？　時空に裂け目ができたことで、私たちのタイムラインだけじゃなくて、他の並行次元にいる誰もが影響を受けることになってしまったんだから」

そう言うと、ホリーの方を向く。

「この子は、もう少し賢い子だと思ったけど」

「ウィラは私たちの想像を超えて進化しているの。まだ並行次元の時間については教えてもいなかったし」

「じゃあ、とっとと教えなさいよ！」

セリーンが1人で癇癪《かんしゃく》を起こしている中、ソーンが1人混乱している。

「ウィラが僕を助けてくれたんだね。あの、何が起きたんですか？」

「おだまり！」

ソーンはセリーンの声に縮み上がると視線を落としてうなずく。やっとアルダーがウィラに質問をする。

「そのオリオンの少年の名前は何て言ったっけ？」

「ブリムです」

「ブリムか……。彼がやったことには、何か目論見があるはずだね」

「ほら、僕、言ったじゃん。彼は何をしたの？」

ソーンがウィラの方を向くが、ウィラから静かにしろと目線で合図される。

ホリーがアルダーに告げる。

「ブリムはまだスキャニングの登録をしていなかったから、あなたやブラーマも彼がどこにいるかを感じとれないみたいね。つまり、もしあの子が地球から去っていないのなら、そういうことでしょ」

「要するに、彼は連れ去られたということだ。そして、それができるのは精霊たちだけ」

「プーカが怪しいわよ！」

アルダーの推測にセリーンがカッカしながら意見する。

「私もそう思うわ。あなたがブリムたちといた場所を教えてくれない？」

ホリーがケルンノスの方を向くと、森の神は大きな角を揺らしてうなずく。

「友から頼まれたら嫌とは言えない。しかし、もし、その少年が我々にとって邪魔な存在になるのなら、プーカらもその子を手放さないはずじゃ。わしはそれでもいいと思っている」

「わかりました」

ホリーはそう言うとアーガスに手を上げる。

「ねえ、先に戻ってブラーマにこのことを伝えてくれる？　ソーンを一緒に連れていって。後で私たちもブリムを見つけ次第、評議会まで連れていくから」

アーガスは鼻を鳴らして同意すると、ソーンについてくるように手招きする。

「僕は、ウィラとここに残るよ」

「大丈夫よ、ソーン。後で私がすべて話すから。約束するわ」

ウィラに言われると、ソーンはアーガスをためらいがちにジロリと見る。すると、アーガスはイラッとして鼻を鳴らすとぶっきらぼうにソーンをひょいと抱えて毛むくじゃらの肩に乗せた。そして、くるりと向きを変えると、ポート・ダブリンを目指し去っていった。


ホリーはコートのポケットから小さなルミナリアの玉を取り出して灯りをつけると、ケルンノスが一同を引き連れて茂みの中を歩く道を照らす。

ホリーは、ブリムを発見したらどうすればいいのかを考えていた。全員が黙々と歩く中、ホリーがウィラに質問する。

「もし、彼を見つけたら、私に彼と話させてほしいの。いいわね？」

もうこれ以上トラブルを起こしたくないウィラは、ただうなずく。とぼとぼとホリーの後ろを歩きながら、森にいることも忘れて、浮かんでくる答えを探していた。

もしかして、ブリムはスパイ？　どうして自分は、彼が襲いかかってくることを寸前まで気づけなかった？　どうやって自分は時間を戻せた？　自分にはまだ知らない能力があるの？


森の奥深くへと進むにつれて、さらに恐怖が押し寄せてくる。

アルコンに征服されることや、あの不気味な灰色の女の子の悪夢のビジョンが一足ごとに本当に起きるような気がしてきた。不思議なことに、もうこれ以上は耐えられないという思いと同時に、自分を超えた何か大きな力が自分を外へと押し出そうとしているのもわかる。もう自分の命は自分だけのものではない、そんなことも感じる。なんだか、自分が何かに人質にされているような、琥珀の石の中に永遠に囚われている虫にでもなった気分になってくる。


ケールとローウエンは、オリオンのゲストたちが宿泊所で荷物を詰めている中、彼らの部屋の入り口で話していた。

「委員会のメンバーがきっとブリムを見つけてくれるよ。心配する必要はないから……」

デニックは自分の荷物を肩にかけると扉まで近づいてきた。

「でも、私の息子だから、探すなら私が探さないと」

「あの子は俺らの仲間なわけだし、俺も手伝うよ。責任があるからね」

ガーも捜索に参加しようとする。

「でも、どこを探せばいいかもわからないでしょう。ブラーマ自身もブリムの居所は感知できないらしい。何かが生体スキャナーをブロックしているみたいだね」

ケールがデニックを説き伏せようとしたそのとき、アーガスが肩に抱えていたソーンをケールの前にストンと降ろした。

「これ。あとは、よろしく！」

ぼそっと伝えると、くるりと向きを変えて道を渡って続く評議会の建物の方へと向かう。

「お前、一体どうしたんだ⁉　大丈夫なのか？」

肩に乗せて連れて来られた状況に、父親の前でバツの悪い表情でうなずくソーン。

「どこに行っていたんだ？　何があったんだ？」

息子の顎のあざにまだ気づいていない父親の隣で、その様子を兄が苦笑いしながら見ているのに気づくと声が小さくなった。

「後で話すから……」

そう言った瞬間、父親の後ろにデニック、ガー、コロの姿が見えたのでソーンの表情がさっと変わる。ケールも後ろを振り向いて、ビッグフットを目撃して目が点になっているオリオンの3人に向かって少しきまりの悪い笑顔を向けた。


「あの生き物の名前は何だい？」

ガーが去り行くアーガスの背中に聞こえんばかりの声で言う。

「アーガスだよ。委員会のメンバーで、ウィラのメンターの1人ですよ」

「エイリアンなの？」

「いや、話せば長いんです」

デニックも続けて質問してくる。

「ここには、ああいった存在たちが多いですね。でも、とにかく今はブリムを見つけなきゃ」

「僕、ここから北の方にある森で彼に会いましたよ」

「本当に⁉　そこまで連れて行ってもらえるかい？」

ソーンの発言にデニックの声が明るくなる。

「ええ。でも、彼はもうそこにはいないと思います。森も広いし、今はどこにいるかどうかもわからないかも……」

「だからこそ、今すぐ探さないと！」

「でも、評議会はここを離れないように、とのことですが」

ケールがデニックを説得しようとすると、ガーが突然横柄になる。

「評議会が何だっていうんだよ！　あの人らは自分たちのことしか考えていないよな」

「でも、彼らの許可なしではあなた方を行かせるわけにはいきません」

「じゃあ、私たちと一緒に来てください。息子さんも一緒に。とにかく、息子を探さなきゃ。申し訳ないけれど、行かせてほしいんだ、ケール！」

「じゃあ、少なくとも捜索の準備を整えてから行きましょう」

ローウェンの提案にデニックもついに同意せざるを得ない。

「はい。では、すみませんが急いでください」

「わかりました。とにかく、お前は皆とここに残っていなさい。すぐにローウェンと戻ってくるから」

ケールはソーンに告げると、ローウェンと足早に去っていった。

その場に残されたソーンは、オリオンの3人の視線が自分に注がれていることに気づくと、沈黙の中、咳払いをする。

「何か、まだ他に言ってないことがありそうだよね?」

「いいえ! そんなことないです!」

険しい顔のデニックにソーンはそ知らぬふりをするが、ウソは見抜かれているらしい。

「長年ブラックリーグにいる私たちには、誰かがつくウソの1つが我々の命に影響を及ぼすことを知っているんだよ」

「本当に、何もないんですよ。ただ……」

「ただ?」

近づいてくるデニックの顔にソーンは赤面してしまう。

「ただ、僕はウィラとブリムの後を追いかけていたんです」

ガーとコロも2人の元へやってきた。

「なぜ?」

「心配だったから。嫉妬していたんです……」

ガーに問い詰められて恥ずかしそうに答えるソーンに、デニックも少し拍子抜けしてしまう。

「なんだ、うちの息子とウィラのことを?」

「でも、どうして彼らを見失ったんだい?」

コロの質問に、ソーンの恥ずかしさは最高潮に達する。

「ウィラに見つかってしまって怒られたんです。それで、彼女に殴られてしまって……」

意外な告白に大ウケして笑う男たち3人の間に、それまで張り詰めていた緊張の糸がほどける。コロがソーンの背中をポンと叩いて言った。

「いやいや、彼女みたいな人材こそ、ウチの仲間に欲しいよ」

「じゃあ今、ウィラとうちの息子は一緒にいるということだね？」

「いえ。それが、目覚めたら、僕の周囲には委員会の人たちがいたんです。自然界のある精霊が、僕たちがいた場所から僕らを連れ出したみたいなんです。ブリムだけがその場に残されたんだと思います」

「精霊って？」

ついさっきまで笑っていたデニックの顔が真面目になる。

「森に住んでいる自然界の精霊《スピリット》たちです」

「スピリット？　それってゴーストみたいなもの？　そんなナンセンスな！」

ガーが信じられないという顔をしている。

「いいえ、ゴーストとも違うんです。ちょっと説明が難しいんですけれど。とにかく、僕はここに戻ってきましたが、ウィラはまだ森に残っています」

「とにかく、スピリットのことはさておき、ブリムを探しに行かなくては！」

「父と兄がすぐに戻ってきますから」

デニックにソーンが告げるやいなや、ガーがソーンに右フックで一撃を食らわせて一言。

「ご忠告、ありがとう！」

デニックはソーンのぐったりした身体をやさしくフロアの上に寝かせる。

「ゴメン、ソーン君。今日はついてない日だね！」

3人は外へ飛び出すと森へと続く道へと駆け出していった。


ウィラたちは、最後にブリムと会った空き地に集まっていた。

ホリーは、大きなイチイの木の側へ行くと手を幹に当てて目を閉じて意識を集中していたが、皆の元へ戻ってきた。

「どうやら、プーカたちがブリムを連れ去ったみたい。でも、彼の場所がどこかまではわからないわ。何かがその情報を明かすことをブロックしている……」

「ブリムがどこにいるかがわかる人がいるわ」

そう答えるウィラにエンカンタードが「誰よ？」と急かす。

「バンシーよ！」

「あなた、冗談でしょ！」

ホリーがあきれるが、エンカンタードは面白がっている。

「セリーンは正しいね。君はホントに危険な子だよ！」

「じゃあ、他にどうすればいいって言うの？」

ホリーはその場の全員をスキャニングするが、他に誰もいいアイディアは持ち合わせていない。ついに、ホリーはためらいながらウィラにうなずいてＯＫを出す。ウィラがセリーンの近くへ行ってささやいた。

「もしかして、あなたはいない方がいいかも……」

セリーンはウィラが言う意味を理解してうなずいた。

ウィラは地面に落ちていた木の枝を拾い上げると、その枝でベラドンナが教えてくれたシンボルを地面に描きはじめる。その場の全員がウィラに注目する中、セリーンは大きなイチイの木陰へとこっそり消えていった。ウィラは、シンボルを描き終わると大声で叫ぶ。

「ベラドンナ〜！　聞こえる？　ウィラよ！　ベラドンナ！　いたら返事をして！」

すると、金属音のような甲高い鳴き声がその場の空気を切り裂くように轟いてきた。その音は森にこだますると共鳴しながら、その場にいるすべての者たちだけでなくケルンノスまでをも凍りつかせている。

どこからかやってきたベラドンナが、木々の間から現れて浮きながら、ギラギラした目でウィラを見据えている。

「お前さん、約束を果たすために私を呼んだのかい？」
「ちょっと違うけれど、助けてほしいの」

アルコンの船はエクソスの周囲を高軌道を描いて飛行していた。

上空から見ると、石と金属でできたこの星の表面は黒と灰色のパッチワークで覆われているように見えるが、そのところどころに、かつては湖や海だった水源が残されている。モノトーンのモザイク模様を構成しているのは、蜘蛛の巣のように張られている水や加工食、工場への燃料を運ぶ運河やパイプライン、そして、虐げられた人々が住むコンクリートづくりの居住区だった。

船内ではパイロット席のアルコンがコンピュータの神経伝達機能を使って船を操縦し、ヤドゥラとドゥーナは別の席からモニターに映し出されるデータを見ている。

「すべてのシステムは順調です、閣下」

ヤドゥラの報告をエクソスアシュラは黙って聞いている。常に完璧を求めている彼にとって、いい知らせは当たり前なのだ。ところが、その順調さは長くは続かなかった。準光エンジンが突然フルパワーまで稼働すると、船はコースから外れて大渦巻の方へと向かいはじめたのだ。

アルコンはパワーを落としてコースを正そうとするが、システムはまったく反応しない。思わずヤドゥラに睨みをきかせる。縮み上がった子分は必死でコンピュータをコントロールしようとするが反応してくれない。

「すみません、閣下。何が起こっているのかわかりません。おかしいところが見つからないんです！」

そのとき、コンピュータから無機質な声が船内に響いた。

「システムに異常はありません！」

エクソスアシュラは、くるりと振り返ると、メインコントロールの制御システムの真ん中にあるコンピュータのインターフェイスを見る。

「どういうことだ？」

「今は、私がこの船のシステムをコントロールしているのです」

サジタリウスが答える。

「はぁ⁉」

「私は、神経系のパターンにバランスの欠如があると、それを認識するようにプログラムされているのです。二者間でのインターフェイスを確立するにあたって、あなたの思考プロセスはコンタクト評議会の考え方に沿わない、ということがわかりました」

「……。なんだと？　じゃあ、我々はお前に捕らえられてしまったということかな？」

「はい。地球にコースをセットしました。船に危険を及ぼさない安全なルートを計算して、あなたを評議会に送ります。あなたは、そこで尋問を受けることになります」

「もし、いやだと言ったら？」

「エアロックを外します」

アルコンはそそくさと立ち上がり船の後方に移動すると、愕然としているドゥーナとヤドゥラを無視して、１人用の緊急脱出タンクの手動ロックを外して中に入り込む。

そしてなんと、ハッチを閉めて１人で宇宙へと飛び立ってしまった。


「アルコン様が逃げた！」

ドゥーナがコンピュータに慌てて伝えると、サジタリウスが答えた。

「私は手動のシステムまではコントロールできません」

「じゃあ、我々も捕まってしまったのかい？　それともエクソスに戻ってくれる？」

ドゥーナは一縷《いちる》の望みを託して頼む。

「あなたがたを長くは捕らえておくことはしませんよ。もし、私の判断が正しければ」

コンピュータはそう告げた途端に自ら閃光を放ち爆発すると、瞬きをする間もなく、彼らの船は宇宙の塵となっていった。


一方で、脱出タンクについているリモート式の自動爆発装置のスイッチをオフにしていたずる賢いアルコンは、ちゃっかりとエクソスの要塞まで帰還していた。

そして、宇宙の彼方で光の粒となって消えていった哀れな子分のことなど、すっかり忘れ去っていた。

目を覚ましたブリムは、たくさんのルビー色の赤い目が上から自分を見下ろしているのに気づいた。驚いて飛び上がりパニック状態で走りだすと、よろけて石につまずきこけてしまう。見上げると、そこにはアシュリーン他、数人の精霊たちがいる。ブリムは、年長のプーカのピンク色の目を不安げに覗き込む。

「あなたたちは誰？　ここは？　僕はどこにいるの？」

「無礼な子だね。このよそ者は。まったく礼儀がなってないね」

恐怖に慄《おのの》き、這って逃げ出そうとしたブリムは、今更ながら自分が今、石塔のある廃墟になった修道院の中で、あらゆるヘンな生き物たちに囲まれているのに気づいた。

薄い羽をヒラヒラさせて飛ぶ妖精たちに、苔むした石の上にしゃがみこんでいる老いたノーム（地の精）、によろりとした山椒魚はその燃えるようなオレンジの瞳でウインクをしてくる。

「これって、夢を見ているんだよね？」

仰天するブリムに向かって、馬から野ウサギの姿に戻ったルサルカがぴょこんと前に出ると、ブリムの頬をぴしゃりと叩いた。

「はい、では夢から起きる時間ですよ！」

1匹の色白のウサギのプーカが、あっけにとられているブリムに近づく。

「私はアシュリーンよ。あなたの名前は？」

返事を待つアシュリーンがいらいらしはじめた頃に、やっとブリムが口ごもりながら声を出す。

「僕はブリム……」

アシュリーンの鼻がくしゃっとゆがむ。

「ヘンな名前ね。で、どこから来たの？」

「今僕がどうして、ここにいるかってこと？」

「質問に答えなさい！」

地面に転がったままのブリムは、アシュリーンのウサギの耳の間から見える空を見上げて、オリオン星座を指さした。

「ここからだと、あそこが僕の故郷です」

アシュリーンは空をチラリと見るが、再びブリムを見下ろす。

「あなたたちのような種類は、初めて見たわ」

「あの、僕たちはここに住んでるわけじゃないんです。ビジターです」

「僕たち？」

「ああ、この子は、父親とあと他の2人と一緒に来たんだよ。奴隷になった星からの難民だよ」

ルサルカの説明にアシュリーンがブリムに訊ねる。

「逃げてきたの？」

「僕たちがあなた方の仲間を助けたことで、地球の人たちがお世話をしてくれたのです」

ブリムが同情を引くような言い方をするので、アシュリーンがルサルカに訊ねる。

「誰のこと？」

「ケール・アッシュグローブのことです。ちなみに、君がコンタクト評議会の保護下にあるのなら、こんなモノは要らないよね？」

ルサルカがブリムのナイフを掲げると、焦ったブリムは慌ててナイフを隠していた自分のブーツをまさぐる。

「それ、僕のです。返してください……」

「ウチの森ではね、そんなモノは必要ないのよ！」

アシュリーンが怖い顔になる。

「戻してくれたら、帰りますから」

すると、ルサルカがナイフの刃をブリムに近づけた。

「君がどうしてタイムシフトの騒動に巻き込まれたのかを確かめるまでは、帰さないよ！」

「何のこと？」

老いた占い師のプーカ、グレナンが一歩前へ出てブリムの匂いをクンクン嗅ぐ。

「時間軸においてシフトが起きることだよ。それに、お前が関係していることは間違いないんだ。お前のせいで時間のもつれができてしまった」

ブリムは混乱してパチパチと瞬きをする。

「言っていることの意味がわからないです。それに、あなたたちは何者なの？　僕も、動物の写真は見たことはあるんだ。昔、僕の星も占領される前には動物たちがいたって聞いていたから。でも、僕の知る限り、動物は話せないはずだけど……」

アシュリーンがイラだって毛を逆立てた後、なんとかおだやかに話そうと心がける。

「あのね。あらゆるものはね、皆、話しているのよ。もちろん、それを聞く能力があればだけれどね。たとえば、私、アシュリーンはプーカと呼ばれているわ。他にも、シルフ、サラマンダー、アンダイン、ノーム。皆、自然界の四大元素の精霊たちよ」

ブリムが首を振る。

「じゃあ、ジャルシュカ語も話せますか？」

アシュリーンはルサルカを見るとイラっとして言う。

「なんかもう、やってられないわ」

ケルンノスとクォーラムのメンバーはバンシーと向かい合っていた。ケルンノスは前後に揺れながら、ベラドンナを見据えている。暗黒の世界からの霊であるベラドンナだけがこの巨人を恐ろしがらせていた。

ベラドンナが仏頂面でウィラを見つめている。

「何だって？　また、頼みたいことがあるのかい？」

ウィラは、ホリーが制するのも気にせずベラドンナに近づく。

「探してもらいたい人がいるんだ。とても重要なの」

「おや、何かが変わったね。もしやお前さん、時間を変えたね！」

ベラドンナはウィラをじろじろと観察しながら、そこに漂うエーテル体に感覚を合わせて驚いている。

「ということは、私がバンシーになる前の時間軸に戻せるパワーを持っているということだよ！」


「あの、ベラドンナ。ウィラは時間をコントロールする能力はまだないんです。トレーニングもしていないこの子に、また別のタイムシフトを起こさせると、最悪の結果になるかもしれないわ」

「それに、もし彼女が時間をリセットしたとしても、あなたはそれに気づかないと思うよ。そこで、ウィラのような能力を持つ誰かに、同じ間違いを起こす前に止めてもらわないと」

アルダーが間に入ってくると、ベラドンナはホリーとアルダーの言うことを信じるべきかどうか悩みながらゆらゆらと揺れている。ウィラも説得する。

「2人の言うことは正しいの。だから信じて。あなたを元の姿に無事に戻せる方法がわかったら絶対に叶えるから」

「わかったよ。で、誰を探しているんだい？」

「男の子よ。ウィラよりも少し年上の。よその星からの子」

ホリーの言葉にベラドンナの目がギラリと光る。

「ああ、その子なら知っているよ。あの忌まわしいプーカたちが廃墟になった修道院に連れていったよ。その子には、前に注意したように、危険なニオイを感じたね」

記憶をたぐりながら話すベラドンナに、ウィラも暗い声で「わかってる」と答えた。

「教えてくれてありがとう。私たちも絶対に約束は忘れないですから」

ホリーが丁寧にお辞儀をすると、ベラドンナの声色も少し柔らかくなってきた。

「あんたの言うことを信じるよ。このクリプティックは私を利用しようとしないみたいだからね」

そう言うとウィラの方を振り向く。

「消える前に、一瞬でいいから、自分の足で地面の感覚を味わいたいんだよ。お願いできるかい？」

「ヘンなことしないよね？」

「ここには敵はいないから大丈夫だよ」

ベラドンナの本音にウィラもうなずくと、スピリットである彼女に自分の身体をくぐらせた。すると、彼女の身体は物質化して森の地面の上に降り立ち、柔らかい土の中につま先を踏み入れる。そして、目を閉じて大きく息をしてうれしそうにため息をつく。

その場にいる一同は、その様子を目を丸くして見ていたが、特に、木陰からすべてを覗き見していたセリーンも信じられないという顔つきで自分の曾祖母のナマの姿を見ていた。

けれども、あっという間にベラドンナは半透明の姿に戻ってしまった。それでも、空中に浮かびあがりながらウィラに笑顔で声をかける。

「ありがとうね」

ウィラも同じようにうなずくと、バンシーは風の中に煙のように消え去っていった。

「驚きだね！」

アルダーは尊いものでも見るようにウィラの方を向く。セイジからそんな表情をされたことで恥ずかしくなってウィラは目を逸らした。

「君にこんな能力があるなんて知らなかったよ。この目で実際に見るまではね」

モシの言葉にエリダーニも微笑み、ローズとライラックも初めてウィラを見たかのように目をパチパチさせている。


「さあ、行きましょう！」

「修道院はこっちじゃ」

ホリーの掛け声にケルンノスが皆を案内する。彼はバンシーがいなくなったことでほっと一息ついている。北の方角へと向かうケルンノスに一行も続くと、木陰に隠れていたセリーンが出てきて何気なく列に混ざり、ホリーとウィラに声を掛ける。

「ベラドンナのために時間をシフトできないのなら、別の方法を考えなきゃ！」

「それって、どういう意味？」

ウィラは、このノクターナルが何を言おうとしているのかわからない、という表情をしているとセリーンがいつものように1人でイライラしている。

「いい？　ベラドンナは300年前にバンシーになったわけよね。彼女がかつてセイジだった時代に時間を戻すということは、あんたは300年間の歴史を消してしまうわけ。わかる？　私たちのことも含めてね。時間が変わったということを知る1人を除いてね。あんたは、ベラドンナにあのハーブ薬を飲まないように言っておかないと、また違った時間軸ができてしまうわ」

「そうだね。私ももっといろいろ学ばなきゃ」

自分の未熟さを認めながらウィラが答える。

「やっと謙虚になったじゃない。ということは、少しは望みがでてきたかしら」

そう言うとセリーンはホリーが見ていない隙に、ウィラに「ありがと」と口の形だけで伝えると早歩きでケルンノスの後を追って行った。


一行が行く中、ホリーはウィラの落ち込んだ様子に声をかける。

「元気を出して。あれは、セリーンからのほめ言葉みたいなものだから」

ホリーの言葉にウィラは黙って歩き続ける。セリーンがベラドンナをこの世界に戻したかった理由は、彼女がベラドンナのハーブのレシピを自分のために欲しがっているということはわかっている。

この秘密を1人で抱えていることはいやだし、このことをホリーや母親に黙っていることもつらかった。でも、約束は約束。だから、なんとしてでも誰の助けも借りずにこの問題の解決策を探さなければ。

エクソスアシュラは、新たに招集されたテクニカルチームの前に立ちはだかり、技術者たちは目の前の主の前に全神経を集中させている。

「地球のパイロットが所有していたデータをすべて解析するんだ！　そして、奴らのコンピュータのシステムを私だけにつながるように組み換えたまえ。20サイクルの間に仕上げるように！」

新たなチームリーダーに任命された黄緑色のエイリアン、スーナッシュが小声で部下の技術者にささやく。

「20サイクルだって？　ありえないよ」

地獄耳のアルコンがこのつぶやきを逃すはずがなかった。

「前のチームに出していた給料の額で、お前たちのやる気がでないはずはないのだが⁉」

「はい、そのとおりです！」

スーナッシュの長い首が甲羅の中に引っ込むと、レモン色の大きな1つ目を神経質そうに瞬きさせた。

エクソスアシュラがくるりと向きを変えてその場を離れると、全員の視線が前を向いたまま凍り付いた。

そこには、前のチームの技術者たちの死体がクレーンから吊るされていた。

ソーンが目を覚ますと、父と兄が自分を見下ろしていた。

2人に起き上がるのを手伝ってもらいながら、まだ痛むアゴをさすりながらつぶやく。

「どうして、僕ばかりが殴られるんだろうね？」

「今度は、誰にやられたんだい？」

「ガーだよ」

父に答えると、ソーンは2人に支えられながら立ち上がる。ケールは息子の紫色に腫れた痣《あざ》を確かめている。

「後で彼らに会えたら、ちょっと話をしてみるよ」

「あの人たち、どこへ行ったんだろう」

荷物を整えながらローウェンも気にしている。

「クォーラムの人たちと別れた場所まで連れていってくれないか？　そこから探すしかないね」

ケールに頼まれてうなずくソーンに、ローウェンはソーンにバックパックを1つ渡して一言忠告した。

「次は殴られないように、きちんと身をかわせよな！」

兄弟は父の後を追いかけながら、ソーンは兄にちょっとだけ歯向かうような顔をして見せた。

ハイブリッドの仮面を被ったガントとホールデンは、人間やハイブリッド、そしてエイリアンたちが行き交うポート・リスボンに近いシントラの街の海岸通りを歩いていた。

地元民や旅行者たちが石造りの門や古代のムーア人が建てた石塔の下をそぞろ歩いている。このあたりは、すでにかなり前から周辺のあちこちから人々が集まる市場に変わっていた。銀河中から集まったエキゾチックな商品が並ぶこの市場なら、たとえ仮面を被らなくても、誰もこの2人の風貌を見ても不思議に思わないかもしれない。

けれども、ブラックリーグのメンバーたちがどこにいるのか、そのヒントを見つけるまでは慎重になって姿を隠しておく必要がある。

オリオンの2人は、その場に万華鏡のように広がる景色、音、匂いの洪水に圧倒されてコソコソ話をしていた。

「こいつらは、このカオスな状態によく耐えられるよな」

頭上に無数に浮くルミナリアの光を反射させて、赤いウロコをキラキラさせて歩くエリダヌス星系から来た集団をかき分けながらホールデンがぼやく。彼は、頭の上に手を伸ばして宙に浮くルミナリアの光の玉を触ってみる。キラめく玉は少し揺れると、また元の位置に戻っていく。

ガントとホールデンは、シントラの街のある人間が、ナノガラス製の知的なロボットの猟犬とポルトガル語で話しながら歩いている姿を見つめている。

「たいした技術だな」

うらやましそうにホールデンはつぶやく。

「ここの豊かさをうちに持って帰れれば、どれだけ繁栄できるだろう」

地球にある広大な資源が手に入ればアルコンよりも優位に立てるのに、とガントも野心を燃やす。

スパイの2人がざわめくカフェの中庭を通り過ぎる際、アンダー・ガルザと青い目をした女性のハイブリッド、ジャカランダ・フローラスが話している会話が耳に飛び込んできた。

彼女の額には八芒星のタトゥーが施されている。それは、星間連合における天文学者のチーフの印だった。

「ジャック。ちょっといいかい？　最近、星の動きが少しおかしいんだよ。計算が合わないんだ。見てくれるかな」

アンダーはタブレット上でうごめくデータ画面を見せる。

ホールデンは、ガントを引っ張ると、彼らの声が聞こえる距離にある空いているテーブルに着いた。

「どこを見ればいいかしら？」

ジャカランダにアンダーが説明する。

「宇宙ステーションでは、地球に接近するあらゆる物体を監視しているけれど、これはいつもと様子が違うんだ」

「たぶん大きな彗星から出た塵じゃないかしら？」

「岩の塊がこんな軌道をとるわけないよ。彗星のコースにほぼ垂直に動いているしね。そうだとしても、前進する勢いは無くなるはずなんだ。こんなことはありえない」

ジャカランダがデータの確認を続けている。

「このデータは正しいの？」

ジャカランダはアンダーのその真剣なまなざしに、ようやく事の重大さに気づいたようだ。

「そうね。いつも慎重すぎるほどのあなたが、私のところに間違ったデータを持ってくるわけはないわね。ごめんなさい。それで、この現象をどう思うの？」

「ありえないかもしれないけれど、あえて誰かがこの大きな岩を地球に運んできたとしか思えないんだ」

声をひそめながら語るアンダーに、ホールデンとガントは思わず目くばせをする。そのとき、こぎれいな年配の女性が愛想をふりまきながらテーブルにオーダーを取りに来た。

「お茶に蜂蜜のビスケットはいかがかしら？」

「いらないよ！」

荒々しいガントの対応に、ホールデンが慌てて肘でつついてくる。ガントの荒々しい声は、近くのテーブルのお客から注目を浴びてしまうほどだった。

「えっと、すまない……。ちょっとここで休んでいるだけなので何もいらないよ」

「あら、わかったわ！」

店のオーナーはそう答えると、別のテーブルへと移っていった。２人組は、ヒヤリとしながらも何か大事なことを聞き逃さなかったかと再びアンダーとジャックの会話に聞き耳を立てる。

「ところで、また例の小説を書いているんですって？」

ジャカランダはアンダーに含み笑いを浮かべる。

「え？　今その話⁉」

「言っていたでしょ。でも、ありえないストーリーじゃない？　誰がそんな話を信じるかしら？」

そこからアンダーの声がさらに低くなっていく。ガントとホールデンは耳を澄まそうとするが、もう何を言っているかは聞き取れなかった。

「ほら、違う星の存在についての話、聞いたことあるよね？」

「オリオンの話？　もちろんあるわよ」

「噂では、彼らは極端な軍事力による支配で星全体を奴隷化しているという話なんだ」

ジャカランダは眉をひそめる。

「でも、それと今回の話がどうつながるの？」

「だって、地球に隕石を落とすことほど簡単に都市を破壊して人口を減らせる方法はないと思わない？隕石こそ最も効率的な爆弾だよね？」

「つまり、あの隕石は彼らにとって実験のようなものだったと言いたいの？　オリオンはコンタクト評議会のゲストでもあるのよ。彼らがそんなことをすると思う？　それに、彼らは評議会にも知らせずにそんなことをするかしら？」

アンダーの声がさらに一段低くなる。

「もし、僕たちが知っているオリオン以外のオリオンがいたとしたら？」

「うーん、わからないわ。でも、その仮説を信じるには証拠がなさすぎるわね」

「確かに。でも、コンタクト評議会はこのことを知っておくべきだと思う」

「そうね。ところであなた、ポート・ダブリンに行ったことはある？」

「まだないんだ。紹介してもらえるかな」

「もちろんよ。ちょっと幾つか用事を片づけるから、その後でシャドックで会いましょう」

アンダーはうなずくとその場を離れる。ホールデンとガントはちょっと間を置くと、何も気づいていないアンダーの後を追うことにした。


黒いマントにフードを被って四角い顎を隠したバリアビリスという名の白髪交じりのシェイプシフターがカフェの向かいの扉の陰に立っている。

黒曜石のように光る目のシェイプシフターは、アンダーの後を追うホールデンとガントの２人を少し距離を置きながら雑踏にまぎれて尾行していく。

第17章

円 陣

『不思議の国のアリス』という大昔の物語がある。物語の中には、主人公のアリスが、約束に遅れると焦りながら懐中時計を持った白ウサギを追いかけているうちに、ウサギの穴に落ちていくくだりがある。当時、この物語の読者はこのウサギの穴が別の次元へのポータルであり、またこのウサギがプーカのことを指していることに気づくこともなかった。実際に本物のウサギは、プーカのようにはしゃべらないし、時間のことなんて気にもしていないのだから。

『自然界の精霊の真実』より引用
ナイトシェイド・ノクターナル

ブリムが森の中にある空き地で足を組んで座っていた。

その周囲には、自然界の精霊たちがブリムの周囲に4重もの輪をつくって円陣を組み、ブリムを囲い込んでいる。ブリムから最も近い1つ目の輪は、大地のエネルギーの精霊であるグノームスを含むプーカたちの輪。2つ目の輪は、火の精霊であるサラマンダーと他の火のスピリットたち。3つ目の輪は、水の精霊アンダインにさまざまな水のスピリットたち。そして4つ目の一番外側の輪は風の精霊シルフにその他の風のスピリットたち。


参加者たちはトランス状態になって目を光らせながら、円の中心にいるブリムのすべてを見通すかのように座っている。ブリムは、全方位からの突き刺さるような視線から逃げ出したくても、ここまでがっちりと取り囲まれていると、身動きひとつできない。

空き地の向こう側では、イチイの森と樫の木々の間からホリー、ウィラにクォーラムのメンバーたちがその儀式を静かに見守っていた。ケルンノスも広場の端を陣取って座ると、他の精霊たちと同じようにトランス状態で目を爛々《らんらん》と光らせている。


「一体、彼らはブリムに何をしているの?」

ウィラがホリーにささやく。

「円陣になってブリムの本心を読んでいるのよ。精霊たちによるウソ発見器みたいなものね。ひとまず、あの人たちのトランス状態が終わるまで待つしかないわね」

ブリムを包囲するエネルギーが最高潮に達したところで、プーカたちのルビー色の目が透明になり、白い光に変わった。あたり一帯の空気はビリビリと電気を帯びている。ブリムの身体は、まるで金縛りにかかったようにガチガチになっている。ブリムの心臓が鼓動を1つ打つたびに電磁波が4重の輪に向かって波のように広がると、円陣を越えたところで消えていく。最後の光が放たれるとエネルギーの波は収まり、精霊たちの目も再び元に戻る。金縛り状態がやっと解けたブリムは、まだ朦朧《もうろう》としている。

「僕に何をしたの？」

「あなたが大変なことをしたからよ」

アシュリーンが答える。

「僕は何もしていないけど……」

そのタイミングを見計らってホリーが彼らの中に乗り込んでいくと、ウィラとクォーラムのメンバーも続いた。

「そうかしら？」

精霊たちは一斉にホリーの方を振り向いた。精霊たちは、ホリーとウィラがブリムの中に割って入って来る道を空ける。ブリムは目の前までやってきたウィラを見るとほっとしている。

「やっと会えたね。僕を見つけてくれないんじゃないかと心配してたんだ……」

「心配していたって？　あなたはソーンを殺したのよ。もし、私が彼を生き返らせなかったらどうなっていたか……」

ブリムは、狼狽《ろうばい》してウィラとホリーを交互に見る。

「何を言っているの？　僕は、殺してなんかないよ！」

ホリーがウィラの肩に静かに手を置く。

「私たち、さっき話し合ったわよね？」

ウィラはいやいや引き下がる。

「ブリム、あなたには理解できないことが起こっているの。でも、とにかく、あなたにそれを説明する前に、アシュリーンと話さなくちゃ」

そう言うとホリーは、プーカの女王に近寄りクォーラムのメンバーが注目する中、耳打ちをする。

ウィラとブリムも殺気立った雰囲気の中、なんとか自分を抑えている。

アシュリーンは、時々ブリムの方を指さして話している。ブリムは、そんなアシュリーンをおどおどしながら見ているが、ついに内緒話は終わったらしく、後から来た一同もグループに加わった。

「どうやら、予想以上に大変なことになっているみたい。すぐにブリムをコンタクト評議会に連れ戻さなくてはいけないわ」

ホリーの宣言にブリムが反発する。

「何が起きているの？　説明してくれるって言ったよね」

「少し待ってね。とにかく、今は急ぎましょう！」

ホリーは、ケルンノスの腕に感謝を込めて優しくタッチすると来た道を戻り、クォーラムのメンバーたちがブリムを促し、ルサルカに目で挨拶する。ウィラも彼らの後に続いた。

一行を見送るルサルカにアシュリーンがつぶやいた。

「あなたは正しいわ。あの女の子がすべての鍵ね。でもホリーの指導は時間がかかると思うわ。我々が生き残るためには、彼女が自分の能力をフルに使えるようになるのを手伝わなくてはいけないかも」

「それってつまり……」

アシュリーンはうなずくとささやき声になる。

「そう、〝ケニング〟ね」

「でも、精霊でない者があれを行うと、もしものことがあったら命を落としてしまう」

「危険は承知よ。でも、もう、それしか道は残されていない。もし、私があなたのことをよく知らなかったら、あなたが単にウィラに惚れただけと思ったかもしれないわね」

「失礼な！」

ルサルカが慌てて鼻をピクピクさせるのを見てアシュリーンは笑うと、去り行く彼らの後ろ姿を眺めた。

歩いているウィラはなぜだか一瞬鳥肌が立つのを感じて身震いした。空き地を抜ける場所まで来ると、後ろを振り返って、ちらりとアシュリーンとルサルカの方を見ると、森の中を行く皆の後を追いかけた。

アンダーがシントラの遺跡の街を抜け、シャドックを目指して歩いている。琥珀色のルミナリアの光の玉が薄暗く照らす石畳の小径を下る彼は、半ブロックほど後ろからついてくる2人の影に気づくこともない。アンダーが角を曲がると、彼の姿は一瞬消えてしまう。

ホールデンとガントはターゲットに近づいたので、コートの下から鋭いナイフを取り出した。角を曲がると、通りを渡るアンダーを改めて確認する。すると、何の前触れもなく、アンダーが頭上に浮くルミナリアの光の玉の下でどういうわけか立ち止まった。追っ手の2人に彼の姿が照らされて露《あら》わになる。ターゲットまであと、ほんの数メートルにまで距離が近づいた。このタイミングで、とホールデンとガントがナイフを宙に構えた瞬間、アンダーが突然後ろを振り向いた。驚いたのは、オリオンたちの方だった。

2人は、アンダーがバリアビリスの姿に変わっていく様子を見て唖然《あぜん》とする。バリアビリスの黒い眼球がこちらをじっと見ている。

「アンダー・ガルザに何か用かね？」

凄味のある声が響いてきたのと同時に、ホールデンがアンダーの胸のあたりに向かって勢いをつけてナイフの刃をふりかざした。すると、バリアビリスは手で手際よくナイフの刃の部分をつかむとパキンと折る。それを見たホールデンは、思わずひるんでしまった。

「お、おい、お前！　どんな魔法を使ったんだ？」

「君たちはここの者じゃないな。その顔はニセモノなんだろ？」

マスクのことまでバレていた2人は一気に走り出す。けれども、シェイプシフターの腕が昆虫の触手のように伸びると逃げる2人を巻き込み、がんじがらめにして動けないようにした。バリアビリスは2人をグイと側に寄せると、もう2本の触手で被っていたマスクをはがして下に落とす。

「お前たちは誰なんだ？　どうしてアンダーの後を追っている？」

ホールデンとガントは口を閉ざして何も言わない。

「なるほど。じゃあ、口を開けられるようにしてやろう」

そう言うと、バリアビリスはあっという間に巨大なコウモリに姿を変えて、怯《おび》える2人を節くれだったコウモリの手の爪の間に挟み込む。おじけづいて懇願するような目でコウモリの顔を見ても、バリアビリスはがっちりと強靭な力で2人をつかんで離さない。

コウモリは、レザーのような大きな羽を雷のような音を立ててばたつかせると、絶叫する2人を星の瞬く夜空に向かって運んで行く。そして、空高く上がったところで、一瞬空中に留まった。2人の下にはシントラの街の灯りが輝いている。ここまで来ると、もう離してくれと言っている場合ではなく、ただコウモリの爪にしがみつくしかない。

「ほら、キレイな景色だろう？」

「お願いだ。下に降ろしてくれ！」

ガントがコウモリにわめき散らす。

「よし、わかったよ！」

そう言うとバリアビリスは爪を開きガントを下に落とした。

「ぎゃ～！　やめてくれ～！」

ホールデンの悲鳴が響き渡る中、バリアビリスは一気に急降下して地上から３００メートルのあたりでガントをキャッチすると再びふわりと上空に連れてきた。

「さて、やっと話したくなったかな？」

ガントの息はもう絶え絶えになっている。

「お、俺たちが後をつけていた男が、お前たちの評議会とやらに間違った事実を伝えようとしているんだよ！」

「ウソだな。もう一度ウソをつくと、次はもう落としても助けないよ」

「でも、俺が死んだらお前の知りたいことは闇の中だぜ」

「お前さんが死んだら、こっちの友達に聞けばいいさ」

「俺らは、生きるも死ぬも一緒なんだよ」

バリアビリスは必死になっているホールデンに向かって「よし、わかった」と言うと2人を爪でつかみ、月光に照らされる北の田舎の方角へ風を切って飛んで行った。

玄関から柔らかなノックの音がする。ポピーが扉を開けると、入り口にはリリーが立っている。

「あら、ウィラのお母さん。いらっしゃい！」

どうしてこんな夜遅くにウィラの母親が、事前に連絡もせずにやって来たのだろう。何か緊急事態なのでは、と思うとポピーの心が妙にざわつく。

「ちょっと母を呼んできますね！」

「シルバニアに会いに来たのではないの」

リリーが暖炉の暖かい光に照らされたリビングに入ってきた。

「あなたに会いに来たのよ」

「私に？　何かあったんですか？　ウィラは大丈夫なんですか？」

「そのことを知りたいから来たのよ」

「どういう意味です？」

「あなたはウィラの親友でしょ。あの子は、なんだか秘密を抱えているようで、それを私には話してくれないの。でも、あなたには話しているはずよね。だからもし、何か知っているなら教えてほしいの」

「でも、秘密は秘密だから秘密なんですよね」

ポピーはあたかもそれが当然のように答える。

「でも、あの子が危険な目に遭うかどうか、となると話は別よ。もし、あの子がバンシーと何らかの約束をしていたのならとんでもないことだわ。それも、きっと守れないような約束でしょ。それに、怖ろしいビジョンも見ているようだし。あの子は、それが何であるかをホリーにも私にも話さないの」

ポピーが追い詰められてくる。

「でも、どうしてウィラがそれを私に話したと思うのですか？」

深い青色の目を細めるリリーを見ていると、知りたいことを知らずには決して帰りそうにもないというリリーの決心がわかる。ポピーはため息をつくと、リリーに座り心地の良い椅子に座るように促した。

「話せば長いんですけど……」

「時間はたっぷりあるから大丈夫よ」

リリーはそう言うと椅子に座る。

「お茶でも出していただけるかしら？」


ウィラ、ブリムにクォーラムのメンバーたちはイチイの森から抜け出ると、シャドックの方へと向かう。すると、銀色の月光に照らされた3人のシルエットが一行の行く手を塞《ふさ》いだ。3人に近づくとブリムが声を上げた。

「父さん！」

デニックが息子の方に走っていく。

「おお、息子を見つけてくれたんですね！」

ブリムの方も父親の元へ駆け寄ろうとすると、アルダーがブリムの腕を捉えてそれを阻止した。ホリーもクォーラムのメンバーたちから一歩前へ出ると手を広げてブロックする。

「そこから動かないで！」

「え？　どういうことですか？　どうしてブリムをよこしてくれないんだ？」

「彼を評議会まで連れていかなくてはいけないの。そこで、明らかにされるべきことがあるのよ」

「どういうことですか？　ブリム、お前は何をやらかしたんだ？」

デニックはうろたえながら息子を問い詰める。

「何もしてないよ、父さん。誓うよ。わけがわからないんだよ！」

セリーンがブリムの隣に来ると「もう、何も言わない方がいいわよ」と言って、冷たく光る黒い瞳でオリオンたちに告げる。

「息子さんが起こしたことが原因でもあるのよ。真実がわかるまであなた方は彼とは話せないわ！」

ガーがカッとなってデニックの前に飛び出す。

「ちょっと、俺たちはゲストのはずだろ？　なんで、ブリムが捕まらなきゃいけないんだよ？」

「まだ、そうと決まったわけじゃないわ。でも、息子さんを取り戻したいのなら、今は私たちに任せておいてほしいんです」

ホリーが厳しい声でガーの声を遮《さえぎ》った。

シャドックのポータルの1つがデニックと彼の仲間たちの後ろで揺らめき輝いている。そこから、ケールにローウェン、ソーンが次々と出てくる。揺らめいた光が消えるとポータルは閉じられた。緊迫していた空気をすでに感じ取った3人のうち、まずはソーンがガーを指差して叫ぶ。

「あの人！　僕は、あの人に襲われたんだよ！」

「あのな、俺がお前をいざこざに巻き込まれないようにしてやったんだよ。まあ、もう遅いけどね」

ガーの言い訳にホリーがその場をなだめようとする。

「そういったことも、すべて評議会に任せましょう」

そう言うと、クォーラムのメンバーを率いてシャドックへ向かおうとする。すると、デニックがホリーの行く手を遮った。

「私なしでは息子は行かせませんよ」

「デニック、問題は何であれ評議会が事を収めてくれますよ。彼らは公平な人たちだから。信じてほしいんだ」

ホリーとデニックの間に入ろうとするケールにガーが噛みつく。

「信じるだって？　あんたを助けた見返りに、評議会とやらが俺たちを援助してくれることを信じていたんだよ。ところが、俺たちがもらえるのは型落ちの3艘の貨物船だけときた！」

そんな彼らのやりとりをイライラしながら見ていたアルダーが、ブリムをセリーンに引き渡すと、オリオン人たちの前に出る。

「諸君、ちょっといいかい？」

そう言うと、オリオン人たちの胸のあたりを1人ずつ指でやさしくタッチしていく。その素早さは、彼らに阻止される隙も与えない。すると、指先から青い光が電気のようにビビビと走った途端に、オリオンたちは蝋人形のように固まってしまう。アルダーは満足げにメンバーたちの元へ戻るとホリーに告げた。

「もう遅い時間なんだよ。僕はそろそろ美味しいお茶と夕食を楽しみたいわけ。こんなことで時間をつぶしていると朝が来てしまうからね」

ブリムは、セリーンに身体をしっかりとつかまれて動けない。ノクターナルの岩のような力には太刀打ちできそうもない。

「父さんたちに何をしたの？」

「心配無用。血気盛んな皆さんにちょっと大人しくなってもらっただけだよ。そのうち、元に戻るから」

アルダーは意気揚々とブリムに告げると、一同はシャドックへ向かう。ウィラは、まだ怒りが収まらないソーンのもとへ寄ると顎のアザを確認している。

「ごめん、私のせいだね」

「そう。すべては、ウィラからはじまったんだよ！」

ソーンはウィラの顔も見ずにそう答える。そして、セリーンに囚人のように引っ張られていくブリムをチラリと確認すると、彼の落ち込んだ表情を見て納得している。

「ね、彼は危険だって言ったでしょ？」

そう言い捨てると、父と兄を追いかける。先頭がシャドックの中へと消えて行くと、残りの皆もそれぞれ後に続いた。

その場に残ったのは、金縛り状態でフリーズしているオリオンの３人だけになった。

やがて、アルダーが言っていたように、しばらくして魔法が解けてきた。デニックとガーは、麻痺していた身体からいつもの感覚を取り戻すとシャドックへと急ごうとするが、コロだけはその場にまだ佇《たたず》んでいる。

「おい、コロ！　どうしたんだ？」

ガーの掛け声にデニックも立ち止まる。

「評議会に行って、ブリムを解放してもらわないと！」

「先に行ってくれよ。俺は後から行くからさ」

デニックはうなずくと、ガーと一緒にポータルへと吸い込まれていく。

その場に残ったコロは、星空を見上げると、心の中にあるもやもやを冷たい空気の中に放とうとする。ぼんやりと夜空を見ていると、ふと何だかわからない不吉な予感が突然胸に飛び込んできた。頭上に広がる星座を目で追っていると、どんどん不安がこみ上げてきてパニック状態になってくる。

ついに、その得体の知れない恐怖が彼の中に洪水のようになだれ込んできた。

「な、なんだこれは！　ありえない！」

第18章

バリアビリス

姿形を変える能力というものは、生まれ持った素質をどのように発揮するかということとは関係なく、自分の並行現実にどれだけ同時に存在できるのか、ということが鍵になってくる。たとえば、鏡の迷路に入りこんだらどうなるかを想像してみてほしい。周囲の鏡に反射する自分の姿は、すべてが違うアングルや形になっているはず。そのときに、自分が鏡に映っているたくさんの自分の1つになると想像してみてほしい。そして、映っている姿に意識、アイデンティティ、考え方をシフトしていく。すると、そちらの視点でモノを見るようになるのだ。それが、シェイプシフターになるためのコツだと言えるだろう。

『マスターへの道　5つのステップ』
セコイア・オーガスト・ムーン

ガントとホールデンは、バリアビリスの自宅の冷たい石の床の上で目を覚ました。六角形のフロアの天井はアーチ型で、この中央の部屋の６つの辺からはそれぞれ６つの部屋が続いている。天井に近い高い窓からは朝日がキラキラと差し込んでいる。

ハイブリッドの姿に戻ったシェイプシフターは、丸みを帯びた木製の椅子に座って墨色の目で仮面を取ったオリオン人たちに睨みをきかせている。

「やあ、おはよう！」

バリアビリスが、あたかも客人をもてなすように声をかけると、２人がよろよろと起き上がってきた。そして、きょろきょろとあたりを見回すと、玄関から続いている部屋の先にある大きな木の扉に視線を向ける。

「ここは、どこなんだ？」

「質素な我が家だよ」

シェイプシフターがホールデンに答える。

「……。ところで、どうやって、あんなバケモノに変身するんだい？」

「私がシェイプシフターだからさ」

「なんだか、朝飯前みたいな言い方するんだな」

「まあ、すべての者がこの道を選ぶとは限らないけれどね。でも、朝飯前でもないけれどね」

まるで、自分の弟子に語るかのようなバリアビリスに、ガントもようやく口を開く。

「お前があんなに高い所に連れていくから、思わず気を失ってしまったじゃないか！」

「いや、あえて俺たちはそうされたんだと思うぜ。気を失っていたから、ここがどこの場所だかわからないしね」

バリアビリスがニヤリと笑う。

「よくわかっているね。さて、ではここからは正直に話してもらおうか」

「ということは、俺たちは捕らえられてしまったわけだ？」

ガントが再び扉の方を気にしている。

「いや、いつでも自由に出て行ってもいいんだよ」

あまりにもサラリと言われたので、２人はバリアビリスをちらちらと見ながらも、恐る恐る扉の方に近づいていく。そして、扉の曲がった金属の取っ手を引っ張り、蝶番《ちょうつがい》の動きにまかせて大きな扉をゆっくりと内側に開く。すると、扉の外にある小さなバルコニーへと一歩足を踏み出そうとした２人は、そこで固まった。

目の前にあるのは、あたり一面に雪を頂に被った山々の風景。絶景が自分たちのいるシェイプシフターの石塔を取り囲んでいる。自分たちのいる場所は地面も見えないほど高い、１００メートルを軽く超える頂の上だった。

「帰っていいって言われても……」

「もし、ここから飛べるなら、どうぞ！」

この状況では部屋に戻るしかない。ガントが、怯《おび》えながら余裕を見せるシェイプシフターに一言訊ねる。

「でも、ここにずっと俺たちを閉じ込めておくわけにはいかないだろ？」

「君たちが誰であり、どうしてアンダーを攻撃したのかを教えてくれれば、シントラの街にお戻ししますよ」

「というか、俺たちはあんたを襲ったんだよ！」

「そのとおり。でも、君たちは私のことをアンダーだと思ったんだね」

そう言うとシェイプシフターは立ち上がり、石の暖炉の中でパチパチと音を立てる炎に近づき身体を温めている。

「いいかい？　君たちには３つの選択がある。１つ目は正直に話す。２つ目は永遠にここの客人として過ごす。そして、３つ目はドアから出ていく」

「でももし、正直にしゃべったって俺たちはどうせ捕らえられるか、殺されるわけだろ？」

「いや。コンンタクト評議会に連れて行って彼らに一任するよ。それは信じてもらっていい」

「お前のことなんてよく知らないのに、何でお前を信じられるかって言うんだ」

ガントがぶつぶつとつぶやく。

「なるほど。でも、君たちには選択が少ないことを知っておいた方がいいね」

ついに、ホールデンがあきらめたかのように語りはじめた。

「この前……、海岸の近くに隕石が落ちただろう？　あれは、実は俺たちがやったんだ。そうすることで、この星にこっそりと降り立ったことをごまかせるからね」

「おい、何をペラペラと！」

ガントがシーッと阻止するが、ホールデンはガントの方を見て目くばせをすると小声になる。

「お前もあのバケモノを見ただろ？　俺たちじゃ太刀打ちできないよ」

すると、バリアビリスがムッとする。

「もう一度バケモノと言ったら、この塔の下に突き落とすよ」

「いや、すまない。実は、ここへは友達を探しに来たんだ。友人の船が途中で壊れて、彼らはこの星に緊急着陸したようなんだ。だから、友人たちがどこに到着したのかを探しているんだよ」

「それがどうしてアンダーを襲うことにつながるんだね？」

「何しろ俺たちは、この星のことをまだまったく知らないわけよ」

ガントもホールデンの作り話になんとか合わせようとする。

「この星の奴らが何をするかわからないだろ。だって、お前の友人のアンダーは、俺たちがこの星に隕石を利用して降り立ったことを突き止めて、評議会に通報しようとしたんだ。だから、友人を守るためにも彼の報告を阻止しなくちゃいけなかったんだよ」

バリアビリスがこの作り話をウソだと気づいたらどうしようと、2人は内心ドキドキしている。

「君たちは、地球のことは何ひとつ知らないといったね。でも、そのわりには地球の言葉をしゃべっているじゃないか」

シェイプシフターが疑いの目を向ける。

「いや、それがよくわからないんだけれど、こっちから言わせれば、あんたたちが俺たちの言葉をしゃべっているって感じなんだよね。なんでこんなことがありえるんだよ」

「君の言うことを信じろと言うのかね？」

「ほ、本当だよ」

怪しむシェイプシフターに、ガントもうなずいてフォローする。一瞬、バリアビリスは何かを考えこむように目を細めているが、立ち上がって食器棚が置かれている炉端のあるキッチンの部屋を指さした。

「あっちに食料があるよ。君たちの言ったことは一応検討するから」

オリオンからの２人がキッチンの方を眺めてたじろいでいる。

「心配ない。毒なんて入ってないよ。君たちを懲らしめるときは、こうするから」

そう言ってバリアビリスは開いている扉の方を指す。そして、２人をその場に残すと、入り口のホールとは反対の部屋に入って行き扉をバタンと閉めた。


ガントは、めまいのするような景色を見ていられずにバルコニーの扉を閉めると、ホールデンにささやく。

「アイツは俺たちのことを信じたのかな？」

「わからん。でも、１０００光年以上も離れた２つの星が同じ言語をしゃべっているってありえないよな？」

「まあ、偶然だろ？　大きな宇宙の中には、似たような世界もあるんじゃないかな」

肩をすくめるガントにホールデンは首を振る。

「いや。その可能性は低いだろうな」

「どうでもいいよ。とにかく、俺たちは逃げる方法を考えなくちゃ。アイツが俺たちを上の奴らに引き渡すか、あの扉から投げ飛ばされる前にね」

ホールデンはうなずきながらも、自分たちと地球人が同じ言葉を話しているということの裏には何か大きな秘密が隠されているような気がしてならなかった。

「とにかく、まずは腹ごしらえしようぜ。体力をつけておかなくちゃな」

現実主義者のガントがぼんやりと考えているホールデンを促した。


ブリムはブラーマ・カマル、評議会の役員たち、クォーラムのメンバーたちに加えて、他所の星からの関係者を含む大勢の傍聴人の前に立っている。円の形になって幾つか浮いているルミナリアの光がブリムたちにスポットを当てている。

両親の隣の席に座ったウィラは、数列後ろのケールとローウエンと一緒に座っているソーンの方を振り向くが、ソーンはその視線を無視してブリムだけを凝視していた。

ウィラはもう自信を失いかけていた。自分の能力が突然アップしたことも実際には本当かどうかわからない。自分が時間軸を狂わせてしまったのだろうか。もしそうなら、どんな影響がそれによって起きるのだろう。それに、ブリムがソーンを襲ったことは事実なのに、今いる現実ではそのことは起きていない。もし、評議会に招集された場合、何をどこまでどう話せばいいのかもわからない。

ブラーマのおだやかな、けれども、その場を制するような声が不安でいっぱいのウィラをその場に引き戻す。

「では、あなたが何を行ったかをここで説明できますか？」

評議会の長老が問いかける。

「あの、僕の父親はどこですか？　ガーにコロはどこですか？　どうしてここにいないんですか？」

「心配はいらないよ。そのうち、彼らもここへやって来ますからね」

ブラーマはそう言うと、ブリムが盗んだブルーの小さな玉を掲げた。

「ところで、これを盗んだのはどういうことですか？」

「盗んでいません！」

ブリムは、はっきりと言い切る。

「でも、あなたが持っていたんですよ」

「誰かが僕が盗んだように見せかけるために仕込んだのではないですか？」

「どうして、他の誰かがそんなことをする必要があるのでしょう？」

ブリムは、傍聴席のソーンをスッと指さした。

「彼に聞いてください！」

思わずその場で驚いて立ち上がるソーン。

「何で僕のせいになるんだよ！　最初に会ったときから君はずっとイヤな奴だと思っていたけど！」

ケールが息子の肩に手を置き、椅子に座らせようとする。

「ソーン、彼をそそのかすような言い方はやめなさい」

ブラーマがケールの方を向く。

「アッシュグローブさん。いったい何がどうなっているんですかね？」

ずっともやもやしていたウィラは、もうその様子を見て黙っていられなくなってしまう。そして、思わず立ち上がると両親に引き留められる前に、彼らの元へとすたすたと近づいて行った。

「あの、私が説明します」

「ウィラ、どういうつもり!?」

リリーが大声にならない程度に声を上げるが、母親を無視するとブリムの隣でソーンに厳しい目を向けた。

「実は、ソーンはブリムに嫉妬していたんです。だって、ブラーマさんが私にこの人たちの地球の案内役を頼んだでしょ。それに、ブリムのお父さんも私が彼らの闘いに参加できないかと息子に頼むように言っていたの」

ウィラが真実を語りはじめると、ブラーマがざわつきはじめた会場に手を上げてギャラリーを鎮める。

ウィラは、さらに前へ歩みを進めていくと、ブリムをリーディングするかのように凝視する。

「彼があのデータの玉を盗んだのよ。そして、ソーンを殺したの」

「そんなことしていないって！　それ、ずっと言っているよね。でも、見てよ！　ソーンはあそこにいるじゃない。ピンピンしているじゃない！」

「あのね、あなたは彼を殺したの。でも、殺していないとも言えるの」

ブラーマがやっと口を開く。

「ウィラ。あなたの言っていることは意味不明ですよ」


ウィラは、もうギリギリだった。もし自分がここで評議会やギャラリーに向けてすべての真実を暴露してしまったら、逆にいい結果にはならないような気がする。でも、どんな結果になろうとも、もう真実を話さずにはいられない。

心配そうな目をしているホリーをチラリと横目で見ると、深呼吸をしてさらに一歩前へ出た。

「彼がソーンを刺して殺してしまったのは確かなの。でも、私がどういうわけか時間を元に戻してしまって、その事実がまるでなかったかのように消えてしまった……」

驚いたギャラリーが一気にざわめきはじめる。すると、強面《こわもて》の女性のノクターナル、シブライン・ダークウッドがその場で立ち上がった。

「ありえないわ！　セイジだけが時間を操れるのよ。その子なんて、まだクリプティックにもなっていないらしいじゃない！」

アルダーが立ち上がると、シブラインの方を向く。

「でも、彼女は本当のことを話しているんだよ。それは、精霊たちも知っている。あの少年は一時、本当に血だらけになっていたんだよ」

「そんなことって、ありえるの？」

言い返すシブラインにアルダーはホリーに目で合図を送ると自分は席に座った。今度は、ホリーがつかつかとウィラの側までやって来た。その堂々とした態度には覚悟が表れていた。

「実は、ウィラがもう少し一人前になるまでクォーラムの皆さん以外には言うつもりはありませんでした。でも、彼女は〝古代のマーク〟を持っているんです」

ギャラリーがさらに騒がしくなることもわかっていたがもう気にしてはいられない。ホリーの言葉に、会場がどよめくと、それまで着席していたブラーマも思わず立ち上がる。彼は評議会の代表になって約20年、傍聴席に向かって「静かに！」と声に出したのはこれが3回目だった。突然、会場は水を打ったように静かになる。ブラーマは着席するとゆっくりと息をついた。

「アヌー・マークのことは、神話だと信じる人がいるほど珍しいものですが……。彼女がそれを持っていたとはね」

ホリーがさらに説明する。

「これまで彼女は、1人の弟子として身につける能力以上のものを発揮してきました。その中には、セイジのクラスができる以上のこともあります。幸運なことに、彼女のパワーはまだまだ開発の余地があるのです。そして、問題の時間軸を戻したことに関しては、彼女の周囲にのみ影響したようです」

再び会場が大きくざわめく中、ブラーマだけは声のトーンを上げずに静かに語る。

「ウィラのことについては、また後で私たちと相談しましょう。とにかく、今はこの少年のことをなんとかするのが優先です。ウィラ、まだ何か言いたいことはあるかね？」

ウィラは、ホリーの視線を気にしながら「はい」と答える。

「でも、ブリムが行ったことは、わざとではないことも私はわかるんです」

「どういうことだね？　ちょっと、デニックさんとガーさんを連れてきてもらえますか？」

ブラーマの合図でデニックとガーが連れられてくると、デニックがブリムに駆け寄り顔のアザを気にしている。ガーも2人の後ろに並ぶ。

「大丈夫だったかい？」

「なんだか、わけがわかんないや」

父親に答えるブリムにウィラがさらに声を張り上げる。

「説明しますね。たぶん、ブリムは自分でも気づかないうちに操られていたんです」

「誰かに操られていたとでも？」

ブラーマの質問にウィラは爛々と光る金色の目でガーを睨みつけた。

「彼です！」

「おい！　ちょっと待てよ。ひどい濡れ衣だ！　そんなことするわけない！　長い間一緒にやってきたお前ならわかるだろ？　お前の息子を危険に陥れるような真似を俺がするわけないよ！」

ガーが声を荒げてデニックに援護射撃を頼む中、ウィラの視線はさらに鋭くなり、ついにはギラギラと発光しはじめた。ガーの心を見抜くようなウィラの目線に会場も息を飲む。

「すべてお見通しよ、ガーさん。あなたは私たちの技術を手に入れたかったけれども、それは叶わなかった。そこで、技術を手に入れるために、自分が疑われないような方法を取る必要があったんでしょ」

ウィラとガーの間にデニックが割って入る。

「ウィラ、確かに我々は地球のテクノロジーを手に入れたいと思った。でも、そのことを責めないでほしい。それが手に入ればアルコンに立ち向かえるんだから。でも、ガーを含む我々の誰もそれを盗むことまではしないよ」

「彼は、あなたたちのために技術を手に入れようとしているのじゃないわ。アルコンたちに技術を差し出して、あなたたちを一掃しようと思っているのよ」

「ウソだ！　でっちあげだ！」

ウィラににじり寄って怒鳴るガーをデニックは後ろへ引っ張りながらも、大きなショックは隠せない。

「そんなことはありえないよ。それは絶対にない！」

ホリーもウィラの側に近寄ってきた。

「ウィラ、あなたは今、重大な告発をしているのよ。この人を非難することで、場合によっては人１人の命が関わるかもしれない。あなたの力はすごいと思うけれど、まだまだ粗削りで訓練が必要。言っていることは本当に確かなの？」

ウィラは会場の中に不安げな表情の母親を見つける。父親の方は、自分の直感を信じるように、と励ますような目をしている。ソーンは混乱しながらも、自分の醜い嫉妬がブリムを疑ったことを恥じているようにも見えた。

ブラーマもウィラをじっと見つめているが、その冷静な瞳を見ているとウィラはだんだんと落ち着いてくる。ブラーマがウィラにうなずくと、ホリーの質問に答えるようにと促してきた。ウィラはガーの方に振り向くと、すでに半狂乱になっている彼のことを再び限界まで集中して読み取ろうとする。集中するウィラの額には、だんだんと汗がにじんできた。

ウィラの瞳がノクターナルやシェイプシフターのように真っ黒に変化しはじめると、会場がざわざわする。瞳の奥からは、ガーのすべての思考、感覚、信念が万華鏡が作り出す模様のようにめまぐるしく溶けだしてきた。そのとき、ガーの内側の一番深いところに何かが隠れているのがわかった。

「層の内側に、また別の層がある……」

「何のこと？」

ウィラの独り言に、ホリーも反応する。やっとトランス状態から戻るとウィラの瞳の色は元に戻り、ホリーに瞬きをすると、デニックに質問する。

「あの、ところで、コロさんは？」

「シャドックのあたりに残してきたよ。ここに来る前に我々の身体が動けなくなって、その後、彼は調子がよくなかったんだ」

デニックは傍聴席にいるアルダーを責めるように指差す。

「ちょっと麻痺しただけだよ。一時的なものだから大丈夫！」

アルダーが席から余裕の声を上げる。

「とにかく、彼を見つけなきゃ！　彼がすべての黒幕よ！」

そうブラーマに叫ぶウィラに向かって、デニックが初めて食ってかかる。

「もう、いいかげんにしてくれないか！　最初に君は息子のブリムのせいだといい、次にはガーが悪いと言う。そして、今度はコロなのかい？　じゃあその次は私ってわけかい？」

「いいえ、それはないわ。ただ、あなたのミスは卑怯なスパイを信頼しきっていたということ。つまり、まずコロさんがガーさんを操って、そして、ガーさんがブリムを操るように仕向けたの。だって、もし何か失敗しても、2人のことを陥れられるでしょ」

じっと会話を聞いていたブラーマが傍聴席の後ろの一番上の列に立っていたアーガスに視線を投げかける。

「アーガス、すぐにコロ氏を見つけてくれないかね。彼がいないと真実は闇の中だから」

アーガスが喉を鳴らしながらうなずくと、会場を急いで出ていく。ウィラがブリムとガーに近づく。

「ごめんなさい！」

「あんな濡れ衣を着せられたら、たまったもんじゃない！」

ガーが腕を組んだままで答えると、ウィラが首を振る。

「違うの。ごめんなさいって言うのは、ちょっといいかしら」

そう言うと、ウィラは自分の指を2人の額に順番に当てていく。すると、ウィラの目から周囲を照らすほどの光がビームのように放たれる。ブリムとガーは、額に手を触れられるとその場で金縛りに遭ったようにフリーズする。それを見ていたギャラリーが驚嘆の声を上げるとデニックがウィラに突進してきた。

「君は、何をしたんだ！」

ウィラは〝捕まえたもの〟を手から膝下に放つようなジェスチャーをすると、ホリーがデニックを後ろに引っ張った。ウィラはすっかりエネルギーを使い果たしてしまった。すると、ブリムとガーが共に、長い夢から目が覚めたように瞬きをしている。

「ウィラ、大丈夫？」

走り寄ってきたホリーにウィラがうなずく。

「今、何をしたの？」

「あの人たちに操作されていたプログラムを取り除いたの」

「なんだか、靄《もや》が晴れたような感じがする……」

少し離れた場所でガーが本当の自分に戻れたようにつぶやくと、デニックもブリムの後ろ頭をゆすっている。

「ブリム⁉」

「大丈夫。僕は全部憶えているよ。データを盗んだことや、それに……」

そういうと傍聴席にいるソーンの方を向く。

「ゴメン。まるで、悪い夢の中に入り込んでしまって、そこから外に出られないような感じだったんだ」

ソーンの方も目をそらして恥ずかしそうにしている。

「でも、もしウィラが時間をシフトさせたのなら、どうして君がソーンを傷つけたことを憶えているのかね？　彼女がつくった新しい時間軸では、そのことは、起こらなかったのではないですか？」

ブラーマの質問にウィラが頬を少し染めた。

「彼に組み込まれたプログラムを解いたときに、ほんの少しの間だけれど、私たちは記憶を共有したんですよ」

ソーンがウィラを見て笑顔になる。

「心配しないで。もう嫉妬はしないから！」


「そうだ、あのときだ！」

突然、いきなり声を上げたガーにデニックがたじろぐ。

「ゲームをしていたとき。思い出したよ！　あのときにプログラミングされたんだ。コロが何かおかしなことを言い出したとき、ゲームに勝つために俺の気を逸らしているんだろうと思った。でも、今思うとあれだったんだ……」

「そして、そのゲームを僕に教えてくれたよね。僕たちは、あのとき洗脳されたんだ」

ブリムにも記憶が一気に蘇ってくる。

「狡猾なやり方ですね。我々もいつそんなことをされるかもしれないわけですね」

あきれるブラーマにデニックが付け加える。

「アルコンたちにとって、マインドコントロールはお手のものなんです。いつ何がやってくるかわからないんです」


倒れた自分をアルコンが見下ろすあの恐怖のビジョンが再びウィラを襲ってきた。

「わかる気がする……」

胃のあたりを押さえながらウィラがつぶやくと、デニックが叫ぶ。

「とにかく、すぐにでも裏切り者を捕まえなくちゃ。すみません、コロの捜索を手伝ってくれませんか？」

「アーガスが見つけてくれますよ。彼を捕まえようと騒げば騒ぐほどに、彼は次の手に出るでしょうから。我々が彼を捕まえたらお知らせしますよ」

そう言うと、ブラーマは重々しく立ち上がる。

「では、これにて、評議会は休会します。明日の昼食後に帝国からの襲撃に備えて地球として何をすべきかを話し合いましょう」

そうアナウンスするとブラーマと評議会のメンバーたちは各々の個室へと戻って行った。その途端にギャラリーが一気に騒がしくなる。

ケールが何かを促すようにソーンの肩に手を置くと、ソーンはブリムの所まで行って彼の手を取った。

「ごめんね。許してくれる？」

ブリムがオリオンのスタイルでソーンの腕を握って笑顔になる。

「僕たち、友達だよね？」

「兄弟だよ！」

ソーンはブリムにそう答えると腕から手を離してウィラの方へ歩いていくと、恥ずかしさも忘れてウィラに飛びついた。ソーンは、これまでの行いを許してくれるウィラに感謝を込めてぎゅっと強く抱きしめた。

ケールとローウェン、そしてウィラの両親たちも一緒に外から2人を囲んでハグし合っている。けれども、ウィラの気持ちはまだ落ち着かない。そんなウィラにホリーが声をかけてきた。

「よくがんばったわね、子ギツネちゃん！」

「でも、ガーさんを責めたりして、もう少しで大失態をするところだったよね」

「とりあえず、何かを見るときに、表面だけを見るのではなくて、深い所を見る洞察力は身に付いたわね」

母親も娘をねぎらう。

「でも、もし危険なことが突然起こったら、たぶんじっくり考える間もないと思う。そんなときには、自分の判断さえも信じられない。だって、あのノクターナルだって言ってたでしょ。私の力は自分でコントロールできないほどすごい勢いで伸びているって。もし、私が自分で自分のパワーをコントロールできなかったらどうなるのかな？　それに、また知らない間に時間軸を変えてしまったら？　ビジョンで見た地球の侵略も実は私が原因だったりして……」

「そうは思わないよ」

父親の言葉にウィラが反論する。

「でも、確証はないよね！」

「訓練を積めば、いつかは自分の能力をコントロールできるようになるわ」

「たぶんね。でも、私が自分のことを信じられるようになるまで、ホリーも私のことを信じないで！」

ウィラは涙を浮かべながらホリーに告げると、会議室から1人で駆け出していった。あわててホリーとソーンが後を追いかけようとするのをリリーが引き留める。ホリーも今のウィラに必要なのは自分ではなく母親であることが痛いほどわかっていた。

リリーは、ホリーとソーンの頬にキスをすると娘の後を1人で追いかけた。

第19章

約　束

平和な時代が続いた700年の間、かつては人類が想像できなかったような発展や繁栄が「ランディング（上陸）」によって地球にもたらされることになりました。地球はランディングからは多くのものを享受できたのですが、その代償も大きかったのです。人間、ハイブリッド、エイリアンに自然界の精霊たちの連合は、宇宙からの支配者が地球を彼らの支配下に置こうと脅しをかけてきたときには、まだ準備が整っていなかったのです。なぜならば、我々にとって、彼らの悪意のある計画などは想像しうるものではなかったし、支配者が企む残酷な陰謀などは、我々の本質とはかけ離れていたのですから。

ファーストコンタクト評議会307回会議
ブラーマ・カマルによる開幕スピーチより

ホールデンがバリアビリス家の中央の部屋の暖炉の隣に積み上げられた薪《たきぎ》をもう1本炎の中に放り込む。ガントは凍える手を炎の側で温めている。厚い石壁をくり抜いて作った幾つかの小窓は、ガラスではなく木でできているためか、さらに夜は底冷えする。オリオン人たちをもてなすはずのバリアビリスは、自分の書斎に籠もって以来、姿を見せていない。

これ以上近寄れない、というギリギリのところまで炎に近づいているガントが震えながら言う。

「この家のご主人様は、あそこに籠もって何をしているんだい⁉」

ここ数時間の間に、もう何回も同じぼやきを聞いているホールデンは、ガントを無視してどうやってここから逃げ出すかということばかり考えていた。とはいっても、逃げるための道具になりそうなものはここにはほぼない。

「もし、時間がたっぷりあって、あと、工具があればこのテーブルやドアで小型のグライダーくらいは作れるかもしれないのにな……」

「それは、〝もし〟の場合だろ。あのバケモノがいる限りここから出られる方法はないよ」

「おい、あいつに聞かれているかもしれないぞ」

ホールデンが神経質そうに書斎の方に目をやる。

「もう、どうでもいいよ。もう俺たちは死ぬか生きるかの瀬戸際なんだから」

そのとき、ちょうど出番を待っていたかのように書斎の扉が開き、バリアビリスがこちらへ戻ってきた。ホールデンとガントが慌てて立ち上がると、シェイプシフターは大人しく宣告を待つ2人を黒い目で見つめる。

「君たちの友人は墜落の後、無事だったようだよ。よかったな」

「そ、それはよかった！」

ホールデンは一応うれしそうな返事をする。

「彼らはポート・ダブリンのコンタクト評議会で客人として迎えられているよ」

「ここから遠いのか？」

「いや、ほんの数千キロ程度だよ。シャドックならあっという間に着くよ。もちろん、君たちをここへ連れてきたときのように空を飛んで行くという方法もあるけれどね」

「いや、それは遠慮するよ」

青ざめているガントの一方で、ホールデンの方はバリアビリスを食い入るように見つめている。

「シャドック？　それは宇宙船かい？」

シェイプシフターは何も答えずに含み笑いで返した。


コンタクト評議会の建物の敷地にある庭のベンチに座っているウィラ。その隣には母親が寄り添い、ウィラが話しはじめるのを静かに待っている。

「もう私、できるのかどうか、よくわからない」

ウィラがやっと口を開いた。

「〝できる〟って、何を?」

「皆、私に何かを期待しているでしょ。セリーンにベラドンナ、デニックにソーン。そして評議会も。精霊たちさえも地球の侵略を守るために、私に期待している。でも私には、そんな力があるかどうか、そんなことができるかどうかわからないんだ……」

「ねえ、どんな感じなの? ウィラにとって、その新しい力ってどういうものなの?」

「ただ、それは起きるの。突然やってきて、突然去っていく感じ。それまで私だったのが、私じゃなくなる感じ。というか、私が他の誰かになる感じ。人間じゃなくて、ハイブリッドでもなくて、とにかく、私じゃないの……」

「ほら、あなたが灰色の女の子をビジョンで見たって言っていたでしょ。あの話はどうなったの?」

「なんで知ってるの!? ああ、ポピーが話したんだ」

「彼女を責めないで。私が頼み込んで話してもらったの。ポピーいわく、その女の子はとてもイヤな感じがするって」

あの灰色の少女こそ、ウィラが最も口にしたくない話題だったが、リリーの断固とした表情には、この話を避けられない雰囲気が漂っている。

「あの女の子は誰だかわからない。でも、地球が侵略されることと彼女の間には何か関係があるような気がする……」

最後にあの女の子に会ったときの情景に再びゆっくりと入り込んでいく。金色の瞳が、ビジョンが深くなるにつれて黒く染まっていく。

「彼女を見たとき、異常な貪欲さみたいなものを感じたの。ものすごい渇望感みたいなものが自分のパワーになっているっていうか。決して消えない炎みたいにね……」


こっそりと少女を背後から観察していたつもりなのに、彼女のイメージが再びくっきりとよみがえってきた。すると、ウィラに忍び寄られているのに気づいた少女が、こちらをゆっくりと振り返る。彼女の薄い色の目がウィラの目のように真っ黒に変化していく。同時にリリーも、トランス状態になっている娘に何か変化が起きたのに気づいた。

「ウィラ⁉」

ウィラは、瞬時にこちらに戻って来て少女とのつながりを断ち切る。それでも、あのぞっとするような感覚が体中を突き抜けて震えが止まらない。リリーが慌てて娘の身体を包み込む。娘を、そして自分のことも癒すように。

「私がパワーを使うときに、どんな感じがするかって聞いたよね。答えは、ただ空っぽで怖くて、孤独なだけ。皆の期待に応えることなんてできないよ。私はまだ13歳なんだから……」

リリーは、ウィラが初めて儀式でハーブのお茶を飲む前にホリーに同じことを伝えたことを思い出した。そのときのホリーの「彼女はすごい勢いで成長しているんです」という声が今でも耳に残っている。

でも、この子はまだまだ幼い。思わず、娘をぎゅっと引き寄せると、胸が張り裂けそうな思いを感じていた。強い母親を演じるためにも、自分は頬の涙を拭い、背筋を伸ばしてしっかりしなければ。リリーは、心の中にさまざまな感情を巡らせながら、誇りと畏れと悲しみと恐怖が混ざった表情で娘を見つめていた。


「あなたは、勇気のある子よ」

「勇気？　話を聞いていた？　私は怖いって言ったよね」

「もちろん、わかっているわ。でも、勇気がある人は、たとえ恐怖が襲ってきてもやるべきことをやるものよ。恐れるがゆえにそうするのかもね。ミンジーおばあちゃんはよく言っていたわ。強い人は、自分たちのために立ち上がる。でも、もっと強い人は、他の人のために立ち上がるってね。あなたは、自分が思っている以上に強い子なのよ、プーカ」

「じゃあ、どうすればいいの？」

「あなたができることは、まずはホリーからのレッスンを終えること。何が起きても対応できるようにね」

「でも、もし、それでも失敗したら？」

「少なくとも、私たちは次の人生でも一緒になれるわよ」

まだ恐怖は拭えないものの、ウィラがやっと笑顔を見せた。

「それって、なぐさめようと思って言ってる？」

「とにかく、何が起きようとも家族はあなたといつも一緒にいるっていう意味よ」

今度はウィラがリリーをぎゅっと抱き寄せる。この世界が終わるビジョンを見て以来、初めてウィラは肩の荷が下りたような気がした。

アーガスがシャドックから出てきた。そこは、デニックとガーがコロと別れた場所だった。片田舎の町をくまなく探しても、問題のオリオン人はどこにも見つからない。付近にあった足跡の匂いを嗅ぎながら、なだらかな丘を越え、時折、灰色のゴツゴツした岩がむきだしになっている道を突き進んでいく。

ある丘の頂上に着くと、アシュリーンとルサルカが森を抜けて牧草地を横切り近づいてきた。アーガスは、大きな頭を下げて彼らに挨拶をする。

「プーカのクィーン！　アーガス、お目にかかれて光栄です」

「あらアーガス、お元気かしら？　何をしていらっしゃるの？」

「外からやってきた者、探している。ブリムに似た種類の。見ましたか？」

「誰にも会わなかったよ。でも、君が歩いている道はモハーの断崖に続いているから、その先へは誰も行けないと思うよ」

ルサルカも会話に加わると、アシュリーンがにやっと笑った。

「そうよね。空でも飛べない限りね」

アーガスはお辞儀をすると、感謝の意を込めてうなり声を上げながらコロの足跡が続く牧草地へと去って行った。プーカたちもシャドックの方へと向かう。

「アーガスは、礼儀もきちんとしているわね。どこかの星から来た男の子と違って。彼の名前は何ていったかしら？」

「ブリムです」

「ふむ、ブリムか。美しい名前じゃないわね」

アシュリーンもブリムの名前を声に出すと、その発音が苦手だと言わんばかりに鼻をくしゃっとさせた。

「おっしゃるとおりです。でも、そろそろ我々はあの女の子にあの儀式を行うように説得する時期ではないですか？」

「〝我々〟じゃなくて、あなたがするのよ」

ルサルカが突然立ち止まる。

「僕が？」

「彼女とは知り合いでしょ。あなたは彼女の命まで救ったとか。あと、噂によると、あなたも彼女に助けられたことがあるようね」

「ま、まあそれは確かですが……」

恥ずかしそうにしているルサルカをアシュリーンがからかう。

「彼女とは、きっと縁があるのよ」

「いやいや。でも、彼女が僕を信頼してくれるかどうかはわからないから」

「それなら、あなたの魅力で説得すれば？」

「いや、あの子は僕を魅力的だなんて思ってもいないし！」

「とにかく、あなたがいいと思うやり方で上手くやってよね。私たちの命は彼女に懸かっているんだから」

その後、会話は途切れると2人は黙って牧草地を歩き続ける。ルサルカは、なんだか妙にどぎまぎしてきた。


「どうしたの。元気を出しなさい、ルサルカ。そんなことじゃダメよ！」

アシュリーンがルサルカの背中をポンと叩くと、ふとルサルカが立ち止まる。

「これはどうでしょう！　〝地球の未来を救うのは君次第なんだと思うよ〟　いや、〝思う〟じゃなくて、〝君次第なんだ〟かな。〝だから、もし悩んでいるのなら、考え直してほしいんだ〟というのはどう？」

アシュリーンがクスクス笑っている。ルサルカはアシュリーンの言った言葉がなぜか胸にズキンと響いてきた。ここへきて初めて、ウィラのことを意識しはじめたのだ。彼はそんな気持ちをブルブルと振り払うと、他に何かいいアイディアがないか考えることにした。

そんなルサルカがアシュリーンの後を小走りで追っていく。

「クィーン、ちょっと待って。いいアイディアがあります！」

バリアビリス、ホールデンとガントの3人がポート・ダブリンのシャドックから出てきた。オリオンの2人は、キラキラ光る出口で、目の前に広がる古代建築の直立する三石塔やまぐさ石を不思議なものでも眺めるように見ている。

「俺たちは、何千キロも一気に移動したのか？」

ホールデンにシェイプシフターが答える。

「そう、まるでカラスが飛ぶみたいにね」

「どういう意味だ？」

「迂回もせずに直線で飛んできたということさ」

さらに問い詰めたホールデンにガントも加わる。

「カラスって何だ？」

バリアビリスは黒い鳥になって「これがカラスだよ」と示すと、カーと鳴き声を上げて再び元の姿に戻った。

「君たちが住んでいるところには鳥はいないのかい？」

「いないね」

2人が同時に答える。

「君たちの星はそういったものが乏しいんだな」

そう言うとバリアビリスは、２人がきちんと後をついてきているかを確かめながら、ポート・ダブリンに向けて東に歩きはじめる。

２人は数メートル後ろでコソコソと話をしている。

「こんなふうに変身できるテクノロジーが地球にあるっていうのは、やっぱりすごいよ。アルコンのエンジニアが他所の囚人船から奪う技術なんかより、よっぽどすごいよな」

ガントの意見にホールデンも同意する。

「そうだな。でも、もっとすごいのは、アルコンがブラックリーグのリーダーであるデニックが逃げた囚人をここへ連れて来るということを予測してたってことよ。もしそうなら、もう俺たちはコソコソしなくてもいいんだぜ」

「そういうことだな。彼を見つけ次第、殺せるってことだ」

さらりとガントが言う。

「でも、皆の前でってことか？　それじゃあ、デニックを殺《や》る前に俺たちの方が殺られてしまうよ」

「おい、命をかけて命令に従いますってアルコン様に誓わなかったかい？」

「そうだな。デニック１人の死の衝撃は、抵抗軍の１００人の命にも相当するからな」

ホールデンはそう言うとシェイプシフターの方をちらりと見て、監視されていないかを確認すると、お互いの絆を確かめ合うようにガントの前腕をつかんだ。

「帝国のために！」

「帝国のために！」

ガントも、儀式のようにホールデンの腕を握り返した。


アーガスが絶壁のモハー断崖の端に建つ城跡、オブライエンタワーの近くのシャドックから出てきた。200メートル以上も下には、大西洋の波が崖を打ち付けている。古代の遺跡の周囲の草地を大きな歩幅で闊歩するアーガスの毛が、海風に吹きさらされている。

その場所でアーガスは、鋭い目をしながらコロの形跡が残っていないかを探す。崖の上の石灰でできたカルスト台地の上に咲く青紫のシープビット、白いセンノウ、ピンク色のハマカンザシなど野生の花々の間をくまなく目で追う。

ふと彼は立ち止まると、しゃがみこんだ。そして、その場にあるキツネノテブクロの花が裂かれているのに気づいた。そして、立ち上がってそのあたりの空気を嗅ぐと、切り立った海岸線の方向を定めて急ぎ足でドタドタと進んでいく。

バリアビリスが、ガントとホールデンを率いてコンタクト評議会のメインホールに到着した。ブラーマと評議会のメンバーたちは自分たちの席に着き、デニックとガーはフロアで、ある意味、同胞でもあるオリオン人たちとの対面を待っていた。今回は非公式の会議になったために広い傍聴席には誰もいない。

バリアビリスは一歩前へ出ると評議会のメンバーたちにお辞儀をする。ブラーマも軽く会釈を返して旧友との再会を喜んでいる。

「どれくらいぶりになるかね？　バリアビリス」

「10年くらいですか」

シェイプシフターはそう答えると、連れてきた2人に前へ出るように促した。

「皆さん、こちらがホールデンさんとガントさん。こちらがコンタクト評議会の長老のブラーマさんだ。そして、こちらが……」

とデニックの方を向くと、間髪入れずにガントがさらに一歩前へ出て挨拶をする。

「その方の紹介は必要ないですよ。やあ、やっと会えましたね、デニックさん」

デニックの方は新参者たちに対して大人な対応のままだ。

「ここまでどうやって来たのかい？」

ホールデンがガントの隣に移動して、ターゲットまでほんの数メートルの位置につく。

「まあその、抵抗軍を探している最中に、アルコンの軍の船に追跡されたんだよ」

ガーもデニックの隣にぴったりと張り付いてきた。

「どうして我々を探していたんだ？」

「もちろん、君たちの側について一緒にアルコンと闘うためだよ。俺たちの船のセンサーが、君たちの船の重力の航跡を発見したので、後をついて大渦巻を抜けてやってきたというわけ。我々の船は少しのダメージで済んだけれども、アルコンたちの方は上手くいかなかったようだね」

「運が良かったんだな」

怪訝そうな声のガーにガントが答える。

「まあな、星が味方してくれたんだろうね」

「地球に着くときには、彗星の破片に隠れてやってきたと聞いたんだが」

「ああ、賢いパイロットが機転を利かせてね」

相変わらず無表情で語るデニックに、ガントがパイロットのホールデンのおかげだといわんばかりに肩をポンと叩いた。

「なるほど。抵抗軍に参加したいというわけなんだ。でも、命を懸けるまでの覚悟と忠誠を誓えるのかい？」

「もちろんだよ！」

声を揃えて答える2人にデニックは両腕を広げる。すると、2人も一歩前に出て、デニックの前腕をつかみ伝統的な誓いのポーズで応えようとする。ポーズの瞬間、ホールデンは自分の親指を中指にギュッと押し付ける。瞬時にガントはデニックの腰のベルトに短剣が収まっているのを確認した。

ホールデンは、デニックの前腕に毒が塗られた針をグサリと押し付ける。

「帝国のために！」

ホールデンがそう叫んだ途端に、ガントはデニックの腰の短剣を瞬く間に引き抜くと、ホールデンの心臓に一突きした。それは、あっという間の出来事だった。

評議会のメンバーたちは動揺して慌てて立ち上がるが、デニックとガーはまだ唖然としている。

ホールデンは目を大きく見開くとガントに何か言おうとするが、言葉が出る前に口から血の泡があふれ出す。ホールデンはドスンと鈍い音を立ててフロアに倒れると、そのまま、あっという間に息絶えてしまう。まだ、彼の胸には、ナイフが突き刺さったままだ。

「ガントさん！」

その場にいる全員の視線が、血だらけで横たわるホールデンの姿を呆然と見つめて叫ぶブラーマに注がれた。ブラーマが我に返って手元と操作ボタンを押すと、すぐさま3体のピカピカ光る緊急用のロボットがホールに入ってきた。

「彼は助かりそうかね？」

ロボットたちはホールデンの周囲をうごめきながら指先からセンサーを出して生体反応を確認していたが、リーダーのロボットが立ち上がるとブラーマに告げる。

「損傷が大きく、すでに死亡しています」

「では、遺体を医療センターの遺体安置所に移しなさい」

すると、1体のロボットがぺしゃんこの板の形に自ら形を変えると担架になり、2体のロボットがホールデンの死体をその上に乗せた。担架代わりの板になったロボットは、宙に浮きあがる別のロボットに指示されて出口へと向かい、残った1体のロボットはフロアの血を掃除機のように吸い上げてキレイにすると、仲間のロボットの後に続いて退場していった。

ブラーマは、ガントの方を向くと、できるだけ平静を保とうとしている。

「なんということ！　もう、何世紀も地球では殺人などなかったのに！　ましてや、この神聖な空間で、こんなことは初めてです！　殺人はあなたの星では許されるのかもしれないが、ここでは決してあってはならないのです！」

ガントがデニックをじっと見つめて語りはじめた。

「俺はお前の命を助けることしか考えてなかったんだ！　ホールデンはアルコンが送り込んだスパイの1人で、彼は俺を利用してお前に近づこうとした。ただし、こんなことになることは知らなかったんだ。誓ってもいいよ」

そして、デニックが毒針を刺されていることをふと思い出す。

「デニック、大丈夫かい？」

「ああ、大丈夫だよ。シェイプシフターにとって毒を無害なものに変容させるぐらいお手のものだから」

デニックがにんまりと笑う。

「シェイプシフター？　彼みたいな？」

うろたえるガントがちらちらとバリアビリスの方を見ると、デニックがぐにゃりと形を変えてエンカンタードの姿に戻り、ある方向を見つめて声を掛ける。

「どうだったかい？」

すると、本物のデニックがブラーマの部屋からこちらへと歩いてきた。

「そっくりでしたよ。アルコンだって騙せるほどだったね！」

ガントは、そんな笑顔のデニックを見て、「どうしてこうなることがわかったんだ」と驚いている。

「我々抵抗軍の第一のルールこそ、〝裏を読む〟ということだからね」

バリアビリスも意見を添える。

「君たちには、何か裏の企みがありそうだと思ったんだ。だから、君たちの会話をこっそり聞いていたんだよ。君たちがアンダーにそうしたようにね」

「何だよ！　あの部屋に盗聴器を仕込んでいたのかい？」

困惑するガントにバリアビリスが自分の部屋の扉に姿を変えて「その必要はないよ」と答えると、再びシェイプシフターの姿に戻った。

「だから、一緒に自宅を出る前に評議会には事前に警告をしておいたのさ」

デニックがガントに手を伸ばす。

「君は、我々への忠誠を見せてくれたね。では、ここで誓いを立ててほしい！」

ガントはデニックの前腕を持ち、ひざまずく。

「ブラックリーグに誓います。我々の道を照らす星と共に闇の中にいても敵と戦うことを。敵の急所を狙い、帝国を滅ぼすことを。敵の飽くなき欲望から我々の世界に自由を取り戻すことを。この世代か次の世代でそれを実現することを、ここにすべて誓います！」

ガントが誓いの言葉を述べる間、デニックがガントの身体を支えている。

「ようこそ、ブラックリーグへ！」

デニックの一言にガーもガントの肩をポンと叩く。

「君たちと一緒に闘うことができるのは光栄だよ」

誓いを立てたガントの方は、心の中では抵抗軍に潜入できたことをしめしめと思っていた。これで、今後は堂々とアルコンを倒す計画を練り、ついでに抵抗軍をも一掃できれば、帝国の絶対的な支配者の座を勝ち取ることができるのだから。

「あなたたち。失礼ですが、ここで犯した殺人をなかったことにはできませんよ」

それまで様子を見ていたブラーマが口を挟んでくる。

「でも、ホールデンはスパイだったんですよ！」

ガーは、だから許されるだろうというような言い方をする。

「たとえ、そうであったとしても、ランディング以前から地球にある古い法律は、今でも同じように守らなくてはいけません。とにかく、今回のガントさんの行為は、裁判にかけられるべきです。とはいっても、地球にはすでに裁判所はないので、シリウスにある連合が組織する裁判所で裁かれることになるでしょう。それまで、彼は宿舎で待機してもらいます」

ブラーマの説明にガントが不安そうになる。

「その法廷では、拷問とかされるのかい？」

「ここはエクソスではありませんよ！　お仲間や目撃者からの証言をもとに最終的に審判が下されます」

帝国の残酷なシステムしか知らないガントにブラーマは辟易《へきえき》している。

「それで、もし、有罪になったら？」

「軽い罪の場合でも、連合がカバーしている宇宙からは追放されて故郷には帰れないでしょう」

「デニックは関係ないよな？　裁判をせずに俺だけそうしてくれよ」

「裁判に出廷することで、裁判所があなたにリハビリのプログラムを下してくれるかもしれないのです」

「リハビリ？」

デニックが声を上げるとガーも苦い顔になる。

「リハビリって、洗脳でもするのかい？」

「神経を正常な状態に整えるのですよ。そうすると、今後は、暴力的な行為をしなくなるかもしれません」

ブリムも質問をぶつける。

「そ、それは自己防衛の行為としても？」

ブラーマはうなずくと、ガントを見つめる。

「でも、地球にいる限り、その自己防衛の行為さえもう必要なくなるかもしれませんよ」

「じゃあ、もう俺は自分の星には帰れないということかい？」

「もちろん、それはあなたの自由です。ただし、もう闘えなくなるということです」

「じゃあ、抵抗軍にとっても俺はただの役立たずじゃないか！」

「いや、それは違うよ。君の持っている技術や能力は役立てることができるよ」

デニックがガントに言い聞かせるように言う。

「俺はアルコンの要塞ではただの番人だったんだ。大した技術なんかないよ……」

情けない声を出すガントにデニックとガーが顔を見合わせる。

「アルコンの要塞については、どれだけ知っているのかい？」

「アルコンの住み処も含めて全部知っているよ」

「じゃあ、地図を描いてくれるかい？」

突然、色めきたって頼み込むガー。ガントもしばらく考えて、「いいよ」と答えると、デニックにも笑顔が戻ってきた。

「それができるだけで、君は我々の中で最も貴重な人材になるよ！」

ガントもデニックに笑みを返す。ガーが評議会のメンバーたちの方を向いて親指を立てる。

「リハビリで君の記憶が消えないことを願うよ」

「じゃあ、裁判の前に地図は描いておいてもらおうかな」

デニックも気遣いながら提案する。無理やり笑顔を作っていたガントは、密かなプランがあっさり消えてしまったことで真顔になって、思わずブラーマに質問をする。

「何か、他の形で罰を受けることはできないのかい?」

「私たちは罰するのではないのです。でも、今日のあなたの行動を見ていると、あなた方の星の法律の必要性も少しはわかる気もしました」

ブラーマは、エンカンタードに告げる。

「お客さんたちがきちんと宿舎にいるように、確認を頼みますね」

そう言うとブラーマは他のメンバーたちと共にホールから退出して、エンカンタードもガント、デニック、ガーを連れて評議会の建物から出て行った。

「心配はいらないよ。裁判では我々がきちんと証言するから」

デニックの言葉にガントはうなずきながらも、評議会の建物からゲスト用の宿舎に向かう途中、改めて思いを巡らせる。

もし、法廷で自分の秘密がバレてしまったらどうなるのだろう。抵抗軍の本部のどこかに身を隠しているはずのコロと自分は兄弟であること。その事実が明らかになると、ブラックリーグにはいられないかもしれないし、そうなると、帝国を乗っ取る計画もおじゃんになってしまう……。

第20章

カミソリの刃

地球におけるチェスのようなゲームの戦術において、何よりも大事なのは相手を欺くことである。つまり、対戦者が予想する方向とは別の方向から自分の駒を動かすのだ。それも、相手がまったく気づかないようなアプローチで静かに忍び寄ることで相手を一気に倒せるのだ。

『戦術』より引用
ウィノナ・シックスキラー・スミス

緑色のビーム光線がアルコンの目をスキャニングしながら、新しいコンピュータとエクソスアシュラの脳の神経回路をつなげている。スキャニングが終わると船内のシステムに命が吹き込まれる。

「つながりました。すべてのシステムは操作可能です。指示をどうぞ！」

クローン化されたコンピュータが声を発する。アルコンは一歩下がると新しい船内の操作台を確認しながら告げる。

「これから私のことを〝ご主人様〟と呼びたまえ。お前の名前は〝奴隷〟だ」

「はい、ご主人様」

奴隷が素直に返事をする。アルコンがエアロックのハッチの方へと向かうと、そこには主人からの評価をおどおどしながら待つスーナッシュが立っていた。エクソスアシュラは、このタカニ号の黄色い電球が1つ点滅しているのに気づいていたが、技術者のリーダーである彼とは目を合わさずに答えた。

「まあ、そこそこ合格だな」

「このまま、ぜひお仕えさせてください！」

技術者のリーダーが安堵の表情で頼み込むと、「いいだろう」とアルコンも応えた。残りの技術者たち全員も機体の外のタラップ部分に集められると、アルコンに全員がお辞儀をする。

「あとは、武器が使えるかどうかのテストをしておけ！」

そう命令すると、リアクションも待たずに航空機の格納庫から出て要塞の頂上へと昇るエレベータの方へ歩いて行った。

今は亡きドゥーナの後を引き継いだエシャベク・レンは、アルコンの自室の外にあるエントランスで見張り番をしている。エシャベクはドゥーナと同じ種類の小型の生命体で、紫色の肌のエシャベクの肌は今、少し青みがかかっている。それは、彼らの生体サイクルにおいて、男性から女性へと性が変わるサインでもあった。

エシャベクは、エクソスアシュラが上から降りて来たのを見て挨拶をする。

「あの、ご主人様、お伝えしたいことが……」

「何だ？」

「囚人の乗った船が大渦巻を通った経路のデータがわかったそうです。ということは、今後は我々の船も最小限のダメージで大渦巻の中を通過できるということです」

ついに、大渦巻の境界を越えて帝国の支配を広げるチャンスが到来したと思うと、アルコンはうずうずしてきた。この腕を全宇宙に伸ばせるのなら、抵抗する者たちを一掃して新たな星を次々と支配下に治められる。なんだか、すでに全宇宙の星の富を搾取して、すべての星を奴隷化できたような気にもなってきた。

「キャプテンたちに戦闘機の新しいコンピュータを調整するように伝えておけ。エージェントから地球の弱点について情報が入ったら、すぐに攻撃の準備を進めるぞ！」

「了解いたしました、ご主人様」

エシャベクは、再びお辞儀をして部屋から出ていく。子分が二重扉を通って出ていくと、アルコンはその場で1人になり壁のスクリーンにコードを入力した。すると、東部地区の支配者である灰色の肌をした少女のゼンティースがスクリーンに顔を出す。彼女こそ、シルバニアとウィラがビジョンで見たあの女の子だった。

ゼンティースが会釈をして会話をはじめる。

「最高位のアルコン様、あなた様にお仕えできることは喜びです」

「形式的なことはいいわい。今は誰も聞いておらんわ！」

かしこまっていたゼンティースが、途端にくだけた雰囲気になる。

「今度は、どんなややこしいミッションがあるのかしら、父上」

「アルコンの娘として仕えるということは、お前にもいずれ大きな恩恵が戻ってくるということだよ。それには文句はないだろう？」

「ええ。それで、話は何なのよ？」

「お前へのご褒美はこれからだよ、ということだ」

「え？　ご褒美をあげるから見返りに何かをしてくれということ？」

「とにかく、ワシはお前の忠誠心を確認したいんだよ。お前はこの星をまるごと統治する気はないのかね？」

ゼンティースは父親の青い目を見て、その目が何を訴えているのかを読み取ろうとして思わず口をつぐんだ。生まれて初めて、その目の中に〝裏〟がないのが読み取れたのだ。

「もしかして、ついに、見つけたのね！」

「いやはや、お前のそのリーディング能力は、生まれながらの能力だな。魔術使いだった母親ゆずりの力だよ。そう。まさに、お前の言うその星の奴らを見つけたんだ。今から我々は、盗み取ったその星の技術を使って奴らを攻撃する準備をしているところだ。その星こそ……」

「地球でしょ！」

「そうだよ。ちなみに、他の領主たちは、まだこの話を知らないので気をつけるように」

「というか、誰も知る必要はないわよ」

彼女のこれまでの経験上、どんな小さなことでも他の地区の領主たちとそのことを共有してしまうと、途端に生死をかけた勢力争いになるのを知っていた。だからこそ、この話は誰にも言わないでおこうと思った。


「いいか。地球の技術を使えば、今後はもっと領土を広げることができる。今はたったの20の星だけだが、これから数百もの星を支配下につけられるだろう。すでに彼らの技術で、大渦巻を潜り抜ける方法も見つけたんだよ。地球を支配下に組み込めれば、我々にとって地球が最も遠い植民地になるな。そのときには、お前はそこのリーダーにでもなればいい」

「他の領主たちから、えこひいきだって嫉妬されないかしら」

「何しろ、地球は100以上の星が所属する星間連合の一員だからな。地球を手に入れるとどんどん次の展開があるよ。ところで、その後、何か新しいビジョンでも見たかね？」

目をギラつかせていた父親が娘に訊ねる。

「ある女の子とつながったわ。名前まではわからないけれど」

「ほう、お前はすでに地球にいる存在ともつながったんだな。でも、そのことはあまり他の奴らには言わないようにな」

「その子はね、普通の子とは違うのよ。とてもパワフルなの。私みたいに見通す力を持っているわ。だから、彼女とつながるたびに、自分の力を伸ばすためにも彼女の力の使い方を学んでいるの。そのうち、その子のパワーを超えてみせるわよ！」

「それはいいことだ。でも、気をつけなさい。捕らえて彼らを尋問しない限り、地球人のことは詳しく知ることができないのだから」

「とりあえず、地球についてわかっている情報は、私にすべて送ってもらえる？」

「とにかく、慎重にな。いつも言っているだろう？」

「母上のおかげでそのことは学んだわ。というか、裏切り者のあの人を殺した日のことは忘れない。あれは、私にとっても大きなレッスンだったから」


クォーラムのロッジに向かうウィラが、イチイの森を抜けながら橋の近くまでやって来た。

すると突然、動物の甲高い叫び声が聞こえてきた。思わず、木々の間を抜けて音が聞こえてきた方へ駆け出す。よく見ると、地面の岩の上には血の跡がポタポタと続いている。その深紅の点を道しるべに森の中に奥深く入って行くと、そこには、血だらけのルサルカが地面の上に横たわっていた。なんと、彼の身体を足で押さえつけているのは、残忍な目を光らせている大型の黒いオオカミだった。

「あっちへお行き！」

大声を上げてオオカミを払いのけようとするものの、空腹のオオカミは捕らえた餌食を逃がすまいとうなり声を上げる。地面の石をオオカミをめがけて投げつけると、石が目の上に当たったオオカミは金切り声を上げる。ウィラが石をもう1つつかみ上げたところで、オオカミはくやしそうな声を上げて森の中へと逃げていった。

「ルサルカ！」

ルサルカに駆け寄ってひざまずくとそっと身体を揺さぶる。意識もなく息も絶え絶えのルサルカからは、かすかなうめき声が上がるだけ。

「私の声が聞こえる？　もう大丈夫だよ！」

そう言って頭の毛を撫でながら身体の傷を確かめてみる。傷ついたルサルカに夢中のウィラには、逃げたはずの黒いオオカミが、再びこちらに忍び寄ってきているのに気づかなかった。

黒オオカミは、足音も立てずにウィラのすぐ後ろにまで来たところでアシュリーンの姿に戻った。アシュリーンは、背後から気づかれないようにふかふかの3本の指をウィラの首の後ろに置く。すると、指先から出る青い光のエネルギーがウィラの肌に溶け込んでいった。ゲール語（アイルランドの古語）で何かつぶやいているアシュリーンのピンク色の目が、燃えるように発光している。

その瞬間、雲ひとつなかった空が暗くなりはじめた。

それまであたりで聞こえていた鳥のさえずりや虫の鳴き声が突然止まり、宙を舞っていた枯れ葉さえも時間が止まったように空中でフリーズする。静まり返った沈黙の中、ウィラも瞬きもせずルサルカを見つめたまま彫像のように固まり、ルサルカと共に1枚の絵画のようになっている。


アシュリーンは、青いエネルギーの光を手から放出しながらウィラとルサルカの周囲に円を描くようにして、宙に模様を描いている。続いてプーカ、サラマンダー、シルフ、グノームにフェアリーなど自然の精霊たちが続々と出てくると、各々の描くシンボルの光の渦がすべてウィラに向かって流れていく。アシュリーンのゲール語の呪文が森にこだまする中で、精霊たちはウィラの周囲で踊る。


呪文が終わると、輪を描いていた光の模様はウィラの頭の周囲に漂う青い光の中に吸い込まれると、身体の中へと消えていった。

その瞬間、アシュリーンが両手をパンと叩く。

すると、雷が轟くような音がして、この世界に再び時間が戻ってきた。鳥のさえずりや虫の鳴き声があたりに響きはじめ、空中で止まっていた枯れ葉がひらひらと舞いはじめる。

雷の音が消えると同時に、ウィラも何もなかったようにすっと立ち上がると、あたりをきょろきょろしている。すでにプーカの女王、アシュリーンはどこかへ消えてしまっていた。

すべてのものがすっかり元に戻る。ウィラはルサルカの元へ戻ると、ルサルカがうめき声を上げながら、やっと意識を取り戻したかのようにふるまう。

「ルサルカ、大丈夫?」

「だ、大丈夫……」

「手当てをしなくちゃ!」

「仲間たちが治してくれるよ。また助けてもらったね。ありがとう……」

足をひきずりながら、苦しそうな演技をするルサルカ。

「付き添うわよ。またあのオオカミが出てくるかもしれないし」

「大丈夫だから。本当に。正直言うと、人間界の存在に2回も助けられたのを仲間に知られるのがちょっと恥ずかしいんだ。いや、ヘンな意味じゃなくてね」

「わかったわ」

「とにかく、ありがとう。また借りができたね」

ルサルカは、足をひきずるふりをしながら森の奥へと消えていった。ウィラは立ち上がり、ルサルカの後ろ姿を見送りながらつぶやく。

「プーカって、よくわからない!」

ルサルカとアシュリーンは、大きなイチイの木の陰からウィラの様子を覗いていた。アシュリーンはウィラに石を投げられた目の上を痛そうに撫でている。

「まあ、文句は言えないわね」

「どれくらいで〝呪文（ケニング）〟が効きはじめるのかな？」

「それぞれで違うわ。特に彼女の場合は読めないわね」

ルサルカの鼻が不安そうにピクピク動く。

「前にも言ったけれども、リスクが大きすぎる。もしウィラが自分の力をコントロールできないなら、彼女自身が魔術でおかしくなってしまう。いや、それだけじゃ済まないかもしれない」

「でも、何もやらない方がもっとリスクが高いのよ……」

アシュリーンがつぶやいた。


ホリーはクォーラムのロッジの大広間で、ハーブの薬がぐつぐつ煮える大釜の下の金色の炎を見つめている。部屋に入ってきたウィラに、ホリーはぼんやりしているのか気づかない。

「どうしたの、大丈夫？」

声をかけるウィラにホリーは炎を見つめたまま言う。

「評議会での出来事、聞いた？」

「うん。もし私があそこにいたら……」

ウィラが言いかけたのでホリーがそれを止めようとする。

「あのね、また時間を戻すことがどんな危険を伴ったか……」

「でも、少なくともホールデンにはアルコンの地球を侵略する計画については聞けたかもしれないわ。それに、彼の死は都合がよかったんじゃないの？」

「都合がよすぎたかもね。とにかく、これからガントが裁判に立ち、コロはまだ見つかっていない。もし、まだ真実が隠されているのなら……」

　そこまで言うと、ホリーは考え込む。

「私がそこにいれば、何か真実を引き出せたかもしれないのに。前にガーにできたようにね」

「そうね。でもその前に、あなたは、もっと自分の力をコントロールできるようにならなくちゃ。もう少しで無実な人に罪を押し付けるところだったし、パワーを出しすぎてバテてしまった。それに、殺人は法の下で裁かれることは、もう７００年も変わっていないわ」

「今度の裁判でも、何か私にできることがあるかも」

「そうかもね。とにかく、あなたは自分の訓練を続けることが何よりも重要よ」

　ホリーはフロアに描かれた円の方を指す。

「座りなさい！」

　ホリーが小さな銀色のカップにハーブの薬をスプーンで少量垂らすと、ウィラは素直に中央まで歩み寄った。

「たったそれだけ？」

「今は、あなたのパワーが拡大しているから、いつもの量だとどうなるかわからないわ。慎重になった方がいいと思うの」

ホリーもウィラと共にパチパチと音を立てる炎の間に腰を下ろす。ホリーの影がウィラの顔にゆらゆらと覆いかぶさる。

「でも、もう〝慎重に〟なんて言っている場合じゃなかったらどうするの？」

「もし、そうだとしたら、私の人生でこれが２つ目の大きな間違いになるわね」

「おや、ホリーさん、１つでも間違いなんてあったんだ」

意地悪を言う弟子にホリーはカップを手渡す。

カップを受け取ったウィラがハーブの薬を舐《な》めると苦い顔をする。

「この味、匂いは本当に苦手……。いつまでたっても慣れないよ」

「その方がいいのよ」

ホリーが真顔で答えた。


ウィラがいつものホリーの謎めいた言い方に突っ込みを入れようとすると、その前にホリーが床に描かれたシンボルについての説明をはじめた。

「円の周囲にあるシンボルは、５つの領域を表しているのよ。ご存じのように、その５つとはクリプティック、ノクターナル、シェイプシフター、セイジ、そしてレイスのことね。そして、それぞれのシンボルは各々のレベルと関連した要素を意味しているの」

ホリーは木の床の内側にあるマラカイトの色のような緑の三角形を指す。

「これは地球。石や岩、木々、動物、自然界の精霊、人間、ハイブリッド、そしてクリプティックがつながりを持つべきすべてのもの。本当の自分を見つけるためにもね」

次に曲線を描くターコイズの線が描く円を指す。

「これは海、それに感情や意識の奥深くにある神秘さ。ここはノクターナルの領域ね」

次に指したのは、熱帯魚のアルビノレインボーのような大理石色の白い円。その次はオニキス色の黒い円。

「これは、常に変化をし続ける空。その場をキレイに浄化する風。ここはシェイプシフターの領域ね。そして、空間。セイジの領域を象徴するのは永遠の〝空〟の世界」

ホリーは最後にクリアクォーツのように透明な小さな水玉を指す。

「私たちの中にある魂は、すべてのものに宿っているもの。魂はレイスの領域ね。これらのシンボルからは、まだまだいろいろなことが学べるのよ」

ウィラの金色の瞳が円の周囲にあるそれぞれのシンボルを1つずつ追う。

「地球、海、空、空間に魂ということね」

「そうよ」

「ねえ、ホリー」

「何？」

「そういえば、これまで一度も私を弟子にしてくれてありがとう、って言ってなかったよね」

ホリーはやさしい表情になると、ウィラの小さな顔を片手で包み込んだ。

「あなたは、別の人生では私がずっと欲しかった娘なのよ」

ホリーの言葉に一筋の涙がウィラの頬を伝うと、それをホリーが拭う。

「さあ、それどころじゃないわ。あなたの言うとおり、そんなに時間がないのに、たくさんのことをやらなくちゃいけないのよ」


その頃、デニック、ガーにブリムたちは宿舎で熱い議論を展開していた。

「ここにガントを置いていけないよ。だって父さんの命を救うために彼はホールデンを殺したんだよ！」

ガーはデータが表示されたパネルを見せる。

「彼はアルコンの基地の地図をくれたんだぜ。どんな部屋があってどこに警備が配置されているか。どの場所が彼らの弱点かも含めてね。とにかく、俺たちもすぐに戻って行動を起こさないと！」

「でも、これが本当に正しいかどうかは定かじゃないよね」

デニックはどこまでも慎重になっている。

「彼じゃなきゃ、わからなかったことばかりじゃないか。とにかく、ガントと一緒に戻るかどうかは置いておいても、俺たちだけでも先に帰った方がいい。裁判があるときには、また戻ってくればいいよ」

そのとき、ドアにノックの音が響き会話が中断する。

「誰にも聞かれてないだろうな」

ガーが声を低くする。

「あんなことの後だから聞かれているかも。自分だったらそうするからね」

デニックはそう言うと扉に近づき、暗唱キーで部屋のロックを解除して扉を開ける。そこには、セリーンとアルダーが立っていた。

「お邪魔いたします！」

アルダーがわざと丁寧に挨拶をする。

「まったく、ヘンな魔法をかけやがって！」

吐き捨てるように言うガーに「でも、なんともなかったでしょ」と優雅に応えるアルダー。

「アーガスがあなた方のお仲間を発見したみたいよ」

セリーンがいつものように不愛想に言う。

「コロが？　あいつめ。いったいどこに裏切り者が隠れていたんだ？」

「自分で確かめたらどうだい？」

カッカしているガーにアルダーが提案する。アルダーは、できるだけ普通のトーンで言ったつもりだったが、オリオンたちには何かまずいことが起こっていることが十分に伝わっていた。早速、デニックにガー、ブリムはジャケットを手にするとセイジたちと一緒に急いで部屋を後にした。

その頃、コロはモハーの断崖の近くの草原で足を組んで座り、果てしなく広がる海に夕日がキラキラと映り込む景色を眺めていた。夕日を浴びるオブライエンタワーが草原に長い影を投げかけている。

アーガスがデニックたち3人とセレーン、アルダーの一行を断崖まで引率して来た。デニックは、コロの姿を確認できる約50メートル離れた場所で立ち止まると、他の皆にここで待つようにと伝えた。不機嫌そうなガーやブリムは納得していないが、デニックはもうここで身内と争うつもりはなかった。

「2人ともここで待っていて。いいね」

デニックはコロの後ろからゆっくりと本人に近づいていく。

「お前の足音はどこにいたってわかるんだよ、デニック……」

コロは振り返ることもしない。

「コロ、お前が裏切り者だったなんて……」

「スパイとしては、お前たちの中に潜入するしかなかったんだよ」

「一緒に来てくれないか。評議会にお前を連れていかないといけないんだ」

「なあお前、知っていたかい？　伝説だとエクソスにもここと同じような海があったらしいよね。アルコンたちがやってくる前だけどね。それって本当なのかな？」

「コロ……」

コロはその場で立ち上がるが水平線の彼方を見つめたままだ。

「俺は今、すべてがはっきりとわかったんだよ。どうして地球とエクソスが同じ言語を使うか、ということもね」

デニックは、コロの背中を見ているだけで、なんだか背筋がゾクゾクとしてきた。心のどこかでは今すぐコロの元に駆け寄って彼を捕まえなければならないと思いながらも、このままコロが言ったことを確認したい気持ちもどこかにある。

「それは、どうして？」

長い沈黙の後、コロがやっと振り返った。

その瞬間、デニックの身体中に戦慄が走った。そこには、目をくり抜いて目元から真っ赤な血を涙のように流しているコロの顔があった。コロの手には血がしたたる短剣が握られ、彼の口元には、気がふれたような笑みが浮かんでいる。

「星を見てごらん……」

その言葉だけを告げると、コロは短剣をポロリと落とすと断崖絶壁の上から２００メートル以上もの下の切り立った岩場をめがけてダイブしていった。

ウィラとホリーは、目を閉じてロッジの広間の円の内側に座っている。２人の深い呼吸の息遣い以外に聞こえてくるのは、パチパチと炎が燃える音だけ。

呼吸に集中しているウィラのマインドに、アシュリーンの呪文が響いてきた。

「イズ　ファイダー　レイス　アン　ケニング　トゥース」

突然、あるビジョンが飛び込んできた。瞳孔が開いて、ノクターナルの目のように瞳が真っ黒に変わる。同時に頭がバネのように後ろに反り返り、顔は天井の方を向く。けれども、見つめているのは天井ではない。

こんな激しい動きをしてしまうのは初めてだった。

「ウィラ、ウィラ、どうしたの？　何を見ているの？」

ビジョンがだんだんとはっきりとしていく。慌てふためいたホリーの問いかけも大渦巻の激流の中に巻き込まれていく。最初は覗き見ていたビジョンが次第に臨場感を伴ってくる。

そこは、鋼と石から成る暗黒の世界、エクソスだった。ウィラの視線が捉えたのは、下から上まですべてが鉄で覆われた要塞。その城は、エクソスの東部エリアの境界線上に建っていた。

ポート・ダブリンのなじみのある緑の森や、七色の花々で敷き詰められた花畑に慣れているウィラにとって、目の前に展開する荒涼とした寒々しい風景は見るほどに嫌悪感がこみ上げてくる。黒い鉄の城は、灰色の谷に広がる周囲の街並みを見下ろしている。尖塔からは、くすんだ空に向かって何本もの監視用のセンサーが放たれているのを確認するだけでガタガタと震えてくる。

ウィラの視線はカメラで追うように城の中に入っていく。地下の金属で作られた部屋から、ついにあの灰色の少女、ゼンティィースのいる中央の広間で視線は止まった。目を閉じた彼女は、ウィラと同じように、大きな暖炉の前の床に描かれた赤銅色の秘儀の絵模様の円の内側に座っていた。

ゼンティースはウィラが自分のマインドに侵入してきたのに気づくと目を開けた。彼女の青白い虹彩が墨色のように黒く染まるとウィラのマインドとつながった。

「あなたは誰？　どうして私は、あなたのことがはっきりと見えないの？」

ゼンティースがささやくと、地球のクォーラムのロッジにいたウィラの身体は、ゼンティースを振り払おうともがくほどにこわばって痙攣《けいれん》しはじめる。


ホリーが必死でウィラを押さえつけて、「ウィラ、こっちに戻りなさい！」と叫ぶ。当然のように、ホリーの声はウィラには届かない。


「言いなさいよ！　あなたは誰なの？」

ゼンティースが執拗《しつよう》に聞いてくる。

「いやよ！」

ウィラは口元に泡を吹きながら硬直したままで、ゼンティースとのつながりを断ち切ろうとする。ホリーが必死でウィラの身体を揺するが、恐怖と闘うウィラの絶叫がホリーの泣き声とシンクロしながらロッジの中に響き渡るだけだった。

「ウィラ！」

ホリーは両手をウィラのこめかみに当てて目を閉じると集中しながら、自身のパワーをウィラに注入する。すると、ホリーもゼンティースに乗っ取られたウィラのマインドの中に入り込んでいった。意識の流れの中を泳ぎながらウィラを探していく。

「私はここよ！　ウィラ。私の声に集中して！」

ゼンティースがぞっとするような青い目をキラリと光らせて、ホリーのマインドの中にも侵入してきた。

「あなたは彼女を助けられないわよ！　パワーが足りないわ！」

ホリーはすべての力を振り絞って、ゼンティースのテレパシーの攻撃を撃退しようとする。

「それは、あなたが決めることじゃない！」

ホリーはゼンティースがまたウィラに意識を向けたのに気づくと、ゼンティースのテレパシーの攻撃から愛する弟子を守るためにさらにパワーを注ぐ。

「ウィラ！　こっちよ！　私の声が聞こえる？　戻ってきなさい！」

ホリーが命を懸けて祈り続ける。

やがて、その祈りがゼンティースに乗っ取られていたウィラのマインドに届いた。がんじがらめにされて身動きがとれないウィラが、ゼンティースとのつながりを断ち切ろうともがく。それでも、ゼンティースの力の方が強すぎる。

そのとき、ウィラの首筋にアシュリーンの手がパン！と当たったような気がした。その途端、ウィラにパワーがどっと流れ込んできた。

「イズ　ファイダー　レイス　アン　ケニング　トゥース！」

ウィラの身体全体を電流が貫くようにパワーが流れ出す。身体は一旦、反って硬直したと思うと、力が抜けてフロアにドスンと倒れ込む。それは、ゼンティースとのつながりが解けたことを意味していた。

涙を浮かべて、抜け殻のようになったウィラにホリーが駆け寄ってきた。

「ウィラ、聞こえる？　ウィラ！」

ウィラの真っ黒だった瞳がじんわりと金色に戻りはじめる。それでも、顔はまだ青く冷や汗をかいている。やっとのことで口を開けると、一言だけ告げた。

「ゼンティース……」

まだ頭はくらくらして視界もぼやけている。凍り付くほどのからっぽの世界に堕ちていった感覚からまだ抜け出すことはできない。

永遠に続くかのように思われたあのおぞましい時間は、文字通り、暗黒の世界そのものだった。


ゼンティースの方もトランス状態から戻ってきた。

瞑想していた部屋で炎に照らされながら、こちらの世界に帰ってきたゼンティースの目に最初に入ったのは、彼女に五感の使い方を教える師、ウザの気味の悪い視線だった。彼の頬のこけた灰色の顔は死人のように見えるところが父親と似ているが、父よりさらに年齢を重ねた顔つきをしている。

この五感のマスターは領主の中でも恐れられている存在だった。ゼンティースが、何世代にもわたり黒魔術を伝承してきた一族のウザの弟子になれたのは、父親であるアルコンのコネのおかげだ。

ウザは、この帝国には自分という存在が欠かせないということを熟知していた。というのも、彼のオカルトパワーのおかげで、クーデターを起こそうとする他の領主たちの動きを抑えることができているからだ。

実際には、ウザの能力は決して摩訶不思議なパワーを使っているわけではなかった。ただ量子物理学と自然の摂理を地球におけるセイジたちと同じように理解すればいいだけなのだ。もちろん、ときには地球におけるハーブの薬のような効果を借りてパワーを増強することも必要だったりする。この黒魔術の知識は、決して外部には漏れず、３００年以上もの間、限られた者だけに儀式を通して受け継がれてきた。

「まったく、あの女の子の師匠にリンクを切られたわ！」

ゼンティースは自分の師に報告しながら立ち上がると、テーブルの上の銀色のピッチャーからグラスに冷たい水を注ぎ飲み干してリフレッシュする。

「気にせんでもいい。私の指示に従えば、お前は彼らよりもパワフルになれるよ」

ゼンティースの母親であるカルビアもかつてはウザの生徒だったが、その昔、抵抗軍が西の拠点を占拠して3人の領主を倒した際に密かに彼らに情報を提供して夫と娘を裏切ったのだ。

もちろん、カルビア自身は情報を漏らした事実を誰にも認めなかった。だが、娘としては、この一件を許すことはできずに、彼女は母親に賛同するふりをしながらも、自らの母親を殺《あや》めたのだった。それほどゼンティースの父親に対する忠誠心は絶対的だった。


彼女は水を飲み干すと、部屋の真ん中の石のフロアに座り再び目を閉じる。

「さて、もう一度やってみよう」

ウザは、そんなゼンティースのやる気に感心しながらも、彼女のスタミナの限界も知っている。

「少しは休憩しなさい」

「それは、命令ってこと？」

「お前は、母親と同じでガンコだな」

ウザがあきれてため息をつく。すると、ゼンティースがネコのようなしなやかな動きでさっと飛び上がると、腿の鞘《さや》につけていた鋭い短剣を取り出してウザの喉元に当てる。

「ちょっと！　裏切り者の母上のことをもう1回でも口にしたら、同じ目に遭わせるわよ」

ウザはそんなゼンティースの行動にもひるまず、顔色ひとつ変えずに弟子の相手をする。

「誰が何と言おうと、お前は父親似だよ。さあ、はじめなさい！」

まったく慌てない師匠を心の中で少し尊敬しながら、ゼンティースはナイフをしまうと再び腰を下ろした。そして、目を閉じて、ウザに教わった〃次のステージ〃へ行くための深い呼吸を繰り返して、その場所へと入って行く。

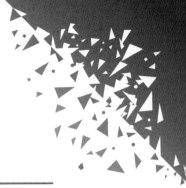

第21章

迫り来る嵐

もともと、未来の予言なんていうものはない。しかし、ある意味においては、予言はあるとも言えるだろう。それは、予言がされた瞬間に存在している状態が続くかどうかということ。もし、ある予言をされた事柄が同じ状態で続くならば、予言はやってくるだろう。けれども、その時点から状態が変われば他のことが起きるかもしれない。皮肉なのは、予言されたことが注目を浴びることで、その事自体に変化が及び状況が変化してしまい、予言がなかったことになってしまうのだ。

『パラドックスの書』より
サッサフラス・ザ・セイジ

目を覚ますと、ウィラは自室のハンモックに横たわっていた。そこは、自分にとって、唯一安全で安心できる場所。金色の朝日が窓から差し込み、ナノガラスの壁に反射している。

下のリビングから小声で話すざわめきが聞こえてきた。そういえば、今日は遠方から親戚が家族の特別なイベントを祝うためにネストに集合しているのだった。そんな温かいざわめきに、しばしの間アットホームな気分に浸っていたウィラにも、あの女の子のことが一瞬思い出されると、せっかくのいい気分も台無しになってしまった。

身体を起こして、あの苦しい中でなんとか見つけた単語を思い出す。

「ゼンティース！」

下に降りると、親戚たちが集まってひそひそと話し合いをしている。ホリーは、床から一続きになっている長椅子にいるリリーとリバーの隣に座っている。デニックとブリムを連れて現れたケールも別のテーブルに着いている。アルダーは、曲線のラインの壁を背に置かれた居心地の良い椅子を独り占めして足を組んでいた。

「あの灰色の女の子に会ったんですって？」

心配そうなリリーにホリーがうなずく。

「ウィラをこちらに戻そうとするときに、私も彼女を見たわ。彼女のダークなエネルギーはとてもパワフルだった。でも、ちょっと気になることがあったの」

ホリーが言葉を選ぶように慎重に続ける。

「途中で精霊のエネルギーを感じたの。そのエネルギーのおかげで、ウィラと女の子のつながりは断ち切れたのよ」

「どういうことだね？」

リバーが質問する。

「よくわからないわ。でも、どうやら、ウィラはケニングをされていたみたい」

アルダーが前のめりになる。

「ケニング？　それは確かなのかい？」

「ケニングって何なのですか？」

ブリムが質問する。

「あのね、君を捕らえていた自然界の精霊たちは、皆でつながって心をひとつにすることができるんだ。いってみれば、強力な集合意識を作り上げるようなものだね。すると、個人では不可能なことも増幅したパワーを用いることで可能になるんだ。たとえば、彼らが君のことを探って、君がソーンを襲ったことを発見したこともそうだよ。いくらウィラが時間を戻してそれを起こらなかったことにしても、そのことは彼らにはわかるんだ」

アルダーの説明にデニックも一言付け加える。

「ひとつにつながることは、各々の力を合計するよりも大きなものになるんだね」

「そのとおり。きっと精霊たちは彼らのつながる能力をウィラにも授けたんじゃないかしら。ウィラのアヌーの遺伝子と一緒になれば、さらに感覚も研ぎ澄まされるから侵略者の計画がわかるだけでなく、それを食い止めることもできると思ったんじゃないかしら」

ホリーの解説にアルダーが彼らしい言い方をする。

「まあ、精霊たちがウィラを武器化したということだね」

「うちの娘は武器じゃありませんよ」

リリーが反論すると階段の下まで降りて来ていたウィラが声を上げた。


「そうだ、プーカだ！」

「プーカがどうしたんだ？」

全員の視線がウィラに向かう中、リバーが訊ねる。リリーは娘に近づくと、床から椅子をさっと登場させて座らせた。

「休んでいなさいって言ったでしょ？」

「アシュリーンとルサルカ！　私、彼らに森で何かされたんだと思う」

突然、何かを思い出したかのようなウィラにホリーが言う。

「そうみたいね。後で一言言っておかなくてはね」

「もしこの子を傷つけたりしたのなら、一言ではすまないわ」

ムッとするリリーを見て、ウィラが目をギュッと閉じるとこめかみをこする。

「お茶をもらってもいい？」

「もちろんよ、プー……、ウィラ」

プーカと言いかけたのを正してキッチンへと消えて行くリリー。リバーが手を一振りすると、椅子がその場に現れ、彼はウィラの隣に座ると娘の手をやさしくマッサージする。

「この話は、後でゆっくり話そう」

父親の手の温かさがウィラの心を和ませる。気持ちよくて、このまま眠ってしまいたい。この心地よい空間と安心感、何があっても自分を守ってくれる両親の愛以上に欲しいものは何もない。


ふと、ウィラの頭に子ども時代の思い出がよみがえる。

この間までは、少女ではなく1人の女性として束縛されずに自由に生きたかったはずだった。それなのに、今は子どもの頃の小さな冒険や寝る前にベッドで本を読んでもらっていた日々がとても懐かしい。今となっては、そんな日々がはるか遠い昔のように感じられる。

母親がキッチンからお茶を手に戻って来た。お茶をすすると、身体の中に活力が戻ってくる。


「だめだよ！　休んでいる場合じゃないわ。なんとかしなくちゃ！」

突然、ウィラは自分を奮い立たせるように父親に言うとホリーを見上げた。

「さっき、私が灰色の女の子に会ったって言っていたでしょ。彼女の名前はゼンティースっていうの」

「え？　ゼンティースって言ったかい？」

ウィラに確認しようとするデニックにホリーが質問する。

「知っているの？」

「彼女は何人かいる領主のうちの1人で、アルコンの娘なんだ。彼女には何ていうか、変わった力というか、魔女のようなパワーがあるって聞いたことがある。でも、私はその噂は皆を恐れさせて権力を維持するためのプロパガンダだと思っていたんだけれど……」

「思うに……」

何かを言いたげなウィラの肩に手を置き、「何だい？」とリバーが急かす。

「あのね、ゼンティースも〝マーク〟を持っていると思うの」


大きな赤い尾をした鷹になったバリアビリスが、自宅を取り囲む山間の谷の上空を高く舞っていた。そして、空からそびえ立つ塔のバルコニーに舞い降りるとハイブリッドの姿に戻り、扉を通り抜けて中央の六角形の部屋から書斎へと入って行った。

灰色の花崗岩《かこう》でできた部屋の中央に置かれたコブの木のテーブルの上に、大きなルミナリアの球が1つ浮いている。開けた窓の雲の合間から射す太陽の光が、簡素な部屋のシンプルなベッドに当たりキラキラ光っている。

バリアビリスはルミナリア上のクリスタルに一連の暗唱番号をタッピングする。すると、年配の女性のシェイプシフター、クインラットの姿が球の中にボンと現れた。人間とネコ科の動物を混ぜたような不思議な風貌の彼女は、古代エジプトの頭部が猫の形をした女神バステトによく似ている。

なめらかなベージュ色の肌に映える黒い大きな目、額の生え際から肩まで流れるつやのある青みがかった黒い髪もまた古代エジプトの女神を連想させるものがある。何より、クインラットの声は、柔らかなトーンの内に秘めた力強さがあった。


「バリアビリス。本当にお久しぶりね。会えてうれしいわ」

「実は、ちょっとお伝えしたいことが……」

師匠に敬意を込めて会釈をしながらも、バリアビリスは硬い表情のままだ。

「あら、ついに死神に変身するのかしら？　そして、私の魂をあの世へ連れて行くっていうの？」

バリアビリスは、自分の修行時代を思い出してちょっと笑顔になる。よく彼女から、自分の気難しい性格をからかわれて、その度にうんざりしていたものだった。そんな思い出に一瞬笑顔になった顔が再び真顔になった。

「死神にだってなりたくなりますよ。師匠のいじわるなセリフは追悼文に使わせてもらいます」

クインラットは、何か尋常ではない様子を感じとったのか、しばらくの間、沈黙して動かない。見知らぬ人が見たら、そんな彼女の姿は彫像にしか見えないかもしれない。そして、彫像にしか見えなかったモノが話しはじめたのを見たら、さらに驚くだろう。

「あなたこそ、死のオーラに包まれているわ。一体、何があったの？」

「殺人が……、地球のコンタクト評議会で殺人が起きたんです。悪意を持ったよその星からの存在が我々の同盟を奴隷化しようとしているんです」

「あなた、ちょっとシマロン星までいらっしゃい。会議でこちらの皆に伝えましょう。あなたが知っていることをこちらに来て話してちょうだい」

「はい。次の便の船を予約したところです」


やりとりが終わると、ルミナリアが再び暗くなった。

バリアビリスは、窓から遠くの山々の景色をしばしぼんやりと眺める。決して自分は感傷に浸るタイプではない。それでも、ここに引っ越してきて10年、久々にじっくり絶景を眺めているとセンチメンタルな気分になってきた。

なんとなく不安な気持ちになってくる。そう、クインラットの言うことは正しい。どこか暗い自分は、生と死の狭間のグレーの領域、つまり死神として生きているようなところがある。この人里離れた石の塔に独りで住む隠遁《いんとん》生活を送ることが、下界で喜びにあふれた人生を生きることからの逃避であることはわかっていた。そして、そんな選択が、より自分を閉ざしてしまうこともわかっている。

でも今、地球や連合に大惨事が降りかかろうとしている。そんな中、自分の中には、再び熱い血潮が炎のように燃えはじめている。力の限りを尽くして、この惑星や連合のすべての存在たちが愛する者を失い悲しみに暮れることのないようにしたい、と心から思える自分がいる。

バリアビリスはバルコニーに出ると鷹の姿に形を変え、遠くの頂に向かって飛び立って行った。


ポピーが母親の部屋の外にある階段の一番上で、熱いお茶の入ったカップを手にドアをノックする。

「ママ、大丈夫？　ジャスミンティーを持ってきたわよ」

返事がないのでポピーは再びノックをして声を張り上げる。

「ママ？　もう2日もそこに籠もってどうしたの？　朝ごはんを準備したから下へ降りてきて！」

それでも中からは一切返事がない。恐る恐るポピーが扉を開けると、部屋の中は空っぽだった。

「ママ⁉︎」

部屋を見渡すと、鏡の前のドレッサーの上にあるガラスの花瓶にはポピーの花が1本挿してある。そして、その隣には小さなナノビーズの玉が置いてあるのが目に留まる。早速軽くタップすると、それは宙に浮いてスクリーンに変化し、母親であるシルバニアのつらそうな顔が映った。

「愛しい我が子。ずっと私はビジョンに苛《さいな》まれてきたの……」

シルバニアは、しばらくの間、目を閉じて何かを振り払うようにして、再び目を開けると涙を流してため息をつく。

「私は、これから遠くへ旅立つわ。本当にごめんなさい。わかってもらえないかもしれないわね。でも、私が遠くへ行ってしまうのは、あなたを守るためなのよ。だからどうか私を探さないで。お願いよ」

そう言うと手を上げて、ポピーの頬を触ろうとするようなジェスチャーをする。

「愛しているわ、ポピー。これからもずっと……」

映像が終わり、シルバニアの顔が画面にフリーズしたままで静止する。あまりに唐突な別れの挨拶に、ポピーは驚きのあまりティーカップを下に落として割ってしまう。母親の静止画像を呆然と見つめながら鏡に視線を移すと、そこには涙でぐしゃぐしゃの自分の顔が映っていた。

「どうして!?」という思いでパニックになって混乱する。

なぜだか怒りの気持ちがふつふつと湧いてきた。鏡の前の母親の静止画像が映ったスクリーンを思い切り殴りつけると、鏡も割れてカケラになって飛び散り、ポピーの花が挿してあった花瓶もひっくり返る。

その衝撃でスクリーンはナノビーズの玉に戻るとドレッサーから床に落ちて転がっていく。玉は跳ねながら、部屋から出て階段を下へ転がり、ポピーが用意した2人分の皿が並べてある食卓のテーブルの下でやっと止まった。

悲しみに暮れるポピーの泣き叫ぶ声が家中に響き渡った。

「アヌーについては、まだよくわからないことが多いのよ。ただ、太古の祖先たちが彼らの遺伝子を銀河中に蒔《ま》いた可能性はあるわね」

ホリーがウィラの家で皆に話している。

「ということは、君たちとも遺伝子をどこかで共有しているかもしれないわけだ。まあ、それが我々と同じ言葉を話すという説明にはつながらないとは思うけれどもね」

アルダーがデニックとブリムの方を向く。

「でも、その答えがコロを狂わせてしまった。そう思うと、その答えは知りたくないかな」

コロのおぞましい最期を見たデニックにホリーが質問する。

「彼は最後に何て言ったの？」

「〝星を見てごらん〟って」

「それは、どういう意味かしら？」

デニックが肩をすくめて首を振る。

「彼はパイロットだったから、いつも宇宙に出ていたからね。抵抗軍の他のメンバーたちは、星を見る機会もほとんどないんだけれどね」

集まった一同は、それぞれの思いにしばしふける。そんな中、ケールが沈黙を破ってデニックに質問する。

「ところで、今後の計画は？」

「まずは、我々の仲間たちにここで起きたことを伝えなくてはね。そして、私とガーはガントの裁判に証人として出廷する必要もあるしね」

「でも、ガントって信頼できる人なの？」

ガントという名前が出た瞬間、直感的にウィラには何か警告のようなものが感じられた。

「できないだろうね。でも、とにかく地球から彼を追い払わないと。我々が一緒に連れて帰って監視しながら彼の動きを見るしかない。もし、彼がここに留まるなら、我々が戻ってくるまでブリムはここに残っているかい？」

「あら、ブリムなら喜んでゲストとしてお迎えするわよ」

リリーの提案に、ブリムはうれしそうな表情を抑えながら恥ずかしそうにウィラを見る。

「ありがとうございます。もし、お邪魔じゃなければ」

「もちろん、歓迎するわ！」とウィラが笑顔で答えるが、ホリーとリリーはウィラが社交辞令で答えているのに気づいていた。

デニックがポケットからナノカプセルの玉を1つ取り出して皆に見せる。

「ウィラがコロがかけた洗脳を解いてくれたおかげで、評議会が地球のスターシップの技術の情報を我々に提供してくれたんです。これで闘いに備えることができます」

「もし、それがアルコンの手に渡ったらどうする？」

アルダーがデニックを問い詰めると、ケールが助け舟を出す。

「ブラーマいわく、このデータのカプセルはデニック以外の者が触ると、データ自体が破壊されるようになっているらしいので大丈夫なんだって」

「では、ガーがスペースポートで待っているので、そろそろ行きますね」

デニックはカプセルをポケットにしまうと立ち上がり、笑顔で皆に挨拶をする。ブリムも立ち上がって父親を抱きしめる。

「お母さんによろしく！」

「今度は、母さんと一緒にお前を迎えに来るから！」

デニックは、そう言って息子の肩をポンと叩くと一同に挨拶をした。

「皆さん、いろいろとありがとうございました！」

「スペースポート行きのシャドックまで案内しますよ」

リバーはデニックをエスコートしながら扉を開けると、曲がりくねった大きな樫の木の枝を伝って降りて行った。ケールもリリーにハグを、そしてホリーにはお辞儀をして別れの挨拶をする。

「さてと、私も息子たちの元へ戻らないと！」

そう言ってウィラにウインクをするとリバーとデニックの後に続いて去っていった。


リリーはウィラの額に手を当てると髪を撫でる。

「ちょっと休んだ方がいいわ」

「そうね。でも、その前にウィラとちょっと話してもいいかしら？」

リリーはうなずき、ウィラはホリーと共に外に降りると、草原を渡ってイチイの森の近くまで歩く。

「もし大丈夫そうなら、明日もトレーニングをしたいの。プーカたちがあなたに呪術をかけたでしょう。だから、あなたの状態を見ておきたいの。もちろん、十分注意しながらだけどね」

歩きながらうなずくウィラ。2人は、曲がりくねって流れる小川の土手まで来ると、しばらく黙って水しぶきを眺める。

「でも、それって、簡単なものじゃないんでしょ？」

「そうね。でも、人生において簡単なことだけやろうとすると、逆に困難にぶつかるものよ。そして、困難に立ち向かう人生を覚悟すると、物事は意外と簡単に事が進んだりするもの」

「ねえ、私って、皆を不安にさせることばかりやっているような気がするな」

ウィラが暗い声でつぶやくと、ホリーの笑い声が水面に反射する日差しのように弾けて、その場に漂う不思議な音と混ざりあっていった。

思わずウィラは、その音がしてくる土手を囲むように伸びているイチイの木の枝に意識を向ける。ホリーの笑い声も周囲に溶けていく。そのまま耳を傾けていると、木の葉が風に運ばれるようなささやき声が自分の方に漂ってきた。

ザワザワ、サラサラ……。

その声はどこから何のために聞こえてくるのか、そんなことを考えながら、ふと小川のおだやかな水面に視線を落としてみる。すると、そこに映っているのは、ゼンティースの悪意に満ちた顔だった。

ウィラはギョッとすると、慌てて土手から後ずさりする。

「木があなたに何か話しかけたの？」

「ゼンティースと私は、まるで姉妹みたい。似た者同士なの」

震えながら声を出すウィラに、ホリーはとっさにウィラの肩を抱く。

「木々が話しかけてくることをコントロールする方法はいくらでもあるのよ。今、あなたはまだこの練習をはじめたばかりだから。聞こえてくることをそのまま受け取ってはダメよ」

混乱しながらもうなずくウィラに、ホリーが改めて興奮している。

「ちょっと、ウィラ、とうとう木の声が聞こえたのね！」

ホリーはウィラの手を取りぐるぐると回りながら、自分の生徒がクリプティックへの道に欠かせないステップをマスターしたことを喜んでいる。

ウィラも目をパチパチさせて、声をはずませる。

「木の声が聞こえた！　やっと聞こえたよ！」

立ち止まってゴクリと息を飲み、うれしそうにホリーを見ると、周囲の木々たちも揃って自分を同じ仲間として迎え入れてくれるのをウィラは感じていた。

「おめでとう！　でも、今日はもう休みなさい。明日の朝、またここで会いましょう」

そう言うと、ホリーはウィラにハグをして森の中へと歩いて行った。


ウィラも自宅へと向かう。

すると、赤いキツネが視界に突然入ってきたので立ち止まる。それは、かつて出会ったあの不思議な赤ギツネ。赤ギツネは少し離れた距離を保って小川のほとりに立ち、何か言いたげにこちらをじっと見ている。こちらから一歩近づこうとすると、素早い動きで森の中へと消えていった。

こんなふうに赤ギツネが度々現れるのは何かのサインに違いない。でも、それが何であるかを確かめるには今は疲れすぎている。

赤ギツネは森への道すがら湿った土手の上に足跡を残していた。その足跡は、岩や地面のくぼみの間をたどりながら、森の中へと消える寸前に動物の足跡から人間の足跡へと変化していた。

ゼンティースが鉄の城の天辺にある自室のバルコニーに立っている。

眼下に広がる貧相な居住区である灰色の町の景色を見ているゼンティースの頭の中にあるのは、何光年も向こうにいる金色の目をしたあの少女のこと。地球を手に入れるためには、あの少女とはいずれどこかで対決しなければならない。

アーチ型をした通用門で鉄の鎧で身を固めたガードの1人が声をかけてきた。

「お嬢様、アルコン様の城からご依頼になっていたものが届きました」

「父上はこのことを知っているの？」

「いいえ。口の堅い技術者の数人しか知りません」

「彼女をここに連れてきて！」

ガードが通路の誰かに向かってぶっきらぼうに入って来いと命令する。すると、ケールの船のパイロットだったエロウィン・コアが部屋の中のゼンティースの方へ近づいてくる。彼女のくり抜かれた片目の部分は、縫合されていた。

「そのあたりで！」

ガードの声に反応して、エロウィンがゼンティースの数メートル前で立ち止まる。ゼンティースは、パイロットの周囲をぐるりと一回りして新たな捕虜をチェックすると、残っている片方の目を覗き込む。しかし、そこにあるのは、ただうつろな目だった。


「きちんとプログラミングされているんでしょうね？」

「ご自身でお確かめください！」

ゼンティースが生気の抜けたエロウィンににじり寄って命令する。

「バルコニーから飛び降りなさい！」

すると、エロウィンは躊躇《ちゅうちょ》することもなくバルコニーへ出て幅のある手すりの上に乗る。

「ストップ！　戻って来て！」

その声にエロウィンは一瞬止まると、手すりの上でくるりと身体をこちらに回転させてバルコニー側に飛び降りると、元いた部屋の場所へと戻ってきた。

「彼女は、もう自分の意識はほとんどないのよね」

「あと2か所だけプログラミングが必要ですが、それが終われば完全なあやつり人形になります。お嬢様の意識がそのまま彼女の意識になりますよ」

「そうね、彼女の星が私のものになるようにね」


まるで、それがこの宇宙の法則のように語るゼンティース。

彼女は、エロウィンの残された目から一筋の涙がこぼれ落ちるのに気づき、頬の涙を指で拭うと、あたかも甘い蜜を味わうようにそれをペロリと舐める。そして、エロウィンの顔に自分の顔をぐいと近づけた。

「あらいやだ。まだ、〝あなた〟がどこかに残っているのね。どこかに閉じ込められた自分が、まだ逃げられるかもって希望を持っているのね。それか、死ぬ方がましって思ってるのかな？」

そう言ってやさしくエロウィンの顔を撫でるゼンティース。

「心配しないで、私のあやつり人形さん。あなたが役目を終えたら、あなたの魂を忘却の王のところに送ってあげるから。そこでは、あなたは永遠に彼の餌食となって、彼に仕えることができるわよ」


——『粉々になった鏡のカケラ　第2篇　ノクターナル』に続く——

訳者あとがき

あなたは、果たして想像できたでしょうか?

あのバシャールをチャネルするダリル・アンカの初めての小説、『粉々になった鏡のカケラ第1篇　クリプティック―謎―（Shards of a Shattered Mirror Book1 Cryptic）』に描かれる未来の地球の姿を。

今や未来の地球の姿を描いた作品は、映画やドラマ、小説に漫画などあらゆるメディアにおけるコンテンツにおいて、ひとつのカテゴリーになっているほど花盛りです。

そしてそのどれもが、地球温暖化や寒冷化などの気候変動、人口増加、自然災害に自然破壊、環境汚染、食糧危機、パンデミック（感染症などの流行）の脅威、放射能や戦争による核の脅威など、どちらかというと将来を楽観的に捉えられない要因が導く壊滅的な未来の地球の姿が定番だったりします。

そう、そこに描かれているほとんどは、「アポカリプス（終末）」がテーマなのです。

それらはまるで、私たちに「地球には、もう明るい未来はないんだよ」とサブリミナルに訴えかけているかのようです。


けれども、ダリル・アンカの描く未来は違っていました。

700年後の未来に展開されているのは宇宙的なサイエンス色の濃いSFの世界だけではなく、古典的な伝説・童話を織り交ぜたファンタジーの世界の融合による、新しく生まれ変わった美しい地球の姿です。

地球外生命体が地球に正式に上陸したイベント、〝ランディング〟の後に人間とハイブリッド、エイリアンが暮らすのは豊かな自然を取り戻した地球。

それは、バシャールがよく語る「たくさん同時に存在しているパラレル・リアリティにおけるひとつのバージョンの地球」なのかもしれません。

けれども、そのひとつのバージョンの地球がこの物語にあるような地球なら、未来に希望が持てると思ったのはこの私だけではないはずです。

物語は宇宙も開かれたことで地球人も宇宙の星へと散らばって行き、人口が大幅に減少するというシフト後の世界が描かれています。

物語の舞台であるアイルランドの都市、ダブリンがポート・ダブリン（ダブリン港）と呼ばれているように、海面上昇によって世界の大都市も、ポート・ニューヨーク、ポート・パリなど港町のビレッジのようになりながらも、新たな姿で再生されて新しい地球の運命の中で存続していのです。

当然ですが、700年後のテクノロジーはさらに進化しています。

たとえば、物質化を可能にするクリスタルをベースにしたナノガラスの技術や、電気に代わる新しい光の形であるルミナリア、トランスポーテーションができるポータルのシャドック、そしてパイロットの意識とつながる宇宙船など最先端のテクノロジーなど。

特筆すべきは、多様化した地球人たちが最新のテクノロジーを享受しながらも、今の時代よりもはるかに自然と共存して生きている理想郷のような世界がそこにはあるのです。

さらに、今のようにコンクリートが地面に敷かれている時代とはうって変わって、豊かさを取り戻した地球では、自然界の四大元素（水、火、土、風）であるエレメンタルの精霊たちが、よりパワフルに生命力を輝かせています。ウサギの姿をとるルサルカをはじめとする精霊と地球人との交流が、この物語にイキイキとした彩りを添えているのは言うまでもありません。

このファンタジーの要素があることで、スペイシーでサイバー的になりがちな未来小説により ユニークさと温かみが加わっているのです。

ダリルの自然へのオマージュは、登場人物の名前にも表れています。

小説の中で、ハイブリッドたちには自然界にちなんだ名前がつけられていると書かれていますが、主人公のウィラの名前はウィローと「柳」から、名字のヒリクリッシングはアロマのエッセンシャルオイルでも知られている「ヘリクリサム」から。その他、野菜のケール（ソーンの父）に木綿のコットン（ホリーの名字）、ユリの花のリリー（ウィラの母）に川のリバー（ウィラの父）、アッシュグローブ（ソーンの名字）はトリネコ、そして、ポータルとして度々登場するシャドックも柑橘系の果物の名前です。

ダリルが密かに仕込んだ自然界の名前を探してみるのも、この小説のひとつの楽しみ方と言えるでしょう。

さて、ここで最も大切なポイントは、ダリルの描いた未来の地球は自然賛歌だけではないということです。

700年後の地球は、他の惑星の存在たちがこぞってあこがれるような惑星になっているのです（それもまた、ひとつのバージョンの地球なのかもしれませんが）。

物語の中では、地球には700年間戦争がなかっただけでなく、数世紀の間において1件の殺人さえも起きなかったということで、久しぶりに起きてしまった殺人に地球人たちは大わらわになります。

物語の中では、すでに善悪を裁く裁判所なども地球にはなくなっているほど、地球は〝惑星民度〟の高い星に成長しているのです。

だからこそ、極端なほどにダークサイドなオリオンの存在たちとの対比がより顕著に表れているのです。

　今、スピリチュアルにちょっと詳しい人たちが集まると、「あなたはどこの星出身？」みたいな会話が当たり前のようにされる時代になってきました。

　シリウス、プレアデス、アルクトゥルス、ベガなどそれぞれの星の出身が同じだと仲良くなったり、それぞれの特徴で性格を診断したりすることなども珍しくありません。

　でも、そんな〝出身星トーク〟の根底にあるのは、地球にはちょっと遊びに来ているだけという感覚や地球よりもそちらの星の自分が本物の自分、という想い。そして、はやいところ地球を去って宇宙に戻りたい、という少し厭世的な気持ちなど。


　でも、宇宙の数多の星の存在たちの方が、逆に地球に憧れを抱いていたとしたら？

　あなたが夜空の星を眺めて思いを馳せているとき、同じように、夜空の星の存在たちが同じ気持ちで地球を眺めているのかもしれません。

　かつて、日本の良さを再発見するという意味で、「ディスカバー・ジャパン」という言葉がありましたが、ダリルは今こそ「ディスカバー・アース（地球再発見）」という想いをこの小説で伝えているような気がします。

　なにしろ、バシャールをチャネルする、この地球で最も宇宙に近い位置にいるダリルがその想いをストーリーの中に織り込んでいるのですから。

私たちが地球人として地球を誇りに思い、地球を愛する意識こそが、この小説にあるような７００年後の未来の地球に同じパラレル上で続いていくのではないでしょうか。

もちろん、ダリルは米国における公開チャネリングにおいても、「地球自体が変わるのではない。それは、変わったあなたが選ぶ地球なのだ」と語っているように、どんな地球に行くのかは私たちの選択次第と言えるでしょう。

最後に、主人公のウィラはダリルの実際のチャネリングに登場してくる存在です。ということは、この小説は完全なるフィクションという形をとりながらも、ダリルにもたらされた情報からインスパイアされた物語でもあると言っても過言ではありません。

まだまだ幼さの残る13歳のハイブリッドの女の子、ウィラは、時空を超えたどこかで地球を救うために本当に闘っているのかもしれません。

そんなウィラを読者のひとりとして応援していきたいと思います。

本作の「クリプティック」に続き、彼女の進む修行の道《プロセス》がそのままシリーズになる「ノクターナル」「シェイプシフター」「セイジ＆レイス」の今後の展開を心待ちにしながら、ひとりの地球人として、自分にとって、もっともふさわしい未来の地球を選択できるような生き方についても改めて考えてみたいと思います。

西元啓子

著者

ダリル・アンカ　Darryl Anka

1980年以降、「Bashar」をチャネルすることで知られている。1987年に初来日し、その時にBasharをチャネリングした様子をまとめた書籍『Bashar』は日本人の精神性に大きな影響を与えた。また、自ら経営する映像制作会社、「ジア・フィルムLLC（www.ziafilms.com）」にて作家・ディレクター・プロデューサーを務める。過去30年以上にわたって、『スター・トレックII（カーンの逆襲）』、『アイアンマン』『パイレーツ・オブ・カリビアン　ワールド・エンド』などをはじめとするSF・アクション映画のセットデザイン、ストーリーボード、ミニチュア効果などの制作に携わる。また、UFOや形而上学的なトピックについてのスピーカーとしても世界的に知られている。これまで、米国と日本にてセミナーを収録した20冊以上の書籍を出版。セミナーの映像など各種コンテンツは「バシャール・コミュニケーション（www.bashar.org）」にて発売中。

訳者

西元啓子

米国の大学でジャーナリズムを専攻。卒業後は広告代理店を経て編集の世界へ。現在はスピリチュアル、自己啓発、ビジネス書などの書籍の編集や海外の作品の翻訳に携わる。

粉々《こなごな》になった鏡《かがみ》のカケラ
第１篇　クリプティック—謎—

2019 年 9 月 15 日　第 1 版第 1 刷発行

著　者　ダリル・アンカ

訳　者　西元啓子

校　閲　野崎清春
デザイン　染谷千秋（8th Wonder）

発行者　大森浩司
発行所　株式会社 ヴォイス　出版事業部
〒106-0031
東京都港区西麻布 3-24-17 広瀬ビル
☎ 03-5474-5777（代表）
☎ 03-3408-7473（編集）
FAX 03-5411-1939
www.voice-inc.co.jp

印刷・製本　株式会社歩プロセス

ISBN 978-4-89976-497-7

“Shards of a Shattered Mirror” by Darryl Anka.
ISBN 978-1-947532-13-7 (softcover), 978-1-947532-14-4 (eBook).